KB244147

몰타의 매

대실 해밋 전집 3

몰타의 매

The Maltese Falcon

대실 해밋 지음
김우열 옮김

황금가지

차례

이 책을 호세에게 바친다.

1장

스페이드&아처 탐정소

새뮤얼 스페이드의 턱은 길고 앙상한 V 모양의 주걱턱이다. 입은 그보다는 다소 부드러운 V 모양을 그렸다. 코는 콧구멍 부분에서 꺾이며 입보다 작은 V 모양의 곡선을 이루었다. 황회색의 두 눈은 평행선을 달렸다. V 모양이 다시 나타나는 곳은 매부리코 위 양미간에 잡힌 쌍둥이 주름에서 바깥쪽으로 뻗어나간 숱 많은 눈썹이었다. 높고 평평한 관자놀이에서 시작해 이마 쪽으로 솟아오른 연갈색 머리도 마찬가지로 V 모양을 그렸다. 그는 금발의 사탄처럼 유쾌해 보였다.

"불렀어, 자기?"

스페이드가 에피 페린에게 말했다.

에피 페린은 햇볕에 잘 그을린 늘씬한 아가씨로, 얇은 모직으로 만든 황갈색 드레스가 젖은 듯 몸에 착 달라 붙어 있었다. 사내아이 같은 얼굴과 반짝이는 갈색 눈동자는 장난기가 가득했다. 그녀가 문에 등을 기댄 채 말했다.

"어떤 여자가 탐정님을 만나고 싶대요. 이름은 원덜리고요."

"의뢰인이야?"

"그런가 봐요. 어쨌든 만나 보면 미칠걸요. 죽여주거든요."

"그럼 들여보내, 자기. 어서."

에피 페린은 다시 문을 열고 바깥 사무실로 나가 문고리를 붙잡은 채 말했다.

"들어오세요, 원덜리 양."

"고맙습니다."

발음이 또렷하지 않았더라면 알아듣지 못했을 만큼 가녀린 목소리가 들려온 뒤, 춘입문으로 젊은 여인이 들어왔다. 그녀는 머뭇거리는 걸음으로 천천히 걸으면서 수줍지만 살피는 듯한 암청색 눈으로 스페이드를 쳐다보았다.

여인은 키가 크고 날씬했지만 어디 한 곳 모난 데가 없었다. 몸은 꼿꼿하고 가슴은 봉긋하게 위로 붙어 있었고 다리는 길고 손발은 가늘었다. 눈 색깔과 맞추려고 두 가지 톤의 파란색 옷을 걸치고 있었다. 머리카락은 암적색 모자 아래서 곱슬곱슬 나부꼈고, 도톰한 입술은 모자보다 한결 밝은 붉은색이었다. 수줍은 미소로 살짝 벌어진 초승달 모양 입술 사이로 하얀 치아가 반짝였다.

스페이드는 자리에서 일어나 인사를 한 뒤 두꺼운 손가락으로 책상 옆에 놓인 오크나무 의자를 가리켰다. 그는 180이 넘었다. 어깨가 구부정해서 몸통은 거의 원뿔처럼 보였다. 그래서인지 방금 다려 입은 회색 상의도 어색했다.

원덜리는 "고맙습니다."라고 아까처럼 작게 중얼거리고 의자 끝에 걸터앉았다.

스페이드는 회전의자에 몸을 파묻고 의자를 90도 돌려 원덜리를 마주보고 점잖게 미소 지었다. 입술을 벌리지 않았기에 그 순간 얼굴의 모든 V들이 더욱 두드러져 보였다.

닫힌 문으로 에피 페린이 타자기를 톡톡톡 치는 소리와 전화 받는 소리, 웅얼거리는 소리가 희미하게 들려왔다. 어딘가 가까운 사무실에서 전동기가 돌아가는 둔탁한 소리도 들렸다. 책상 위에는 담배꽁초가 가득한 놋쇠 재떨이에서 피우다 만 담배가 희부연 연기를 피어 올리고 있었고, 노란색 책상 상판과 초록색 압지와 서류 위에는 지저분한 잿빛 담뱃재가 여기저기 흩어져 있었다. 담황색 커튼이 쳐진 창문이 15~25센티미터쯤 열려 있어 그 틈으로 뜰에서 나는 희미한 암모니아 냄새가 흘러들어 왔다. 책상 위에 쌓인 담뱃재가 바람결에 꿈틀거렸다.

원덜리는 담뱃재가 꿈틀대는 모습을 지켜보았다. 불안한 눈빛이었다. 그녀는 의자 끄트머리에 살짝 걸터앉아 있었는데,

발을 바닥에 딱 붙인 모습이 금방이라도 일어설 태세였다. 검은색 장갑을 낀 양손도 무릎에 놓인 납작한 검정색 핸드백을 꽉 움켜쥐고 있었다.

"자, 봅시다. 제가 무엇을 도와드릴까요, 원덜리 양?"

스페이드가 의자를 흔들면서 물었다.

원덜리는 숨을 한 번 들이쉬고 나서 스페이드를 쳐다보았다. 그러고는 침을 꼴깍 삼키더니 급한 어조로 말했다.

"부탁이에요. ……제 생각에, 전, 그러니까…….”

여기서 말을 끊은 원덜리는 반짝이는 치아로 아랫입술을 지그시 깨물고는 입을 다물어 버렸다. 오직 암청색 눈만이 애원하고 있었다.

스페이드는 다 이해한다는 듯 미소를 지으며 고개를 끄덕였다. 그러고는 걱정할 것 전혀 없다는 듯 밝은 표정을 지었다.

"먼저 자초지종을 말씀해 주시죠. 그래야 어떻게 처리해야 할지 알 수 있으니까요. 되도록 처음부터 차근차근 설명해 주시면 좋겠군요.”

"뉴욕에서였어요.”

"네, 그랬군요.”

"그 애가 그 남자를 어디서 만났는지는 모르겠어요. 뉴욕인 줄은 아는데 어느 동네인지는 몰라요. 그 애는 저보다 다섯 살 어리고(고작 열일곱 살이죠.) 우린 저마다 다른 친구들과 어울렸어요. 생각하면 우린 다른 자매들처럼 가까웠던 적이 없었던 것 같아요. 엄마와 아빠는 유럽에 계세요. 이번 일을 아시면 까무러치실 거예요. 부모님이 돌아오시기 전에 그 애를 데려와야 해요."

"아무렴요."

"부모님은 다음달 1일에 돌아오세요."

스페이드의 눈이 반짝 빛났다.

"그럼 이 주가 남았네요."

"그 애의 편지를 받고서야 그 애가 무슨 짓을 했는지 알았어요. 전 미칠 듯 화가 났어요."

원덜리의 입술이 떨렸다. 손으로는 무릎에 놓인 검정색 핸드백을 더욱 꼭 움켜쥐었다.

"어쨌거나 그 애가 혹시 무슨 일을 저질렀을지 몰라 전 경찰서에 갈 수가 없었어요. 하지만 문득문득 그 애에게 무슨 일이 생긴 건 아닌가 하는 걱정이 들 때면 경찰에 신고해야 하는 것 아닌가 해서 어쩔 줄을 모르겠더라고요. 도움을 청할 만한 곳도 없고요. 뭘 어떻게 해야 좋을지 모르겠더군요. 제가 뭘 할 수 있었겠어요?"

"당연하죠. 어쨌든 편지가 오긴 왔군요?"

"네, 그래서 저는 그 애에게 어서 집으로 돌아오라고 전보를 쳤어요. 샌프란시스코 유치 우편국으로요. 제가 알고 있는 유일한 주소였으니까요. 일주일 동안 기다려도 답장이 없었어요. 부모님께서 돌아오실 날도 하루하루 다가오고요. 그래서 여기 샌프란시스코로 그 애를 데리러 온 거예요. 전 이곳에 오겠다고 편지를 썼어요. 괜한 짓을 한 거 아닐까요?”

“그럴지도 모르지요. 하지만 어떤 방법이 가장 좋은지 아는 것은 쉬운 일이 아닙니다. 그래서 동생은 아직 못 찾으셨나요?”

“네. 편지에서 세인트마크 호텔로 갈 테니 제발 그리로 와 달라고 간청했어요. 같이 돌아가지 않아도 좋으니까 얘기나 해보자고요. 하지만 동생은 오지 않았어요. 사흘이나 기다렸는데 모습을 나타내기는커녕 메모 한 장 보내지 않았어요.”

금발의 사탄 같은 머리를 끄덕이던 스페이드는 걱정스러운 듯 얼굴을 찌푸리고 입술을 한일자로 굳게 다물었다.

“생각만 해도 끔찍했어요. 그 애한테 무슨 일이 일어났는지도 모르고, 무슨 일이 일어날지도 모르는 채 그렇게 마냥 앉아서 기다리고 있으려니 미칠 것만 같았어요.”

원덜리는 미소를 지으려 애쓰며 말했다.

원덜리는 더 이상 억지웃음을 지으려 하지 않았다. 그녀는 몸서리를 쳤다.

“저한테는 유치 우편국 주소밖에 없었어요. 저는 한 번 더 편지를 썼고, 어제 오후에 우체국에 다시 갔어요. 어두워질 때까지 기다렸지만 그 애는 나타나지 않았어요. 오늘 아침에도 다시 가 봤지만 여전히 코린은 보이지 않았어요. 하지만 뜻밖에 플로이드 서스비가 나타난 거예요.”

스페이드는 다시 고개를 끄덕였다. 걱정스럽던 얼굴은 사라지고 대신 바짝 긴장한 얼굴로 변했다.

원덜리는 절망적인 목소리로 말을 이었다.

“플로이드는 코린이 어디 있는지 말해 주려 하지 않았어요. 그냥 그 애가 잘 있고 행복하다고만 하더군요. 하지만 제가 그걸 어떻게 믿겠어요? 그건 어차피 플로이드의 말일 뿐이잖아요, 아닌가요?”

“그럼요. 하지만 사실일지도 모르죠.”

“그렇다면 얼마나 좋을까요. 정말 그랬으면 좋겠어요.” 원덜리가 외치듯 소리쳤다. “하지만 이대로 돌아갈 순 없어요. 동생 얼굴도 못 보고 전화 통화도 못했는걸요. 플로이드는 절 그 애가 있는 곳으로 데려가려 하지 않았어요. 그 애가 절 보려 하지 않는다는 거예요. 전 믿을 수가 없었어요. 그러자 그는 절 만났다는 얘기를 그 애한테 전해 주겠다고 약속했어요. 만약 그 애가 오겠다고 하면 오늘 저녁에 호텔로 데려오겠다면서요. 하지만 보나마나 그 애는 오지 않을 테니 그때는 자기라도 오겠다고 했어요. 그는……”

그때 문이 열리자 원덜리는 깜짝 놀라며 손으로 입을 막았다.

문을 연 남자가 한 걸음 발을 내디뎠다가 "이런, 실례했습니다!" 하더니 황급히 갈색 모자를 벗고 밖으로 나갔다.

"괜찮아, 마일스. 들어와. 원덜리 양, 이쪽은 제 파트너 아처 씨입니다."

마일스 아처는 다시 사무실로 들어와 문을 닫은 뒤 손에 모자를 들고 미소를 지은 채 원덜리에게 정중하게 인사를 했다. 그는 중키에 다부진 체격의 사내로, 넓은 어깨와 두꺼운 목, 큼지막한 턱에 쾌활해 보이는 붉은 얼굴에, 흰 머리가 드문드문 섞인 머리를 짧게 치고 있었다. 스페이드가 서른 살이 훌쩍 넘은 것처럼 그도 마흔이 훌쩍 넘어 보였다.

"원덜리 양의 여동생이 플로이드 서스비라는 작자와 뉴욕에서 달아나 이리로 왔다는군. 원덜리 양이 서스비를 만났는데, 오늘 밤 다시 보기로 했어. 어쩌면 그가 여동생을 데리고 나올지도 몰라. 아닐 가능성이 더 많긴 하지만. 원덜리 양은 여동생을 그 자의 손아귀에서 벗어나게 해 집으로 데려갈 수 있도록 행방을 찾아주길 바라서." 스페이드가 설명하곤 원덜리를 보며 물었다. "맞지요?"

"네."

원덜리가 들릴락 말락 한 소리로 대답했다. 얼굴도 다시 상기되고 있어 스페이드의 싹싹한 웃음과 희망적이고 안심시키는 말로 차츰 가라앉았던 당혹감이 다시 고개를 들고 있음을 느낄 수 있었다. 그녀는 고개를 숙인 채 장갑 긴 손으로 무릎에 놓인 가방을 신경질적으로 만지작거렸다.

스페이드가 파트너에게 윙크했다.

마일스 아처가 걸어나와 책상 모서리 곁에 섰다. 원덜리가 가방을 내려다보는 동안 그는 그녀를 뚫어져라 살펴보았다. 작은 갈색 눈이 고개 숙인 여인의 얼굴부터 발까지 내리훑었다가 다시 발부터 얼굴까지 대담하게 훑어보았다. 그런 뒤 그는 스페이드를 보며 끝내준다는 듯 입으로 휘파람을 부는 시늉을 했다.

의자 팔걸이에 손을 걸치고 있던 스페이드가 두 손가락으로 살짝 경고의 표시를 하고 입을 열었다.

"아무 문제 없을 겁니다. 그저 오늘 저녁에 서스비가 호텔에서 나오면 사람을 시켜 그를 미행해서 여동생의 거처를 알아내면 됩니다. 여동생이 함께 나와서 아가씨와 함께 돌아가도록 설득할 수 있다면 더욱 좋고요. 만약 여동생이 그 남자를 떠나지 않으려 한다면, 그땐 다른 방법을 강구하면 됩니다."

"맞는 말입니다."

아처가 맞장구쳤다. 거칠지만 무게 있는 목소리였다.

원덜리가 양미간을 찡그린 채 고개를 들어 흘끗 스페이드를 바라본 뒤 소리쳤다.

"오, 하지만 조심하셔야 해요!"

원덜리의 목소리는 몹시 떨렸고 입술은 경련을 일으키고 있었다.

"전 그 남자가 무슨 짓을 저지를지 겁이 나서 죽을 것만 같아요. 그렇게 어린 애를 그런 남자가 뉴욕에서 여기까지 데려오다니 이건 정말 심각한 일이에요. 그 남자 혹시……, 설마 그 애한테 어떻게 하려는 건 아니겠죠?"

스페이드가 미소를 지으며 의자 팔걸이를 툭툭 치고 나서 말했다.

"그냥 우리한테 맡기십시오. 우리가 알아서 처리해 드리겠습니다."

"하지만 혹시라도 무슨 짓을 했으면 어쩌죠?"

워덜리가 고집스럽게 제치 다그쳤다.

스페이드가 법관처럼 고개를 끄덕이며 말했다.

"가능성이야 늘 있는 법이지요. 하지만 우리를 믿으셔도 됩니다."

원덜리가 열정적으로 말했다.

"믿고말고요. 하지만 그 남자가 위험한 인물이라는 걸 알아주셨으면 해요. 솔직히 무슨 짓을 저지를지 알 수 없는 사람이에요. 자기가 살기 위해서라면 서슴지 않고 코린을 죽일 거예요. 설마 그러진 않겠죠?"

"서스비를 협박하진 않았겠지요?"

"제가 한 말은 단지 부모님이 돌아오시기 전에 그 애를 데리고 집으로 돌아가서, 그 애가 무슨 짓을 했는지 두 분이 모르시게 하고 싶다는 것뿐이었어요. 서스비가 절 도와준다면 그에 관해 한마디도 하지 않겠지만, 그러지 않으면 아빠가 틀림없이 그를 처벌받게 하실 거라고 했죠. 그가 제 말을 믿기나 할지 모르겠지만요."

"서스비가 동생과 결혼하면 이 상황을 무마할 수 있을까요?" 아처가 물었다.

원덜리가 얼굴을 붉히며 혼란스러운 얼굴로 대답했다.

"서스비는 영국에 아내와 세 아이가 있어요. 코린이 저에게 편지로 알려 줬죠. 왜 서스비와 도망쳐야 했는지 설명하기 위해서요."

"영국인들이 대체로 그렇지요. 다 그렇지는 않지만." 스페이드는 몸을 앞으로 숙여 연필과 메모장을 집어 왔다. "서스비의 생김새를 설명해 주시겠습니까?"

"아, 아마 서른다섯쯤 될 테고, 키가 탐정님만 하고, 원래 피부가 검거나 아니면 햇볕에 많이 그을린 것 같아요. 머리도 검은색이고 눈썹도 아주 진해요. 말투는 좀 시끄럽고 거친 편이고, 초조해 하거나 짜증을 잘 내요. 인상은 뭐랄까, 음, 좀 폭력적이에요."

스페이드는 메모장에 마구 휘갈겨 받아쓰면서 고개도 들지 않고 물었다.

"눈 색깔은?"

"청회색이고 눈망울이 촉촉하게 젖은 듯하지만 약해 보이진 않아요. 아, 맞아요, 턱에 눈에 띄게 푹 패인 곳이 있어요."

"말랐나요, 보통인가요, 아니면 체격이 좋은가요?"

"마치 운동선수 같아요. 어깨가 떡 벌어지고 늘 가슴을 쫙 펴고 걸어요. 마치 군인처럼요. 오늘 아침에 봤을 때는 연회색 양복에 회색 모자를 쓰고 있었어요."

"하는 일은 뭔가요?"

스페이드가 연필을 내려놓으며 물었다.

"모르겠어요. 짐작도 못하겠어요."

"몇 시에 온다고 했죠?"

"8시 넘어서요."

"좋습니다, 원덜리 양. 그곳에 사람을 보내죠. 그러면 다 잘 될……."

"스페이드 씨나 아처 씨가 직접 해 주실 순 없나요?"

원덜리가 양손을 붙잡으며 애원했다.

"두 분 중 한 분이 직접 해 주실 순 없나요? 두 분이 보내는 사람이 미덥지 못하다는 뜻은 아니지만(오!) 저는 코린에게 무슨 일이 벌어질까 봐 너무 겁이 나요. 전 서스비가 두려워요. 해 주시겠어요? 그러면 비용이 더 나올 테지만…… 그래도 상관없어요. 정말이에요."

원덜리는 떨리는 손으로 핸드백을 열고 스페이드의 책상에 100달러짜리 지폐 두 장을 꺼내놓았다.

"이거면 충분할까요?"

"그럼요, 제가 직접 처리하죠."

아처가 흔쾌히 대답했다. 원덜리가 일어서서 충동적으로 아처에게 손을 내밀었다.

"고맙습니다! 정말 고마워요!"

원덜리가 이렇게 외치고 이번에는 스페이드에게 손을 내밀며 되풀이했다.

"고맙습니다!"

"천만에요. 도움을 드릴 수 있어 우리도 기쁩니다. 서스비를 아래층에서 만나시거나, 기회를 봐서 로비로 데리고 나오시면 도움이 될 것 같습니다."

스페이드가 부드럽게 말했다.

"알겠습니다."

원덜리는 굳게 약속하고 두 사람에게 다시 감사의 말을 전했다.

"저를 찾거나 하지는 마세요. 제가 아가씨를 찾아 잘 지켜볼 테니까요."

아처가 주의를 주었다.

스페이드는 원덜리를 바깥 출입문까지 바래다주었다. 그가 돌아오자 아처가 책상에 놓인 100달러짜리 지폐를 향해 만족스러운 듯 고개를 끄덕이며 "충분하고말고."라고 신음에 가까운 소리를 내더니 한 장을 집어 반으로 접은 뒤 조끼 주머니에 집어넣고는 덧붙였다.

"핸드백에 이 녀석 친구들이 제법 많던데."

스페이드가 나머지 지폐를 주머니에 넣고 자리에 앉은 뒤 응수했다.

"너무 열 내지 마. 아무튼 어떻게 생각해, 그 여자?"

"귀엽던데! 한데 나더러는 열 내지 말라고?" 아처가 어처구니없다는 듯 실소를 터뜨린 뒤 한 방 날렸다. "원덜리를 만난 건 자네가 먼저이지 모르겠지만, 샘, 말을 긴 긴 내가 넌서라고."

아처는 바지주머니에 손을 넣은 채 발뒤꿈치에 힘을 주고 넘어질 듯 서 있었다.

"그러다 그 여자를 망칠 텐데. 그러고도 남을걸." 스페이드가 어금니까지 다 드러내고 늑대처럼 씩 웃으며 덧붙였다. "자네도 머리는 있으니까. 암 그렇고말고."

스페이드는 담배를 말기 시작했다.

2장

안개 속의 죽음

어둠 속에서 전화벨이 울렸다. 세 차례 울리자 침대 스프링이 삐걱거리고, 손이 목재 탁자 위를 더듬거리고, 뭔가 작고 단단한 것이 카펫 위에 툭 떨어졌다. 다시 스프링이 삐걱거리고 그제야 사내의 목소리가 들렸다.

"여보세요. ……그래, 난데. ……죽었다고? ……응. ……십오 분쯤 걸릴 거야. 고맙네."

딸각 소리와 함께 천장 한가운데에 도금한 세 가닥 고리로 연결된 흰색 전구가 환하게 방을 비췄다. 스페이드는 초록색과 흰색 체크무늬 파자마 차림에 맨발로 침대 옆에 앉아 있었다. 탁자에 놓인 전화기를 노려보며 그 옆에 놓인 갈색 종이 뭉치와 불더럼 담배 봉지를 집어 들었다.

열어젖힌 창문 사이로 차갑고 축축한 공기가 밀려들어 오고, 일 분에 대여섯 번씩 앨커트래즈 섬에서 무적(霧笛)의 둔중한 신음 소리가 실려 왔다. 양철 알람시계가 책상 위에 엎어 놓은 듀크의 『미국의 희대 범죄사건집』한 귀퉁이에 불안하게 올라선 채 2시 5분을 가리키고 있었다.

스페이드의 두꺼운 손가락이 매우 꼼꼼하게 담배를 말았다. 둥글게 만 종이에 정량의 황갈색 잎담배 조각을 덜어 놓고, 가운데는 살짝 들어가고 양끝은 같은 높이가 되도록 골고루 편 다음, 양쪽 검지로 종이를 누른 채 양쪽 엄지로 종이 안쪽을 아래 위를 맞춰 바깥쪽으로 말고 나서, 양쪽 엄지와 다른 손가락으로 원통형의 담배를 붙잡은 채 혀로 종이에 침을 바르고, 왼손 엄지와 검지로 끝부분을 꼭꼭 눌러 붙이고 오른손 엄지와 검지로 이음새를 부드럽게 고르고는 오른손 섬지와 엄지로 끝을 한번 비튼 뒤 반대쪽을 입에 물었다.

스페이드는 바닥에 떨어져 있던 니켈에 돼지가죽을 씌운 라이터를 집어 들고 담배에 불을 붙여 입 한쪽에 물고 자리에서 일어섰다. 그는 파자마를 벗었다. 미끈하게 뻗은 두툼한 팔다리와 몸통, 구부정하게 쳐진 커다란 어깨가 한 마리 곰을 연상시켰다. 하지만 털을 민 곰처럼 가슴에 털이 없었다. 어린아이처럼 부드러운 살결은 핑크빛을 띠었다.

스페이드는 목덜미를 한번 긁고 나서 옷을 입기 시작했다. 흰색의 얇은 유니언 슈트(위아래가 붙은 속옷 ― 옮긴이)를 입고, 회색 양말을 신고, 양말이 흘러내리지 않도록 검정 가터를 하고, 진갈색 신발을 신었다. 신발 끈을 묶은 뒤에 전화기를 들고 그레이스톤 4500번을 돌려 택시를 불렀다. 초록색 스트라이프 무늬가 있는 흰색 셔츠에 부드러운 흰색 칼라를 대고, 초록색 넥타이를 매고, 진회색 모자를 썼다. 그가 담배와 열쇠, 돈을 주머니에 넣을 때 초인종이 울렸다.

부시가(街)를 따라가던 스페이드는 차이나타운으로 가는 내리막길 직전, 스톡턴 터널로 가는 길목에서 차비를 치르고 택시에서 내렸다. 촉촉이 스며드는 엷은 샌프란시스코의 밤안개가 거리에 자욱이 깔려 있었다. 스페이드가 내린 곳에서 몇 발자국 떨어지지 않은 길에서 몇 사람이 어떤 골목을 올려다보고 있었다. 부시가의 반대편에서도 두 여자와 한 남자가 같은 골목을 쳐다보고 있었다. 창문 밖으로 얼굴을 내밀고 두리번거리는 사람도 몇몇 눈에 띄었다.

스페이드는 볼품없는 돌층계를 향해 아가리를 벌린 두 개의 통로 사이를 가로질러 보도 끝에서 걸음을 멈추고는 다리 난간 갓돌에 손을 얹은 채 스톡턴가를 내려다보았다.

발밑 바로 아래 터널에서 자동차 한 대가 마치 후폭풍에 날려 온 것처럼 쌩 튀어나오더니 눈 깜짝할 사이에 멀어져 갔다. 터널 입구에서 멀지 않은 곳에 있는 두 상가건물 사이에 가로 걸린 대형 광고판에는 영화 광고와 가솔린 광고가 붙어 있었다. 그리고 그 앞에 한 사내가 엉거주춤한 자세로 고개를 푹 숙이고 있었다. 그는 뒤에 있는 광고판 아래가 보일 정도로 머리가 보도에 닿을 듯 몸을 수그리고 있었다. 그가 이처럼 그로테스크한 자세를 유지할 수 있었던 것은 한 손으로 바닥을 짚고, 다른 한 손으로 광고판의 초록색 지지대를 꽉 붙잡고 있었기 때문이다. 또 다른 사내 둘도 광고판 한쪽 끝에 어정쩡한 자세로 나란히 서서 광고판과 건물 사이의 몇 센티미터 남짓한 공간을 들여다보고 있었다. 광고판 반대쪽 끝에 있는 건물 측벽은 아무 장식이 없는 회색으로, 광고판 뒤쪽 땅을 굽어보고 있었다. 측벽에 비친 불빛 사이로 이리저리 움직이는 사람들의 그림자가 어뜻어뜻 지나갔다.

스페이드는 난간에서 몸을 돌려 사내들이 모여 있는 부시가 쪽 골목으로 걸어갔다. '버릿가'라는 흰색 글씨가 쓰인 짙푸른 에나멜 표지판 밑에서 검을 씹고 있던 한 제복차림의 경관이 팔을 들어 길을 막으며 물었다.

"여긴 무슨 일이십니까?"

"샘 스페이드요. 톰 폴하우스의 전화를 받고 왔소."

"아, 어서 오십시오." 경찰이 서둘러 팔을 거두며 말했다. "몰라봤습니다. 다들 뒤쪽에 계십니다." 경관이 엄지로 어깨 너머를 가리키며 말했다. "정말 안됐습니다."

"그러게 말이오."

스페이드는 골목 쪽으로 걸어갔다.

골목 중간쯤, 어귀에서 그리 멀지 않은 곳에 검정색 구급차가 한 대 서 있었다. 구급차 뒤쪽에 있는 왼쪽 통로는 거친 판자를 나란히 붙여 만든 허리 높이만 한 울타리로 막혀 있었다. 울타리 뒤로는 저 아래 스톡턴가에 서 있는 광고판 쪽으로 가파른 비탈길이 이어져 있었다.

길이 3미터의 울타리 가로대 하나가 한쪽 기둥에서 떨어져 나가 반대쪽 기둥에 매달려 있었다. 경사면을 따라 4미터가량 내려가자 평평한 바위가 하나 불거져 있었다. 그 바위와 비탈길이 만나는 곳에 마일스 아처가 하늘을 향해 널브러져 있었다. 두 사내가 그를 굽어보고 있었다. 한 사내가 시신에 손전등을 비춰 주었다. 비탈길을 따라 손전등을 든 사람들이 이리저리 움직이는 모습이 보였다.

그 중 한 사내가 스페이드를 향해 "왔나, 샘." 하고 외치고는 그가 있는 골목으로 올라왔다. 그보다 한발 앞서 거대한 그림자가 비탈길을 달려 올라왔다. 사내는 큰 키에 배가 드럼통만 한 거구로, 날카로운 작은 눈과 두꺼운 입술, 면도를 하다 말고 왔는지 거뭇거뭇한 턱이 눈에 띄었다. 신발이며 무릎이며 양손과 턱 모두 온통 흙투성이였다.

"옮기기 전에 자네가 보고 싶어 할 것 같아서."

사내가 부서진 울타리를 넘어오며 말했다.

"고맙네, 톰. 어떻게 된 일인가?"

스페이드는 울타리 기둥에 팔꿈치를 괴고 그 아래 누워 있는 친구를 내려다보며 고갯짓으로 인사를 하는 사람들에게 역시 고갯짓으로 일일이 인사를 받았다.

톰 폴하우스가 지저분한 손가락으로 자기 왼쪽 가슴을 쿡 찔렀다.

"심장을 정통으로 맞았어. 이걸로." 톰은 코트 주머니에서 묵직한 권총을 꺼내 스페이드에게 내밀었다. 권총의 패인 부분에 진흙이 묻어 있었다. "웨블리야. 영국제 맞지?"

스페이드는 울타리 기둥에서 팔꿈치를 떼고 고개를 숙여 권총을 살펴보았지만 받아 들지는 않았다.

"그래. 웨블리 포스베리 자동권총이군. 틀림없어. 8연발 38구경. 요즘은 만들지 않아. 몇 발이나 나갔지?"

"한 발." 톰이 다시 자기 가슴을 쿡 찌르고는 중얼거렸다. "그 친구 울타리에 부딪쳤을 때 이미 죽은 게 틀림없어." 톰이 다시 진흙투성이가 된 권총을 들어 올리며 스페이드에게 물었다. "이런 거 전에 본 적 있나?"

스페이드가 고개를 끄덕였다.

"웨블리포스베리라면 몇 번 봤지." 스페이드는 흥미 없다는 듯 무심히 대꾸하고는 빠른 어조로 말했다. "그러니까 여기서 맞았겠군, 안 그래? 지금 자네처럼 울타리를 등지고 서서 말이야. 그 친구를 쏜 자는 여기 있었고." 스페이드는 별안간 톰 앞으로 다가가 정면에서 가슴 높이로 손을 올려 검지로 방아쇠를 당기는 시늉을 했다. "총을 맞자 마일스는 뒤로 넘어지며 울타리를 부수고 굴러 떨어지다가 바위에 걸린 거야, 안 그래?"

"그렇다고 봐야지." 톰이 눈썹을 찡그리며 천천히 대답했다. "코트에 화약이 눌어붙어 있었어."

"처음 발견한 사람은 누군가?"

"순찰 중이던 실링이라는 친구야. 부시가에서 걸어오던 중이었는데, 여기에 도착한 순간 차 한 대가 방향을 틀며 이쪽으로 헤드라이트를 비추는 바람에 부서진 울타리를 보았대. 그래서 무슨 일인지 보러 갔다가 발견한 거야."

"그 차는 조사해 봤나?"

"아니. 아무것도 모르네, 샘. 실링은 차에는 전혀 신경 쓰지 않았어. 그때는 문제가 있었는지도 몰랐으니까. 파월가에서 내려오는 동안 이 골목에서 나온 사람은 아무도 없었다더군. 있었다면 자기가 못 봤을 리 없을 거라면서. 다른 쪽 길은 스톡턴의 광고판 아래 길뿐이야. 하지만 그리로는 아무도 지나가지 않았어. 안개 때문에 길이 질척거렸는데 유일하게 남은 흔적은 마일스가 미끄러진 것과 이 총이 굴러간 자국뿐이었거든."

"총소리를 들은 사람은 없나?"

"빌어먹을. 이거 보라고, 샘. 우리도 지금 막 온 참이야. 누군가 듣기야 했겠지만 그건 지금부터 조사해 봐야 해." 톰이 몸을 돌려 울타리에 한쪽 다리를 올리며 말했다. "저 친구 옮기기 전에 한번 내려가 볼 텐가?"

"됐네."

톰이 잠시 흠칫하더니 적이 놀란 듯 작은 눈으로 물끄러미 스페이드를 바라보았다.

"자네가 봤잖아. 빠짐없이 잘 봤겠지."

스페이드가 응수했다.

톰은 여전히 스페이드를 응시하면서 의아하다는 듯 고개를 흔들며 다리를 도로 내렸다.

"총은 뒷주머니에 있었네. 발사된 흔적은 없고. 코트는 단추를 채운 채였고. 옷에 160달러 정도 있었어. 아처는 일하고 있었던 건가, 샘?"

스페이드는 잠시 주저하다가 고개를 끄덕였다.

"무슨 일인데?"

"플로이드 서스비라는 친구를 미행할 예정이었네."

스페이드는 윈덜리가 묘사해 준 서스비의 인상착의를 말해 주었다.

"뭣 때문인데?"

　스페이드는 코트 주머니에 손을 찔러 넣고 졸린 듯 눈을 깜빡였다.

　톰이 애가 타는 듯 초조하게 다시 물었다.

　"뭣 때문이냐니까?"

　"서스비는 영국인 같아. 그자가 뭘 노렸는지는 나도 정확히 몰라. 우린 그자의 거처를 알아내려 했을 뿐이야."

　스페이드는 씁쓸하게 웃고 나서 주머니에서 한손을 꺼내 톰의 어깨를 두드리며 내뱉었다.

　"그만 좀 다그치게." 스페이드는 손을 다시 주머니에 넣었다. "이만 가서 마일스의 아내에게 부음을 전해야겠네."

　스페이드가 돌아섰다.

　톰은 인상을 찌푸린 채 입을 달싹였다가 아무 말도 못하고 입을 닫아 버렸다. 이윽고 헛기침을 한번 하고 찌푸린 얼굴을 부드럽게 펴고는 쉰 목소리로 더없이 다정하게 말했다.

　"너무하군, 저렇게 비참하게 가다니. 마일스 역시 우리처럼 결점도 있지만, 좋은 점도 많았는데 말이야."

　"그야 그렇지."

　스페이드는 건성으로 대꾸한 뒤 골목을 나섰다.

　부시가와 테일러가 모퉁이에 있는 야간 약국에서 스페이드는 전화를 빌렸다.

번호를 돌린 뒤 잠시 후에 말했다.

"나야, 자기. 마일스가 총에 맞았어. ……그래, 죽었어. ……자자 흥분하지 말고. ……그래. ……아이바에게 알려야 해. ……아니, 난 못하겠어. 자기가 해. ……착하네. ……아, 그리고 아이바가 사무실에 못 나오게 해. ……내가 보러 간다고, 음, 나중에. ……그래, 하지만 약속은 하지 말고. ……그렇지. 자기는 천사야. 끊어."

스페이드가 다시 천장에 매달린 전구에 불을 켰을 때, 양철 알람시계는 3시 40분을 가리켰다. 그는 모자와 코트를 침대에 던져 놓고 부엌으로 가서 와인 잔과 커다란 바카디 병을 들고 침실로 돌아왔다. 한 잔 띠러시 신 재도 바셨나. 병과 잔을 탁자에 내려놓은 뒤 침대 한쪽에 앉아 그것들을 마주보며 담배를 말았다. 바카디를 석 잔째 마시고 담배를 다섯 개비째 피우고 있을 때 초인종이 울렸다. 알람시계 바늘이 4시 30분을 가리키고 있었다.

스페이드는 한숨을 길게 한번 내쉬더니 침대에서 일어나 화장실 문 옆에 있는 전화통 앞으로 갔다. 버튼을 눌러 1층 문의 잠금 장치를 해제한 그는 "빌어먹을 여편네."라고 내뱉고는 검정색 전화통을 노려보았다. 뺨이 벌겋게 달아오르고 숨은 턱에 닿을 듯 씨근덕거렸다.

엘리베이터 문이 열리고 닫히느라 삐걱거리고 덜컹거리는 소리가 복도를 타고 들려왔다. 스페이드는 다시 한숨을 내쉬고는 현관으로 걸어갔다. 카펫을 밟는 작지만 무거운 소리는 두 사내의 발소리였다. 스페이드의 얼굴이 밝아졌다. 눈은 더 이상 지쳐 보이지 않았다. 그는 재빨리 문을 열었다.

"어서 오게, 톰." 스페이드가 아까 버릿가에서 만났던 키가 큰 배불뚝이 형사에게 말하고 그 옆에 서 있던 사내에게도 인사를 건넸다. "안녕하시오, 경위. 들어 오시오."

두 사람은 고개를 끄덕이고 나서 아무 말 없이 안으로 들어갔다. 스페이드는 문을 닫고 그들을 침실로 안내했다. 톰은 창가에 있는 소파 한쪽에 걸터앉았다. 경위는 탁자 옆에 있는 의자에 앉았다.

경위는 다부진 체격의 사내로, 둥근 머리에 짧고 희끗희끗한 머리칼이 나 있고 네모진 얼굴에 짧고 희끗희끗한 콧수염을 기르고 있었다. 넥타이에는 5달러짜리 금화로 만든 핀이 꽂혀 있었고 옷깃에는 작고 정교한 다이아몬드가 박힌 '비밀단체 문장'이 박혀 있었다.

스페이드는 부엌에서 와인 잔 두 개를 더 가지고 와서 바카디로 석 잔을 채워 두 사람에게 한 잔씩 건네준 다음 자기 잔을 들고 침대 한쪽에 앉았다. 여느 때나 다름없이 평온하고 침착한 얼굴이었다. 그는 잔을 들고 "범죄 박멸을 위하여!" 하고 외치며 건배를 했다.

톰은 잔을 비워 발 옆 바닥에 내려놓은 뒤 진흙이 묻은 집게손가락으로 입을 훔쳤다. 침대 다리를 뚫어져라 바라보는 모습이 마치 뭔가 희미하게 떠오르는 생각을 잡으려 애쓰는 사람 같았다.

경위는 십이 초 동안 잔을 쳐다보더니 홀짝 맛을 본 뒤 팔꿈치를 걸치고 있던 탁자에 잔을 내려놓았다. 살피는 듯한 매서운 눈길로 방을 한 바퀴 둘러본 뒤 경위가 톰 쪽으로 얼굴을 돌렸다.

톰은 뭐가 불편한지 소파에서 몸을 뒤채고 나서 고개도 들지 않고 말했다.

"마일스 부인에게는 일렸나, 샘?"

"어, 그럼." 스페이드가 대답했다.

"어떨 것 같아?"

"나야 여자한텐 젬병이잖나."

스페이드가 고개를 흔들며 대꾸했다.

"자네답지 않게 무슨 그런 소릴."

톰이 부드럽게 말했다.

경위는 무릎에 손을 얹고 앞으로 몸을 숙인 채 무색할 만큼 빤히 스페이드를 쳐다보았다. 초록빛 눈이 마치 기계 같아서 초점을 바꾸려면 버튼을 누르거나 레버를 당겨야만 할 듯

싶었다.

"갖고 다니는 총이 뭐요?" 경위가 물었다.

"없소. 그리 좋아하지 않아서. 물론 사무실에는 몇 자루 있지만."

"그거 하나만 보고 싶은데. 혹시 여기엔 없소?"

"그렇수다."

"정말이오?"

"못 믿겠으면 찾아보슈." 스페이드는 빙긋 미소를 짓고 빈 잔을 한번 흔들었다. "정 원한다면 이 방을 이 잡듯이 뒤져 보든지. 군말하지 않겠소. 수색 영장만 있다면."

"이러지 말게, 샘!" 톰이 끼어들었다.

스페이드는 탁자에 잔을 내려놓고 자리에서 일어나 경위 앞에 버티고 섰다.

"원하는 게 뭐요, 던디 경위?"

스페이드가 그의 눈빛처럼 딱딱하고 차가운 목소리로 내뱉었다.

던디 경위의 눈이 움직여 스페이드의 눈에 고정되었다. 움직인 것은 눈동자뿐이였다.

소파 위에 앉아 있던 톰이 자세를 고쳐 앉고 콧김을 한번 깊이 내뿜더니 애원하듯 뇌까렸다.

"자넬 괴롭히러 온 건 아닐세, 샘."

스페이드는 톰의 말을 무시하고 던디에게 말했다.

"글쎄, 뭘 원하느냐고 묻지 않소? 까놓고 말해 보쇼. 도대체 당신이 뭐기에 내 집까지 쳐들어와서 날 엮으려는 거요?"

던디가 몸속 깊은 데서 나오는 듯한 무거운 목소리로 대답했다.

"좋소. 일단 앉읍시다. 내 얘기하리다."

"앉든 서든 그건 내 맘이오."

스페이드는 꿈쩍도 하지 않았다.

톰이 애원했다.

"제발 너무 흥분하지 말게. 우리끼리 다퉈 봐야 무슨 소용 있겠나? 원한다면 우리가 왜 까놓고 말하지 않았는지 말해 줌세. 내가 그 써스비라는 자가 누군지 물어봤을 때 자네가 나더러 상관 말라는 식으로 말했기 때문일세. 우리한테 그러면 되겠나, 샘. 그건 자네가 실수한 거야. 자네한테도 득 될 거 없잖나. 우리 입장도 생각해 줘야지."

던디 경위가 벌떡 일어나 스페이드에게 다가가서 네모난 얼굴을 코앞에 바싹 들이밀었다.

"경고했지만 그러다 큰코다칠 거요."

스페이드가 깔보듯 입을 씰룩이며 눈썹을 치켜떴다.

"그야 누구라도 큰코다칠 수 있지."

스페이드가 조소하듯 차분하게 응수했다.

"그런데 이번은 당신 차례라고."

스페이드가 싱긋 웃으며 고개를 흔들었다.

"아니, 난 걱정 없소. 고맙지만."

스페이드의 얼굴에서 웃음기가 사라졌다. 왼쪽 윗입술이 씰룩거리며 송곳니가 드러났다. 눈초리가 사나워지고 눈에서 불이 뚝뚝 떨어지는 듯했다. 경위처럼 저 깊은 데서 울리는 듯한 목소리로 그가 말했다.

"맘에 안 드는군. 대체 뭐 하자는 수작인 거야? 똑바로 말을 하든지, 아니면 당장 나가시오. 난 잠이나 자야겠소."

"서스비가 누구요?"

던디가 마침내 속마음을 털어놓았다.

"내가 아는 건 이미 톰에게 다 말했소이다."

"쥐꼬리만큼뿐이던데."

"쥐꼬리만큼밖에 몰랐으니까."

"그자는 뭐 하러 미행했소?"

"내가 한 게 아니오. 마일스가 했지. 서스비를 미행해 달라며 상당한 돈을 지불한 의뢰인이 있었소."

"그 의뢰인이 누구요?"

스페이드의 얼굴과 목소리가 평정을 되찾았다. 그가 나무라듯 말했다.

"의뢰인의 동의를 얻기 전엔 말할 수 없다는 거 잘 알 텐데."

던디가 벌컥 열을 내며 소리쳤다.

"나에게 말하지 않으면 법정에 서야 할 거요. 이건 살인사건이라는 걸 잊지 마시오."

"생각해 보겠소. 나도 하나 알려 드릴 테니 잊지 마시오, 내 사랑. 말하든 말든 나 꼴리는 대로 할 거라는 거. 경찰이 어른다고 질질 짜던 건 옛날 고릿적 얘기요."

톰이 소파에서 일어나 침대 발치에 앉았다. 깎다 만 것처럼 거칠거칠한 수염에 진흙투성이 얼굴이 지치고 주름져 있었다.

톰이 애원했다.

"흥분하지 말라니까, 샘. 우리한테 기회를 주게. 자네가 알고 있는 걸 말해 주지 않으면 마일스 사건의 실마리를 찾아낼 수가 없단 말일세."

"그건 자네들이 골머리 썩일 필요 없네. 우리 집 시신은 내가 알아서 묻을 걸세."

던디 경위는 자리에 앉아 다시 무릎에 손을 얹었다. 두 눈이 따스한 초록색 원반 모양으로 변했다.

던디 경위가 말했다.

"나도 그럴 줄 알았소." 던디 경위가 정색하며 만족스럽게 말했다. "바로 그것 때문에 당신을 만나러 온 거요. 그렇지 않나, 톰?"

톰은 잘 들리지 않는 소리로 뭐라고 꿍얼거렸다.

스페이드는 던디를 조심스레 관찰했다.

던디 경위가 계속했다.

"내가 톰에게 말한 게 바로 그거요. 난 말했소. '톰, 암만 해도 샘 스페이드는 집안문제는 집안에서 처리하는 사내일 것 같아.' 그게 바로 내가 말한 거요."

스페이드의 눈에서 조심스러운 기색이 사라졌다. 대신 지루하고 따분해졌다. 그가 얼굴을 돌려 톰을 보더니 무심하게 말했다.

"자네 남자친구가 이젠 또 어디가 근질거리는 거지?"

던디가 자리에서 벌떡 일어나 두 손가락 끝으로 스페이드의 가슴을 톡톡 치며 말했다.

"바로 이거요." 던디는 손가락으로 장단을 맞추며 한 단어 한 단어에 힘을 주어 또박또박 말했다. "서스비는 당신이 버릿가를 떠난 지 고작 삼십오 분 뒤에 자신이 묵던 호텔 앞에서 사살되었소."

스페이드도 한 단어 한 단어에 힘을 주어 또박또박 맞받아쳤다.

"그 망할 앞발 치우시지."

"톰 얘기를 들으니 당신이 너무 서두르느라 파트너를 보려고도 하지 않았다던데."

던디는 손가락을 치웠지만 목소리는 그대로였다.

"그게 아니고, 제길, 샘, 자네 정말 꽁무니를 빼듯 했잖아."

톰이 변명하듯 우물거리며 말했다.

"게다가 당신은 아처의 집에 가서 직접 미망인에게 알리지도 않았소. 사무실에 전화해 보니 여비서 말이 자기더러 대신 가라고 했답디다."

경위의 말에 스페이드가 고개를 끄덕였다. 조용하다 못해 얼이 빠진 듯했다.

던디 경위가 또다시 구부린 손가락 두 개를 스페이드를 향해 들어 올리려다 황급히 내리며 말했다.

"당신이 여비서와 통화하는 데 십 분이 걸렸다고 칩시다. 서스비의 술집으로 가는 데도 십 분 걸렸고(리븐워스 인근의 기어리가였으니까) 그 정도 시간이면 충분했을 기요. 아니면 기껏해야 십오 분이면 됐겠지. 그러면 서스비가 나타날 때까지 당신한텐 십 분에서 십오 분 정도 시간이 있었던 셈이오."

"그럼 그자가 어디 사는지 내가 알았다는 거요? 그자가 마일스를 죽이고 곧바로 집으로 돌아가지 않았다는 것도 알았고?"

스페이드가 물었다.

"당신이 뭘 알았는지는 스스로 알겠지. 집에 몇 시에 왔소?"

던디가 고집스레 되받았다.

"3시 40분. 생각 좀 하느라 돌아다녔거든."

경위는 둥근 머리를 끄덕였다.

"당신이 3시 30분에 집에 없었다는 건 알고 있었소. 전화했더니 안 받더군. 어디를 돌아다녔소?"

"부시가를 좀 걷다가 돌아왔소."

"누구 본 사람은 없고……?"

"그렇소, 증인은 없소." 스페이드는 이렇게 대답하고 호탕하게 웃어 젖혔다. "앉으시오, 던디. 술도 남았잖소. 톰, 자네도 잔을 들게."

"고맙지만 됐네, 샘." 톰이 말했다.

던디는 자리에 앉았지만 럼주가 든 잔은 쳐다보지도 않았다.

스페이드는 자기 잔에 술을 따라 단숨에 마시고 빈 잔을 탁자에 놓은 뒤 침대 옆 자리로 돌아갔다.

"이제야 내가 어떤 처진지 알겠군."

스페이드는 친근한 눈길로 두 형사를 번갈아 쳐다보았다.

"성질을 부린 건 미안하오만, 불쑥 쳐들어와서 으르대니 예민해질 수밖에. 마일스가 당한 것도 신경 쓰이는데, 둘이 작당을 해서 엉뚱한 소리까지 해대니 말이오. 사정을 알고 보니 충분히 이해가 되는구면."

"오늘 일은 그만 잊어버리게." 톰이 말했다.

경위는 아무 말이 없었다.

"한데 서스비가 죽었다고?" 스페이드가 말했다.

"그렇네."

경위가 주저하는 틈에 톰이 대답했다. 그러자 경위가 성을 내며 말했다.

"서스비가 입도 뻥긋하기 전에 죽었다는 것도 알아두는 게 좋겠지. 물론 당신이 모른다면 말이지만."

"그게 무슨 뜻이지? 그럼 내가 알고 있었다는 건가?"

담배를 말고 있던 스페이드가 고개를 숙인 채 되물었다.

"말한 그대로요." 던디가 무뚝뚝하게 대꾸했다.

스페이드는 싱긋 웃으며 던디를 올려다본 뒤 한손에는 다만 담배를, 다른 손에는 라이터를 들었다.

"어쨌든 아직 날 잡아갈 준비는 안 된 모양이군. 안 그렇소, 던디?" 던디는 매서운 추록새 눈으로 스페이드를 노려만 볼 뿐 대답은 하지 않았다. "그렇다면 당신이 어떻게 생각하든 내가 콧방귀 좀 뀌어도 괜찮겠소, 던디?"

"거 참, 성질 좀 죽이라니까, 샘."

톰이 또다시 끼어들었다.

스페이드는 담배에 불을 붙인 뒤 빙그레 웃으며 연기를 내뿜었다.

"알았네. 성질 좀 죽이지, 톰. 하나만 묻겠네. 내가 서스비를 어떻게 죽였지? 난 잊어버려서 말이야."

톰은 넌더리가 난다는 듯 쭝얼거리기만 하고 이번에는 던디 경위가 대답했다.

"뒤에서 네 발을 맞았는데, 44구경 아니면 45구경이었소. 서스비가 호텔로 들어가려던 차에 길 건너편에서 쐈소. 목격자는 없지만 정황상 그렇다는 거요."

"그자는 루거를 넣은 총자루를 어깨에 메고 있었는데, 발사되진 않았어."

톰이 덧붙였다.

"호텔 직원들은 서스비에 관해 뭐라던가?"

"일주일 동안 묵었다는 것 말고는 아무것도 모르더군."

"혼자서?"

"혼자서."

"몸에서는 뭐가 나왔지? 방에서는?"

던디는 입술을 한번 빨고 나서 물었다.

"뭐가 나왔을 것 같소?"

스페이드는 낭창낭창한 담배로 무심하게 원을 그렸다.

"서스비가 누구였고, 어떤 사연이 있었는지 말해 주는 것 아니겠소?"

"당신이 알려줄 수 있을 줄 알았소만."

스페이드가 거의 과장스러울 만큼 솔직해 보이는 황회색 눈으로 경위를 바라보며 말했다.

"난 서스비를 본 적이 없소, 살아서든 죽어서든."

던디 경위가 불만스러운 표정으로 자리에서 일어났다. 톰은 하품과 함께 기지개를 켜며 일어났다.

"궁금했던 건 이제 다 물어본 셈이오."

던디가 초록색 돌멩이처럼 단단한 눈 위로 눈살을 찡그리며 말했다. 콧수염이 난 윗입술은 이빨에 딱 붙이고 아랫입술로만 뇌까렸다.

"당신이 알려 준 것보다 우리가 알려 준 게 더 많은 것 같소이다. 그건 괜찮소. 당신도 내가 어떤 사람인지 잘 알 거요, 스페이드. 당신이 범인이든 아니든, 난 당신을 공정하게 대할 거고 일부러 딴죽을 걸 생각도 없소. 당신을 무지막지하게 쪼지는 않을 거요. 그렇다고 당신을 잡아넣지 않겠다는 뜻은 아니오."

스페이드가 차분하게 대답했다.

"아주 공정하시구려. 어쨌거나 당신 잔을 비워 주면 좋겠소이다."

던디 경위는 탁자를 향해 몸을 돌려 잔을 들고 천천히 비웠다. 그러고는 "잘 자시오."라고 말하고 손을 내밀었다. 그들은 의식을 치르듯 악수했다. 톰과 스페이드도 의식을 치르듯 악수했다. 스페이드는 그들을 배웅했다. 그러고는 옷을 벗고 불을 끈 뒤 잠자리에 들었다.

3장

세 여자

다음 날 오전 10시에 스페이드가 사무실에 도착했을 때 에피 페린은 책상에서 오전에 들어온 우편물을 열어 보는 중이었다. 햇볕에 그을린 소년 같은 얼굴이 창백해 보였다. 그녀가 봉투 한 줌과 놋쇠 종이칼을 내려놓고 말했다.

"아이바가 왔어요."

경고하는 듯한 낮은 목소리였다.

"오지 못하게 하라니까."

스페이드가 역시 낮은 목소리로 투덜거렸다.

에피 페린이 갈색 눈이 똥그래지더니 마찬가지로 짜증스러운 목소리로 대답했다.

"네, 그랬죠. 하지만 방법은 알려 주지 않았잖아요." 에피가 잠시 눈을 감고 어깨를 축 떨구었다. "나한테 짜증내지 마요,

샘. 난 밤새 같이 있었다고요." 에피가 지친 목소리로 말했다.

스페이드가 에피 곁으로 다가가 가르마 부분에 손을 얹고 부드럽게 머리를 쓸어내렸다.

"미안해, 천사. 미처……" 그때 안쪽 문이 열리고 스페이드가 말을 끊었다. "안녕, 아이바." 스페이드가 문 뒤에 서 있는 여자에게 인사를 건넸다.

"오, 샘!" 아이바가 외쳤다.

서른이 조금 넘은 금발의 여자였다. 예쁜 얼굴이었지만 아마도 전성기에서 5년쯤 지난 듯싶었다. 몸매는 살집이 좀 있기는 했지만 아름답고 매력적이었다. 아이바는 머리에서 발끝까지 검정색 옷으로 감싸고 있었다. 생각 없이 고른 듯, 상복으로는 어색해 보였다. 그녀는 문 뒤에서 스페이드를 기다리고 있었다.

스페이드는 에피 페린의 머리에서 손을 떼고 안쪽 사무실로 들어가 문을 닫았다. 아이바는 그를 향해 달려와 슬픈 얼굴을 들어 키스를 요구했다. 그의 팔이 그녀를 안기도 전에 그녀의 팔이 그를 안았다. 키스가 끝난 뒤 그가 그녀를 놓으려고 살짝 몸을 빼자 그녀가 그의 가슴에 얼굴을 묻고 흐느끼기 시작했다.

스페이드가 아이바의 등을 쓰다듬으며 말했다.

"가엾은 우리 아기."

목소리는 부드러웠지만 스페이드의 눈은 화가 난 사람처럼 자기 책상 건너편에 놓인 죽은 파트너의 책상을 노려보고 있었다. 그는 더 이상 참을 수 없다는 듯 입술을 깨물며 아이바의 모자 깃털이 턱에 닿지 않도록 우거지상이 된 얼굴을 돌렸다.

"마일스 동생한테는 연락했어?" 스페이드가 물었다.

"네, 오늘 아침에 들렀더라고요."

아이바는 스페이드의 코트에 얼굴을 묻고 흐느끼고 있어서 말이 뭉그러졌다.

스페이드는 다시 얼굴을 찌푸린 뒤 고개를 숙여 손목시계를 보았다. 왼쪽 팔로 아이바를 감싸고 있어서 손이 그녀의 왼쪽 어깨에 얹혀 있었다. 소매가 끌려올라가 시계가 드러난 상태였다. 10시 10분이었다.

아이바는 스페이드의 품속에서 몸을 움직여 다시 고개를 들었다. 촉촉하게 젖은 파란 눈을 동그랗게 뜨고 있어서 흰자위가 드러나 있었다. 입술은 촉촉했다.

"오, 샘. 당신이 그이를 죽였나요?"

아이바가 울부짖듯 말했다.

스페이드는 툭 불거진 눈으로 아이바를 뚫어져라 응시했다. 앙상한 턱이 쩍 벌어졌다. 그는 팔을 풀고 뒤로 물러섰다. 그녀를 노려보고 헛기침을 했다.

아이바는 스페이드가 빠져나간 상태 그대로 팔을 들고 있었다. 두 눈은 고뇌로 흐려졌고, 팔자 모양으로 끝이 쳐진 눈썹 아래서 거의 감고 있었다. 부드럽고 축축한 붉은 입술이 부르르 떨렸다.

스페이드는 거칠게 "하!" 하고 웃고서 담황색 커튼이 쳐진 창가로 다가갔다. 그곳에서 아이바를 등진 채 커튼 사이로 뜰을 내다보며 서 있었다. 그녀가 다가오기 시작하자 재빨리 몸을 돌려 책상으로 걸어갔다. 그는 자리에 앉아 팔꿈치를 책상에 올리고 주먹으로 턱을 괸 채 그녀를 노려보았다. 황회색 눈이 가느스름한 눈꺼풀 사이로 빛났다.

스페이드가 차갑게 물었다.

"누가 그런 기막힌 생각을 당신 머릿속에 심어 줬지?"

"내 생각에 …."

아이바는 한 손으로 입을 가린 채 눈물을 글썽였다. 너무하다 싶을 만큼 작고 높은 검정 구두를 신고도 편안하고 안정된 걸음으로 스페이드의 곁으로 걸어왔다.

"그러지 마요, 샘."

아이바가 처량하게 말했다.

스페이드가 웃음을 터뜨렸다. 눈은 여전히 빛났다.

"당신은 내 남편을 죽였어요, 샘. 나한테 이러면 안 되죠."

스페이드가 손바닥을 부딪치며 말했다.

"이런 우라질."

아이바는 흰 손수건을 꺼내 얼굴을 닦으며 밖에서 들릴 만큼 큰 소리로 울기 시작했다.

스페이드가 일어나서 아이바 곁으로 다가갔다. 그녀를 팔로 감싸 안고 귀와 코트 깃 사이로 목에 입을 맞췄다.

"자, 아이바, 이제 그만 울어." 스페이드는 무표정했다. 아이바가 울음을 멈추자 그가 그녀의 귀에 입을 대고 나직이 말했다. "오늘 여기 오는 게 아니었어, 자기. 잘못한 거야. 더 이상 여기 있으면 안 돼. 어서 집에 돌아가."

아이바가 스페이드의 품속에서 몸을 돌려 그를 마주보고 물었다.

"오늘 밤 집에 올 거예요?"

스페이드는 고개를 부드럽게 저었다.

"오늘 밤은 안 돼."

"그래도 빨리 올 거죠?"

"그래."

"얼마나 빨리요?"

"되도록 빨리."

스페이드는 아이바의 입술에 키스하고는 문을 열고 "잘가, 아이바."라고 인사한 뒤 문을 닫고 책상으로 돌아왔다.

스페이드는 조끼 주머니에서 담배 봉지와 담배 종이를 꺼냈지만 담배를 말지는 않았다. 한손에 종이를 들고 다른 손에 담배를 든 채 죽은 파트너의 책상을 어두운 눈으로 바라보았다.

에피 페린이 문을 열고 들어왔다. 갈색 눈이 불안해 보였다. 그녀가 무심하게 물었다.

"뭐래요?"

스페이드는 아무 말이 없었다. 음울한 눈길은 여전히 파트너의 책상에서 움직이지 않았다.

에피가 얼굴을 찌푸리며 스페이드 곁으로 다가왔다. 이번에는 좀 더 큰 소리로 물었다.

"뭐라고 하더냐고요. 둘이 무슨 얘기를 한 거죠?"

"아이바는 내가 마일스를 죽였다고 생각하더군."

스페이드가 내뱉했다. 입술만 움직였다.

"자기랑 결혼하려고?"

스페이드는 대답하지 않았다.

에피는 스페이드의 머리에서 모자를 벗겨 책상에 내려놓았다. 그러고는 몸을 숙여 힘없는 그의 손가락에서 담배 봉지와 종이를 뺏었다.

"경찰은 내가 서스비를 쐈다고 생각하고."

"서스비가 누군데요?"

에피가 이렇게 물으며 종이 한 장을 떼어내 그 위에 담뱃잎 조각을 뿌렸다.

"자긴 내가 누굴 쐈다고 생각해?" 에피가 모르는 체하자 스페이드가 말했다. "윈덜리라는 여자의 부탁으로 마일스가 미행하기로 했던 자야."

에피의 가느다란 손가락이 담배를 다 말았다. 그녀는 침을 바르고 손으로 매만진 다음 끝을 비틀어 스페이드의 입술에 물려 주었다. 그는 "고마워 자기." 하며 그녀의 날씬한 허리에 팔을 두른 뒤 지친 듯 그녀의 허리에 볼을 대고 눈을 감았다.

"그럼 이제 아이바랑 결혼할 수 있겠네요?"

에피가 스페이드의 연갈색 머리칼을 내려다보며 물었다.

"바보 같은 소리."

스페이드가 중얼댔다. 입술의 움직임을 따라 아직 불을 붙이지 않은 담배가 위아래로 까딱거렸다.

"아이바는 그렇게 생각 안 할걸요. 왜 그러겠어요? 아이바를 어떤 식으로 데리고 놀았는지 한번 생각해 보라고요."

스페이드가 한숨을 쉬고 말했다.

"아이바를 아예 만나지 않았으면 얼마나 좋았을까."

에피가 악의 섞인 목소리로 응수했다.

"지금이니까 그런 생각이 들겠죠. 하지만 한때는 안 그랬잖아요."

"난 그런 식이 아니면 여자에게 뭘 해야 하고 무슨 말을 해야 하는지 도통 모르겠어. 게다가 난 마일스가 맘에 들지도 않왔어."

"그건 거짓말이에요, 샘. 당신도 알다시피 난 아이바가 천박하다고 생각해요. 하지만 나도 그런 몸매를 타고 났다면 얼마든지 천한 여자가 될걸요."

스페이드는 에피의 허리에 초조하게 얼굴을 비빌 뿐 아무 말도 하지 않았다.

입술을 깨물고 이마를 찡그리고 있던 에피 페린은 스페이드의 얼굴이 잘 보이도록 고개를 숙이며 말했다.

"혹시 아이바가 죽인 건 아닐까요?"

스페이드는 에피의 몸에서 손을 떼고 똑바로 앉았다. 그러고는 재미있다는 듯 웃기만 했다. 그는 라이터를 꺼내 불을 켜고 담배 끝에 가져다댔다.

"자긴 천사야. 머리가 텅 빈 예쁜 천사."

스페이드가 담배 연기 사이로 부드럽게 말했다.

에피가 다소 씁쓸하게 웃었다.

"어머나, 내가요? 그럼 오늘 새벽 3시에 소식을 전하러 갔을 때 당신의 아이바가 몇 분 뒤에야 돌아왔다면요?"

"정말이야?"

스페이드가 물었다. 입술은 여전히 웃고 있었지만 두 눈은 초롱초롱해졌다.

"아이바는 막 돌아와서 옷을 갈아입었는지 어쨌든 날 문

밖에 한참 세워 두었어요. 들어가 보니 의자에 던져 놓은 옷이 있더군요. 모자와 코트는 방바닥에 떨어져 있었고요. 속옷 상의는 아직 따스했어요. 아이바는 자고 있었다고 말했지만 그건 사실이 아니에요. 침대에 주름을 잡아 놓기는 했지만 분명 사람이 잔 흔적은 아니었다고요."

스페이드는 에피의 손을 잡고 토닥였다. 그러고는 고개를 저으며 말했다.

"이제 자기도 탐정이 다 됐군. 하지만 아이바가 죽인 게 아니야."

에피 페린이 손을 휙 잡아 빼며 침통하게 말했다.

"그 여자는 당신과 결혼하고 싶어 한다고요, 샘."

스페이드는 못 참겠다는 듯 머리와 한 손을 휘둘렀다.

에피가 인상을 쓰며 따져 물었다.

"어젯밤에 만난 거예요?"

"아니."

"정말요?"

"정말이고말고. 던디처럼 굴지 좀 마, 자기. 자기한테는 안 어울려."

"던디가 당신을 노리고 있어요?"

"응. 던디 경위랑 톰 폴하우스가 4시에 한잔 하러 들렀더군."

"그 사람들 정말로 당신이 그 뭐라더라 하는 남자를 죽였다고 생각하는 거예요?"

"서스비."

스페이드가 놋쇠 재떨이에 담배꽁초를 부벼 끄고 담배를 다시 말기 시작했다.

"정말이에요?"

에피가 재차 물었다.

"알게 뭐야." 스페이드는 말고 있는 담배만 물끄러미 바라보고 있었다. "진짜로 그런 생각을 했더군. 내 말을 얼마나 믿었는지는 나도 몰라."

"나 좀 봐요, 샘." 스페이드가 웃음을 머금고 에피를 바라보자 한순간 그녀의 얼굴에 근심과 즐거움이 교차했다. "정말 걱정이에요." 에피가 다시 진지한 얼굴로 말했다. "당신은 늘 스스로 매사에 빈틈없는 사람이라고 생각하지만, 자신감이 너무 넘쳐서 탈이에요. 그러다 언젠가 당할지도 몰라요."

스페이드가 어이없다는 듯 한숨을 쉬고 에피의 팔에 뺨을 비볐다.

"던디랑 똑같은 말을 하는군. 하지만 자기가 아이바만 떼어 내 주면 나머지 문제는 내가 어떻게든 처리할게." 스페이드가 일어나서 모자를 썼다. "'스페이드&아처 탐정소' 현판을 떼고 '새뮤얼 스페이드 탐정소'라고 다시 걸어. 한 시간 뒤에 올게. 아님 전화하든지."

스페이드는 세인트마크 호텔의 기다란 자줏빛 로비를 지나 데스크로 가서 멋쟁이 빨강머리 사내에게 원덜리가 방에 있는지 물었다. 멋쟁이 빨강머리는 몸을 돌려 장부를 보더니 돌아서서 고개를 저었다.

"오늘 아침에 체크아웃하셨네요, 스페이드 씨."

"고맙소."

스페이드는 데스크를 떠나 로비에서 떨어진 곳에 있는 벽감 쪽으로 갔다. 그곳에는 검정색 옷을 입은, 나이보다 젊어 보이는 통통한 중년의 사내가 마호가니 책상 앞에 앉아 있었다. 로비 쪽으로 향한 책상 모서리에 '프리드 씨'라고 새겨진, 놋쇠와 마호가니로 만든 삼각 명패가 놓여 있었다.

프리드라는 통통한 사내는 자리에서 일어나 책상을 빙 돌아와서 손을 내밀었다.

"아처 일은 정말 유감이네, 스페이드." 프리드는 동정심이 흘러 나는 진심 어린 어조로 말했다. "《콜》에 실린 거 막 봤어. 어젯밤만 해도 여기서 봤는데 말이야. 자네도 알겠지만."

"고맙네, 프리드. 아처와 얘기 좀 했었나?"

"아니. 내가 저녁 일찍 왔을 때 아처는 로비에 앉아 있었네. 난 아무 말도 시키지 않았어. 아마도 근무 중이겠지 싶어서 말이야. 자네들 바쁠 때는 건드리면 좋아하지 않잖나. 그게 이 일과 무슨 상관이라도……?"

"아닐 걸세, 아직 잘은 모르지만. 여하간 가급적이면 여기는 엮이지 않게 할 생각이네."

"고맙군."

"천만에. 예전 투숙객 정보 좀 주고 내게 알려 줬다는 거 잊어 줄 수 있겠나?"

"그야 물론이지."

"오늘 아침에 원덜리라는 여자가 체크아웃했네. 그녀에 대해 좀 알고 싶어."

"따라오게. 뭘 알아볼 수 있는지 어디 보세."

스페이드는 그대로 서서 고개를 저었다.

"거기다 얼굴 보이고 싶지 않아서."

프리드는 고개를 끄덕이고 벽김 밖으로 나갔다. 로비로 가던 그가 자리에 우뚝 멈춰 섰다가 스페이드에게 돌아왔다.

"어젯밤 경비원은 해리먼이었네. 그도 틀림없이 아처를 봤을 걸세. 말하지 말라고 주의를 주는 게 어떨까?"

스페이드는 눈 가장자리로 프리드를 보았다.

"그냥 두는 게 낫겠네. 원덜리라는 여자와 아무 관련도 없다면 그러든 말든 상관은 없겠지만. 해리먼은 괜찮은 친구지만 입이 가벼운 편이라 차라리 아무 얘기도 안 하는 게 낫겠어."

프리드는 다시 고개를 끄덕이며 사라졌다. 십오 분 후에 그가 돌아왔다.

"원덜리는 지난 주 화요일에 도착했고 뉴욕에서 예약했네. 트렁크는 없고 가방만 몇 개 있었어. 전화비는 나온 게 없고, 우편물도 거의 받지 않은 듯하군. 서른여섯쯤 된 키 크고 피부가 검은 사내랑 같이 있는 걸 본 게 다였네. 여자는 오늘 아침 9시 30분에 나갔고, 한 시간 뒤에 돌아와서 숙박비를 지불하고 가방을 차에 실었어. 가방을 날라 준 보이 말로는 관광용 모델인 내시였는데, 아마 랜터카인 것 같다더군. 전송처를 남겼는데 로스앤젤레스 대사관이야."

"대단히 고맙네, 프리드."

스페이드는 인사를 마치고 세인트마크 호텔에서 나왔다.

스페이드가 사무실로 돌아오자 에피 페린이 타이핑을 멈추고 말했다.

"당신 친구 던디가 다녀갔어요. 당신 총을 보고 싶다고요."

"그래서?"

"당신이 오면 다시 오라고 말했죠."

"잘했군. 다시 오거든 총 보여 줘."

"그리고 원덜리 양이 전화했었어요."

"할 때가 됐지. 뭐래?"

"당신을 만나고 싶대요." 에피는 책상에서 종잇조각을 집어 들고 연필로 쓴 메모를 읽었다. "캘리포니아가에 있는 코로넷 아파트 1001호에 있어요. 르블랑 양을 찾으면 된대요.”

스페이드는 “이리 줘봐.”라고 말하며 손을 내밀었다. 에피가 메모지를 건네자 그는 라이터를 꺼내 불을 켠 뒤 종이에 불을 붙이고 한쪽 끝이 검은 재가 될 때까지 붙잡고 있다가 리놀륨 바닥에 떨어뜨리고 구두 밑창으로 짓뭉갰다.

에피는 못마땅한 눈으로 스페이드를 지켜보았다.

스페이드는 씩 웃고서 “원래 그렇게 하는 거야, 자기.” 하고 다시 나가 버렸다.

4장

검은 새

원덜리는 벨트가 달린 초록색 크레이프 실크 드레스 차림으로 코로넷 아파트 1001호의 문을 열었다. 얼굴이 발그레 물들어 있었다. 왼쪽 가르마를 타서 굵은 웨이브를 넣어 오른쪽 관자놀이에서 뒤로 넘긴 짙은 빨강머리는 다소 헝클어져 있었다.

스페이드가 모자를 벗으며 인사를 건넸다.

"안녕하세요."

스페이드가 미소를 짓자 원덜리도 보일 듯 말 듯 미소를 지었다. 거의 보라색에 가까운 파란 눈에는 근심이 가득 서려 있었다. 그녀는 고개를 숙여 인사한 뒤 겁에 질린 낮은 목소리로 말했다.

"들어오세요, 스페이드 씨."

원덜리는 문이 열린 부엌과 화장실, 침실 문을 지나 미색과 빨강색이 어우러진 거실로 스페이드를 안내하며 어수선해서 미안하다며 어쩔 줄을 몰랐다.

"모든 게 뒤죽박죽이에요. 아직 짐도 다 못 풀었거든요."

원덜리는 스페이드의 모자를 탁자에 올려놓고 호두나무 안락의자에 앉았고 스페이드는 그 건너편에 있는 타원형의 검정색 양단 의자에 앉았다.

원덜리는 고개를 숙인 채 손가락을 만지작거리며 말했다.

"스페이드 씨, 너무 끔찍한 고백을 해야겠어요."

스페이드는 정중하게 미소를 지었지만, 원덜리는 고개를 숙이고 있어서 보지 못했다. 그는 아무 말도 하지 않았다.

"저, 그, 어제 제가 말씀드린 얘기는 모두 꾸며낸 거예요."

원덜리는 여기까지 더듬거리며 말하고 나서 고개를 들어 겁에 질린 참혹한 눈으로 스페이드를 바라보았다.

"아, 그거요. 우리도 아가씨 말을 곧이곧대로 믿은 건 아닙니다."

스페이드가 가볍게 말했다.

"그럼……?"

비참하게 겁에 질린 원덜리의 눈에 당혹감이 더해졌다.

"우린 당신의 200달러를 믿은 겁니다."

"무슨 뜻인지……?"

원덜리는 스페이드의 말을 이해하지 못한 듯했다.

"내 말은 아가씨가 진실을 말하는 것치고는 지불한 금액이 너무 많았다는 뜻입니다. 그런 일을 처리하기에는 과한 액수였다고요."

스페이드가 덤덤하게 설명했다.

원덜리의 눈이 갑자기 밝아졌다. 그녀는 의자에서 몸을 살짝 들어 자세를 바로하고 스커트를 매만지더니 몸을 앞으로 숙이고 간절한 어조로 말했다.

"그럼 지금도 도와주실 의향이……?"

스페이드는 한손을 들어 말을 끊었다. 얼굴 윗부분은 찡그리고 있었지만 아래쪽은 웃고 있었다.

"그건 아직 모르죠. 골치 아픈 건, 음…… 이름이 원덜리인가요 르블랑인가요?"

원덜리가 얼굴을 붉히며 중얼거리듯 말했다.

"본명은 오쇼네시예요. 브리지드 오쇼네시."

"골치 아픈 건, 오쇼네시 양, 이런 식으로 살인 사건이 두어 개……."

이 말에 브리지드가 움칠했다. 스페이드는 말을 계속했다.

"연달아 일어나면 다들 긴장하게 되고, 경찰들은 끝장을 보려 들게 되지요. 그럼 사람 다루기도 힘들고, 비용도 많이 들어간다는 겁니다. 문제는……."

브리지드가 더 이상 스페이드의 말을 듣지 않고 말이 끝나기만 기다리고 있다는 것을 깨닫자 그가 말을 끊었다.

"스페이드 씨, 사실대로 말해 주세요." 거의 히스테리에 가까운 목소리였다. 초췌해진 눈에는 필사적인 뭔가가 비쳤다. "어, 어젯밤 일이 제 탓인가요?"

스페이드는 고개를 저었다.

"내가 모르는 게 있는 게 아니라면 그렇지 않습니다. 당신은 서스비가 위험한 사람이라고 경고했어요. 물론 동생이나 다른 문제에 관해서는 거짓말을 했지만 그건 중요하지 않아요. 우린 믿지 않았으니까." 스페이드가 구부정한 어깨를 한번 으쓱한 뒤 말을 맺었다. "그러니 그건 당신 잘못이 아닙니다."

"고마워요."

브리지드는 들릴락 말락 작게 말하고는 곧이어 고개를 설레설레 내저으며 내뱉었다.

"하지만 전 평생 저 자신을 용서할 수 없을 거예요."

브리지드가 한 손으로 목을 움켜쥐며 괴로움을 호소했다.

"어제 오후만 해도 아처 씨는 그렇게, 그렇게나 건강하고 믿음직하고 다정했는데……"

"그만해요." 스페이드가 명령했다. "아처는 자기가 하는 일이 어떤 건지 잘 알고 있었어요. 우리 일엔 원래 위험이 따르게 마련입니다."

"아처는, 아처는 결혼한 사람인가요?"

"네. 1만 달러짜리 보험에, 자식은 없고 아처를 좋아하지 않는 아내가 있었죠."

"오, 제발 그러지 마세요!"

브리지드가 흐느끼며 말했다.

스페이드가 다시 어깨를 으쓱했다.

"사실을 말했을 뿐인데요."

스페이드는 손목시계를 흘끗 본 뒤 의자에서 일어나 브리지드 곁으로 갔다. 스페이드가 유쾌하지만 단호한 목소리로 말했다.

"지금은 그런 걱정 할 겨를이 없어요. 바깥에는 경찰과 지방 검사보와 기자들이 냄새를 맡으며 떼거지로 돌아다니고 있습니다. 원하는 게 뭐죠?"

"절 보호해 주세요, 모든 것에서부터." 브리지드가 부르르 떨며 가녀린 목소리로 말하고는 가만히 스페이드의 소매를 잡았다. "스페이드 씨, 그들이 저에 대해 알고 있나요?"

"아직은 모릅니다. 그들에게 알리기 전에 당신을 먼저 만나보고 싶었습니다."

"제가 당신에게 와서 그런 거짓말을 한 걸 알면, 그들이 절 어떻게 생각할까요?"

"그야 당연히 의심하겠지요. 바로 그래서 당신을 만나기 전까지 당분간 따돌리기로 한 겁니다. 저들한테 모든 것을 알려 줄 필요야 없지요. 필요하다면 저들을 잠잠하게 할 거짓말을 꾸며낼 수도 있을 겁니다."

"설마 제가 그 일, 살인 사건과 관련돼 있다고 생각하시는 건 아니겠죠?"

스페이드는 브리지드를 보고 씩 웃으며 말했다.

"물어본다는 걸 깜빡 잊어버리고 있었군요. 관련 있나요?"

"아뇨."

"좋아요. 이제 경찰한테 뭐라고 말할까요?"

브리지드는 의자 끝에 앉아 옴죽거리기만 했다. 눈동자는 스페이드의 눈길을 피하려는 듯 짙은 속눈썹 사이에서 이리저리 흔들렸다. 몸이 이주 작아져서 풀숙은 어린아이 같았다.

"경찰한테 꼭 제 얘기를 해야 하나요? 그러느니 차라리 죽고 싶어요, 스페이드 탐정님. 지금은 설명할 수 없지만 제발 부탁이에요. 어떻게든 제가 그들의 질문에 대답하지 않도록 막아 주세요. 지금 취조를 당하면 전 견딜 수 없을 거예요. 그럴 바엔 차라리 죽어 버릴래요. 안 될까요, 탐정님?"

"방법이 없는 건 아니죠. 하지만 그러려면 내게 사실대로 다 털어놓아야 합니다."

브리지드는 스페이드의 무릎 앞에 무릎을 꿇었다. 그러고는 고개를 들어 그를 보았다. 꼭 마주잡은 두 손 위로 파리하고,

긴장되고, 두려움에 가득 찬 얼굴이 드러났다.

"전 착하게 살진 않았어요. 나쁜 여자였죠, 탐정님이 상상하는 것 이상으로요. 하지만 뼛속까지 나쁜 건 아니에요. 제 얼굴을 보세요, 탐정님. 정말 나쁜 여자 같으세요? 그렇지 않다는 걸 알 수 있지 않나요, 네? 조금은 믿을 수 있지 않나요? 오, 너무 외롭고 두려운데, 탐정님 말고는 달리 도와줄 사람이 없어요.

저도 알아요. 탐정님을 믿고 털어놓지 않으면서 탐정님한테 절 믿어 달라고 할 권리가 없다는 거. 하지만 전 진심으로 탐정님을 믿어요. 다만 지금은 말할 수 없을 뿐이에요. 나중에 때가 되면 말할게요. 무서워요, 탐정님. 당신을 믿기가 무서워요. 아니에요. 제 말은 그런 뜻이 아니에요. 탐정님을 믿어요.

하지만(전 플로이드를 믿었는데) 지금 제겐 아무도 없어요, 아무도. 하지만 탐정님은 절 도와주실 수 있어요. 그럴 수 있다고 말했잖아요. 탐정님이 절 구해 줄 거라고 믿지 않았다면 오늘 탐정님께 이리로 와 달라고 하는 대신 멀리 달아나 버렸을 거예요. 절 구해 줄 사람이 또 있다면 이렇게 무릎 꿇고 있겠어요? 부끄러운 짓이라는 거 알아요. 하지만 너그럽게 이해해 주세요, 탐정님. 부디 품위를 갖추라거나 그런 말은 말아 주세요. 탐정님은 강하고, 지략도 있고, 용감하잖아요. 저에게 그 힘과 지혜와 용기를 조금만 나눠 주세요. 부탁이에요, 탐정님.

제발 저를 살려 주세요. 이렇게 절박한 처지에 아무리 그러고 싶어도 어디서 탐정님 같은 분을 또 찾을 수 있겠어요? 도와주세요. 무턱대고 도와달라고 할 권리는 제게 없죠. 저도 알아요. 하지만 그래도 어쩔 수 없어요. 이렇게 부탁드려요. 제발 아량을 베풀어 주세요, 탐정님. 저를 도와줄 분은 탐정님밖에 없어요. 부탁드려요."

스페이드는 말이 거의 끝날 때까지 숨도 못 쉬고 있다가 꾹 다문 입술 사이로 한숨 쉬듯 길게 숨을 내쉬고 나서 말문을 열었다.

"아가씨는 도움 같은 거 별 필요 없을 겁니다. 연기가 아주 훌륭하군요. 아주 좋았어요. 특히 당신 눈 그리고 '아량을 베풀어 주세요, 탐정님.' 하고 밀랍 내 목소리에 배어 나오는 그 울림은 정말 일품이에요."

브리지드가 자리에서 벌떡 일어섰다. 고통으로 얼굴이 새빨개졌지만 고개를 꼿꼿이 들고 스페이드를 똑바로 쳐다보았다.

"그러실 만해요. 제 불찰이에요. 하지만(오!) 전 탐정님이 도와주시길 진심으로 원했어요. 지금도 너무나 원하고 있어요. 탐정님이 정말 필요해요. 제가 말한 방식은 꾸민 것이었지만 제가 한 말은 거짓이 아니었어요." 브리지드가 꼿꼿이 세웠던 고개를 숙이고 얼굴을 돌렸다. "탐정님이 절 믿지 못하시는 건 순전히 제 잘못이에요."

스페이드는 얼굴을 붉히며 바닥을 내려다보고 중얼거렸다.

"이거 위험한 아가씨로군."

브리지드 오쇼네시는 탁자로 가서 스페이드의 모자를 집어 들었다. 그녀는 원래 자리로 돌아가 그의 앞에 섰지만 모자를 건네지는 않고, 원한다면 가져가라는 듯 가만히 들고 있었다. 얼굴은 희고 여위어 보였다.

스페이드가 모자를 보고 물었다.

"어젯밤엔 어떻게 된 거죠?"

"플로이드가 어젯밤 9시에 호텔에 온 뒤 우리는 나가서 산책했어요. 아처 씨가 그를 볼 수 있게 하려고 제가 그러자고 했어요. 우리는 기어리가였나, 그쯤에 있는 음식점에 들어가 저녁을 먹고 춤을 춘 뒤 12시 30분쯤 호텔에 돌아왔어요. 플로이드는 문 앞까지 저를 배웅해 주고 돌아갔어요. 저는 아처 씨가 반대편에서 그를 따라 내려가는 모습을 호텔 안에서 지켜봤어요."

"내려가요? 마켓가 쪽으로 갔단 말입니까?"

"네."

"부시가와 스톡턴가 인근, 그러니까 아처가 살해된 곳 근처에서 그들이 뭘 하고 있었는지 혹시 아는 거 없나요?"

"거긴 플로이드의 숙소와 가깝지 않나요?"

"아닙니다. 플로이드가 당신 호텔에서 자기 숙소로 가는 길이었다면, 열 블록 넘게 돌아간 셈이지요. 그건 그렇고 두 사람이 가고 난 뒤 아가씨는 뭘 했죠?"

"그냥 잤어요. 오늘 아침에 식사하러 나갔을 때 신문 헤드라인을 보고서야……, 아시잖아요. 그 뒤에는 유니온 광장에 갔어요. 전에 그 근방에서 랜터카 광고를 봤거든요. 거기서 차를 빌려 호텔로 돌아가 짐을 실었죠. 어제 제 방을 누가 뒤졌기에 숙소를 옮겨야겠다고 생각하고 오후에 이 호텔을 봐 두었거든요. 이곳에 도착하자마자 탐정님 사무실에 전화했고요."

"세인트마크 호텔의 아가씨 방을 누가 뒤졌다고요?"

"네, 제가 탐정님 사무실에 간 동안에요."

브리지드가 입술을 깨물며 덧붙였다.

"이 얘긴 안 하려고 했는데."

"그러니까 내가 물어보면 안 되는 일이란 뜻인가요?"

브리지드가 수줍어하며 고개를 끄덕였다.

스페이드가 인상을 찌푸렸다.

브리지드가 모자를 집어 들고 흔들기 시작했다.

스페이드가 못 참겠다는 듯이 실소를 터뜨리며 말했다.

"내 얼굴에 대고 모자 좀 흔들지 말아요. 내가 할 수 있는 일은 해주겠다고 했잖아요?"

브리지드는 뉘우치듯 미소를 지으며 모자를 탁자에 가져다

놓고 다시 스페이드의 옆자리로 가서 앉았다.

스페이드가 말했다.

"조건 없이 아가씨를 믿어 달라는 말은 문제랄 것도 없어요. 다만 앞뒤 사정을 모르고서는 아가씨에게 도움을 줄 수 없다는 게 문제죠. 이를테면 플로이드 서스비라는 사내가 어떤 사람인지 정도는 알아야 합니다."

"제가 플로이드를 만난 건 동양에서였어요."

브리지드가 천천히, 두 사람 사이에 있는 의자 위에 한 손가락으로 계속 8자를 그리며 말했다.

"우리는 지난주에 홍콩에서 이리로 왔어요. 플로이드는 절 도와주겠다고 약속했어요. 그래 놓고 제가 무력하게 자기에게 의존한다는 점을 이용해 절 배신했어요."

"어떻게 배신했다는 거죠?"

브리지드는 고개만 흔들 뿐 대답하지 않았다.

스페이드는 조급증이 나서 얼굴을 찌푸리며 물었다.

"왜 플로이드를 미행하려 한 겁니까?"

"일이 얼마나 진전되었는지 알고 싶었어요. 플로이드는 저에게 어디 묵는지조차 말해 주지 않았어요. 전 그가 뭘 하고 있는지, 누굴 만나는지, 그런 걸 알고 싶었어요."

"플로이드가 아처를 죽였나요?"

브리지드는 놀란 얼굴로 스페이드를 올려다보았다.

“그럼요, 당연하죠.”

“플로이드는 어깨에 루거 자루를 메고 있었는데 아처는 루거에 맞은 게 아니었습니다.”

“코트 주머니에 리볼버도 넣고 다녔어요.”

“직접 봤나요?”

“그럼요, 수도 없이 봤죠. 플로이드는 늘 거기에 리볼버를 넣고 다니는걸요. 어젯밤엔 못 봤지만 리볼버 없이 코트를 입진 않았을 거예요.”

“웬 총이 그리 많죠?”

“그걸로 먹고살거든요. 홍콩에서 떠돌던 소문에 따르면 플로이드는 미국에서 추방당한 도박꾼의 경호원으로 동양에 간 거데, 거기서 그 도박꾼이 놀연 사라졌대요. 그 까닭을 아는 건 플로이드뿐이라나요. 전 모르는 일이에요. 제가 아는 건 그가 늘 중무장을 하고 다녔고 침대 주변에 구겨진 신문을 깔아 둬서 아무도 몰래 방에 숨어 들어올 수 없었다는 거예요.”

“참 멋진 친구를 고르셨군요.”

“그런 사람만이 절 도와줄 수 있었으니까요. 충직하기만 했다면요.”

“그렇죠. 만약 그랬다면 말이겠죠.”

스페이드는 검지와 엄지로 아랫입술을 비비 틀며 어두운 눈길로 브리지드를 바라보았다. 코 위의 주름이 더 깊어지고 양미간이 좁아졌다.

"지금 상황이 얼마나 안 좋은 겁니까?"

"최악이에요."

"생명의 위협을 받고 있습니까?"

"전 영웅이 아니에요. 죽음보다 더 나쁜 게 뭐가 있겠어요."

"그럼 역시 생명의 위협이군요?"

"우리가 지금 여기 앉아 있는 것만큼이나 확실한 거예요. 만약 당신이 도와주시지 않는다면요."

브리지드는 부르르 몸을 떨었다.

스페이드는 입술에서 손가락을 떼고 머리카락을 쓸어 내렸다. 그가 벌컥 화를 내며 말했다.

"난 그리스도가 아닙니다. 아무것도 없이 기적을 행할 수는 없단 말입니다." 스페이드는 손목시계를 한번 보고 말을 이었다. "하루가 다 갔는데 아가씨는 내게 일을 진척시킬 단서를 하나도 안 주는군요. 서스비는 누가 죽였죠?"

브리지드는 구겨진 손수건으로 입을 가리며 말했다.

"저도 모르겠어요."

"아가씨의 적인가요, 서스비의 적인가요?"

"정말 모르겠어요. 서스비의 적이면 좋을 텐데. 아, 너무 무서워요. 뭐가 뭔지 정말 모르겠어요."

"서스비는 당신을 어떻게 도울 계획이었죠? 그를 홍콩에서 이리 데려온 까닭은 뭡니까?"

브리지드는 겁에 질린 눈으로 스페이드를 바라보더니 가만히 고개를 저었다. 초췌한 얼굴은 딱할 정도로 고집스러웠다.

스페이드는 일어나 상의 주머니에 손을 찔러 넣은 채 브리지드를 쏘아보았다.

"더 이상 가망이 없군." 스페이드가 가차 없이 잘라 말했다. "나로선 아무것도 해 줄 게 없네요. 당신이 원하는 게 뭔지 모르겠군요. 자신이 원하는 걸 당신이 알고 있는지도 의문이고."

브리지드는 고개를 푹 숙이고 울음을 터뜨렸다.

스페이드는 목에서 동물 울음소리처럼 으르렁 소리를 내더니 모자를 집으러 탁자 쪽으로 걸어갔다.

브리지드가 어련히 고개를 숙인 재 목 멘 소리도 산정했다.

"제발 경찰에 가진 말아 주세요."

"경찰에 간다고!" 스페이드가 외쳤다. 너무 화가 난 나머지 언성이 높아졌다. "그 인간들한테 오늘 새벽 4시부터 들들 볶였습니다. 내가 그 인간들을 쫓아내려고 무슨 짓을 했는지는 오직 신만이 아실 거외다. 내가 뭐 하러 그런 줄이나 압니까? 나라면 아가씨를 도와줄 수 있을 거라는 어리석은 망상 때문이었죠. 이젠 못 하겠습니다. 손 떼겠다고요." 스페이드는 모자를 쓰고 힘껏 잡아 내렸다. "경찰에 간다고? 그냥 가만히만 있어도 떼거리로 몰려드는 판인데 무슨. 난 가서 아는 대로 말할 테니 요행이나 기대해 보시든지."

브리지드는 안락의자에서 일어나 무릎을 떨면서 스페이드를 가로막았다. 창백해진 얼굴은 넋이 나간 듯했고 입과 턱은 연신 씰룩거렸다. 그녀가 말했다.

"탐정님은 인내심 있게 대해 주었어요. 절 도와주려 하셨고요. 하지만 이젠 가망도 없고, 소용도 없는 것 같군요." 브리지드가 오른손을 내밀었다. "이제껏 애써 주셔서 고마워요. 전, 전 요행이나 기대해야겠네요."

스페이드는 다시 목으로 동물 울음소리를 내더니 안락의자에 앉아 버렸다.

"돈은 얼마나 있죠?"

스페이드의 질문에 브리지드는 화들짝 놀랐다. 그러더니 아랫입술을 깨물고 마지못해 대답했다.

"이제 한 500달러 남았어요."

"그거 이리 줘요."

브리지드는 머뭇거리며 겁에 질린 얼굴로 스페이드를 바라보았다. 그의 입과 눈썹과 손과 어깨가 성난 듯 춤을 추었다. 그녀는 황급히 침실로 가서 한 손에 돈다발을 들고 한걸음에 돌아왔다.

돈을 받아서 센 뒤 스페이드가 말했다.

"400달러뿐이군."

"저도 먹고살 건 있어야죠."

브리지드는 가슴에 한 손을 얹고 온순하게 말했다.

"더 구할 순 없습니까?"

"네."

"저당 잡을 만한 게 틀림없이 있을 텐데."

스페이드가 고집을 부렸다.

"반지 몇 개랑 보석이 좀 있어요."

"그걸 잡히도록 해요." 스페이드가 이렇게 말하며 손을 내밀었다. "리미디얼이 그중 나아요. 미션가와 5번가 모퉁이에 있습니다."

브리지드가 애원하듯 스페이드를 바라보았다. 황회색 눈은 냉정하고 완강했다. 그녀는 천천히 드레스 속으로 손을 넣어 얇게 말아 둔 지폐 몇 장을 꺼내 그의 손에 올려놓았다.

스페이드는 지폐를 펴서 세어 보았다. 이십 달러짜리 넉 장, 십 달러짜리 넉 장, 오 달러짜리 한 장이었다. 그는 십 달러짜리 두 장과 오 달러짜리 한 장을 돌려주었다. 나머지는 자기 주머니에 넣었다. 그러고는 자리에서 일어나며 말했다.

"나가서 뭘 할 수 있을지 알아보죠. 최대한 좋은 소식을 들고 최대한 빨리 돌아올 겁니다. 벨은 네 번 울릴 겁니다, 길게 짧게 길게 짧게. 그럼 나라는 뜻입니다. 문까지 바래다줄 필요는 없어요. 혼자 나가면 되니까."

　방 한가운데 선 채 파란 눈으로 멍하니 스페이드의 뒤를 바라보는 브리지드를 남겨 두고 그는 방을 나가 버렸다.

　스페이드는 문에 '와이즈, 메리컨&와이즈'라고 새겨진 사무실로 들어갔다. 전화교환대의 빨강머리 아가씨가 반갑게 맞았다.
　"어머, 안녕하세요, 스페이드 씨."
　"안녕, 자기. 시드 안에 있어?"
　스페이드가 빨강머리 아가씨의 부드러운 어깨에 한 손을 얹고 옆에 서 있는 동안 그녀는 플러그를 조작한 뒤 수화기에 대고 말했다.
　"스페이드 씨가 오셨습니다, 와이즈 씨." 빨강머리 아가씨가 스페이드를 올려다보며 말했다. "들어가 보세요."
　스페이드는 고맙다는 뜻으로 어깨를 꼭 쥐었다 놓고는 어둑어둑한 복도를 지나 복도 끝에 있는 뿌연 유리문까지 걸어갔다. 그가 뿌연 유리문을 열고 사무실에 들어가자, 피곤해 보이는 계란형 얼굴에 비듬이 드문드문 보이는 얇은 검정머리의 땅딸막한 올리브빛 사내가 종이 뭉치가 잔뜩 쌓인 커다란 책상 뒤에 앉아 있었다.
　땅딸막한 사내가 차가운 시가 꽁초를 스페이드를 향해 흔들며 말했다.
　"그쪽 의자에 앉게. 그래, 마일스가 어젯밤에 세상을 떠났다고?”

피곤한 얼굴에도, 다소 새된 목소리에도 아무런 감정이 묻어 있지 않았다.

“그래, 바로 그 일 때문에 온 거야.” 스페이드는 인상을 찡그리며 헛기침을 한번 했다. “아무래도 검시관에게 엿이나 먹여야겠네, 시드. 의뢰인의 비밀과 신원 보장이 신성한 의무라는 조항에 의지해도 될까? 목사나 변호사들처럼 말이야.”

시드 와이즈의 어깨가 으쓱 올라가고 입꼬리가 내려갔다.

“안 될 건 뭔가? 사인 조사는 재판이 아니라고. 어쨌거나 시도해 볼 순 있지. 자넨 이보다 더한 일도 이겨냈잖나.”

“그야 그렇지. 하지만 던디가 점점 시건방지게 굴고 있는 데다 이번에 좀 빡빡할지도 몰라서 그래. 모사 쓰게, 시드. 같이 만날 사람들이 좀 있어. 안전이 최고 아니겠어.”

시드 와이즈는 책상 위에 쌓인 종이를 쳐다보고 신음 소리를 냈지만, 마침내 의자에서 일어나 창가에 서 있는 옷장 쪽으로 다가갔다.

“자넨 정말 골칫덩이야, 새미.”

시드가 모자걸이에서 모자를 집으며 말했다.

스페이드는 그날 오후 5시 10분에 사무실로 돌아왔다. 에피 페린이 《타임》을 읽으며 책상에 앉아 있었다. 그가 책상에 앉으며 물었다.

"뭐 재미있는 거라도 있어?"

"여긴 없어요. 어머, 마치 카나리아를 삼킨 고양이 같은 얼굴이네요."

스페이드가 만족스럽게 씩 웃었다.

"이제 우리도 운이 트일 것 같아. 난 항상 그런 생각이 들더군. 마일스가 어딘가에 가서 죽어 버리기라도 하면 큰 복이 굴러들어 올 것 같다는. 나 대신 조화 좀 보내 주겠어?"

"이미 보냈어요."

"우리 소중한 천사. 오늘 운수가 어떨 것 같아? 여자의 직감으로 볼 때."

"그건 왜 물어요?"

"원덜리 때문에. 그 여자 어떤 거 같아?"

"전 그 여자 편이에요."

에피가 주저 없이 말했다.

"그 여잔 이름이 너무 많아." 스페이드가 골똘히 생각하며 말했다. "원덜리, 르블랑, 거기다 본명은 오쇼네시라더군."

"전화번호부에 있는 이름을 다 가지고 있다 해도 상관없어요. 그 여자는 괜찮은 사람이고, 그건 당신도 알 거예요."

"글쎄, 정말 그럴까." 스페이드는 졸린 듯 눈을 깜빡였다. 그러더니 별안간 킬킬거리며 떠벌렸다. "여하간 이틀 만에 700달러를 내줬으니 그건 괜찮군."

에피 페린이 자세를 고쳐 허리를 똑바로 펴고 앉으며 말했다.

"샘, 그 여자가 곤경에 처했는데 당신이 그 여자를 실망시키거나 그걸 이용해서 돈을 뜯어내거나 한다면, 내가 살아 있는 한 절대로 당신을 용서하지 않을 거예요. 물론 존경하지도 않고요."

스페이드는 어색하게 웃어 넘겼다. 그러더니 인상을 찌푸렸다. 인상 쓰는 모습도 어색했다. 그는 입을 열어 뭔가 말하려 했으나 누군가 복도 문으로 들어오는 소리에 입을 다물었다.

에피 페린이 일어나 바깥 사무실로 나갔다. 스페이드는 모자를 벗고 의자에 앉았다. 에피는 명함 하나를 가지고 들어왔다. '조엘 카이로'라는 이름이있나.

"좀 이상한 남자예요."

에피가 말했다.

"그럼 들어오시라고 해야지, 자기."

조엘 카이로는 보통 키에 뼈대가 가늘고 가무잡잡한 사내였다. 검은 머리카락은 부드럽고 매우 번들거렸다. 이목구비를 보아하니 레반트 사람 같았다. 정방형 루비와 루비의 네 면에 나란히 붙은 길쭉한 다이아몬드가 크라바트(남성용 스카프)의 진한 초록색에 대비되어 더욱 빛을 발했다. 좁은 어깨에 꼭 끼게 맞춰 입은 검정색 코트는 약간 통통한 엉덩이로 내려오며 밑이 넓어졌다. 바지는 두꺼운 다리 때문에 최신 유행보다 더 꼭 끼었다. 에나멜 가죽 구두 위쪽은 황갈색 각반에 가려 보이지 않았다. 새미 장갑을 낀 손에 검정색 중산모를 든 채 사내는 한껏 점잔을 빼며 스페이드를 향해 잰걸음으로 걸어왔다. 사내가 다가옴에 따라 시프레(백단향에서 채취한 향이 진한 향수) 향이 풍겨 왔다.

스페이드는 방문객에게 고개를 끄덕여 인사를 건네고 고갯짓으로 의자를 가리키며 말했다.

"앉으시지요, 카이로 씨."

"감사합니다."

가늘지만 날카로운 목소리였다. 카이로는 모자를 가슴에 대고 고개를 숙여 인사하고 의자에 앉았다. 그는 점잔을 빼며 다리를 꼰 뒤 무릎에 모자를 올려놓고 노란 장갑을 벗기 시작했다.

스페이드가 의자에 등을 기대며 물었다.

"그래, 뭘 도와드릴까요, 카이로 씨?"

정감 있고 무심한 어조와 의자에 등을 기대고 있는 모습이 전날 브리지드 오쇼네시에게 같은 질문을 던질 때와 조금도 다름없었다.

카이로는 모자를 빙글 뒤집어 장갑을 그 안에 넣은 뒤 가장 가까운 책상 구석에 올려놓았다. 왼손 검지와 약지에서는 다이아몬드가 반짝였고, 오른손 중지에서는 주변에 다이아몬드가 붙은 것까지 거의 같은 타이에 붙은 루비와 딱 어울리는 붉은색 루비 반지가 반짝거렸다. 그리 크지 않은 손은 부드럽고 잘 손질되어 있었지만 탄력이 없고 뭉뚝해서 투박해 보였다. 그는 양손바닥을 비비며 속삭였다.

"파트너의 불행한 죽음에 초면에 애도를 표해도 될는지요?"

"물론이죠. 정말 고맙습니다."

"스페이드 씨, 신문에서 추측하듯 그 불행한 사건과 얼마 후 일어난 서스비라는 사내의 죽음 사이에 무슨, 에, 그러니까 관계가 있는지 여쭤 봐도 될까요?"

스페이드는 짐짓 무표정한 얼굴을 지으며 입을 꾹 다물었다.

카이로가 일어서서 고개를 숙였다.

"제가 실례를 저지른 것 같군요. 미안합니다."

카이로는 다시 자리에 앉아 양손을 펴서 책상 구석에 나란히 올려놓았다.

"그런 질문을 드린 건 단지 쓸데없는 호기심 때문이 아닙니다, 스페이드 씨. 저는 (어, 그러니까) 뭐라고 해야 좋을까요…… 어떤 장식품이 어쩌다 엉뚱한 자의 손에 들어가 있는데 그걸 되찾고 싶어서요. 당신이라면 틀림없이 저를 도와주실 수 있습니다. 부탁합니다."

스페이드는 듣고 있다는 뜻으로 눈썹을 치켜뜨며 고개를

끄덕였다.

"그 장식품은 작은 조각상입니다." 카이로는 단어를 조심스레 골라가며 말을 이었다. "새 모양의 검정색 조각상이지요." 스페이드는 다시 고개를 끄덕이며 정중하게 관심을 보였다. "저는 조각의 정당한 소유자를 대신하여 그것을 되찾아 주는 대가로 총 5000달러를 지불할 용의가 있습니다."

카이로는 책상 구석에 올려놓았던 한 손을 들어 손톱이 넓은 보기 흉한 검지 끝으로 허공의 한 점을 어루만지는 시늉을 했다.

"한 가지 약속해 주실 게 있습니다. (그 뭐라고 해야 할까요?) 질문은 일절 하지 않겠다고요."

카이로는 들어올렸던 손을 다시 다른 손 옆에 내려놓고 스페이드를 보며 침착한 얼굴로 미소지었다.

스페이드가 사려 깊은 눈으로 카이로를 보며 말했다.

"5000달러라면 상당히 큰 돈인데요. 그거……"

이때 손가락으로 문을 가볍게 두드리는 소리가 들렸다.

스페이드가 "들어와." 하고 외치자 문이 살짝 열리며 에피 페린의 머리와 어깨가 비집고 들어왔다. 에피는 작은 검정색 펠트 모자를 쓰고 칼라에 회색 털이 달린 검정색 코트를 입고 있었다.

"시키실 거 뭐 없나요?"

"아니. 그만 들어가. 나갈 때 문 좀 잠가 주겠어?"

"네, 알겠어요."

에피가 문을 닫고 사라졌다.

스페이드는 다시 카이로를 향해 의자를 돌리며 말했다.

"그거 흥미로운 조각상이로군요."

에피 페린이 복도 문을 닫는 소리가 들려왔다.

카이로가 미소 띤 얼굴로 안주머니에서 작고 납작한 권총을 꺼내 들었다.

"양손을 목 뒤로 올려 깍지를 끼시지요."

5장

레반트 사람

스페이드는 권총은 쳐다보지도 않았다. 여전히 의자에 등을 기댄 채 양손을 머리 뒤로 올려 손가락으로 깍지만 끼었다. 눈은 이렇다 할 표정 없이 카이로의 시커먼 얼굴만 노려보고 있었다.

카이로는 사과하듯 작게 헛기침을 하고 나서 긴장한 듯 해쓱해진 입술로 미소를 지어 보였다.

"사무실을 좀 뒤져야겠습니다, 스페이드 씨. 경고하는데 나를 방해하면 이 총이 가만 안 있을 겁니다."

"맘대로 하시구려."

스페이드의 목소리는 얼굴처럼 무감각했다.

"일어서시지요." 카이로가 스페이드의 가슴에 권총을 겨누며 명령했다. "당신이 무장하지 않았는지 확인해야겠습니다."

스페이드는 다리를 펴고 종아리로 의자를 뒤로 밀며 의자에서 일어섰다.

카이로는 스페이드의 뒤로 돌아갔다. 그런 뒤 권총을 오른손에서 왼손으로 옮겨 쥐고는 스페이드의 코트 자락을 들추고 그 안을 살펴보았다. 다음에는 권총을 스페이드의 등에 바짝 대고 오른손으로 스페이드의 가슴께를 두드려 보았다. 전형적인 레반트(동부 지중해 연안 지역을 통틀어 이르는 말 — 옮긴이) 사람의 얼굴이 스페이드의 오른쪽 팔꿈치 뒤쪽 아래로 16센티미터도 떨어지지 않은 곳에 있었다.

스페이드가 오른쪽으로 몸을 돌리는 순간 오른쪽 팔꿈치가 잽싸게 움직였다. 카이로는 미처 얼굴을 피하지 못했다. 스페이드의 오른쪽 발꿈치가 그의 에나멜 가죽 구두를 밟고 있어서 몸을 움직일 수 없었던 것이다. 팔꿈치는 그의 광대뼈 아래를 쳤고, 그는 발이 밟혀 있지 않았다면 분명히 넘어졌을 듯 비틀거렸다. 그의 얼굴을 후려친 스페이드의 팔꿈치가 펴지더니 이번에는 손으로 카이로의 권총을 내리쳤다. 한순간에 그는 권총을 놓쳐 버렸고 스페이드의 손가락이 그것을 나꿔챘다. 스페이드의 손에 들어가니 권총은 훨씬 작아 보였다.

스페이드는 카이로의 신발에서 발을 떼고 몸을 한 바퀴 빙글 돌렸다. 왼손으로 카이로의 코트 깃을 붙잡고(그 바람에 주먹 위로 루비 박힌 초록색 타이가 구겨져 올라왔다.) 오른손으로는 막 포획한 무기를 코트 주머니에 집어넣었다. 스페이드의 황회색 눈이 동굴 속처럼 어두웠다. 입가에 불쾌한 기색이 어려 있었으나 얼굴은 나무로 깎은 듯 표정이 없었다.

카이로의 얼굴이 고통과 원한으로 일그러졌다. 검은 눈에는 눈물이 맺혔다. 얼굴은 팔꿈치에 맞아 붉어진 뺨을 제외하면 납처럼 번들거렸다.

스페이드는 카이로의 멱살을 거머쥐고 천천히 아까 앉아 있던 의자 쪽으로 밀고 갔다. 고통에 찬 납빛 얼굴이 어리둥절한 얼굴로 바뀌었다. 그러자 스페이드가 미소를 지었다. 미소는 부드럽고 감미롭기까지 했다. 그의 오른쪽 어깨가 몇 센티미터 위로 올라갔다. 어깨가 올라간 만큼 굽힌 오른팔도 따라 올라갔다. 주먹과 손목, 전완, 접힌 팔꿈치, 상완은 한 개의 뻣뻣한 몽둥이가 되고, 유연한 어깨가 그것을 추진했다. 주먹이 카이로의 얼굴을 강타했다. 일순간 그의 턱과 입 끝과 광대뼈와 턱뼈 사이의 뺨이 주먹에 가려 보이지 않았다.

카이로는 눈을 감고 의식을 잃었다.

스페이드는 늘어진 카이로의 몸을 의자에 앉혔다. 팔다리는 되는 대로 뻗었고, 머리는 의자 등받이에 축 늘어졌으며, 입은 헤 벌어졌다.

스페이드는 의식을 잃은 카이로의 주머니에 차례로 손을 넣어 필요할 때면 늘어진 그의 몸을 뒤집기도 하며 능숙한 솜씨로 주머니에 든 물건을 하나씩 책상에 포개 놓았다. 마지막 주머니를 뒤진 후 그는 자기 의자로 돌아가 담배를 말아 불을 붙인 뒤 전리품을 살펴보기 시작했다. 서두르지도 않고 자못 엄숙한 얼굴로 찬찬히 살펴보았다.

우선 부드러운 가죽 소재의 커다란 검정색 지갑이 있었다. 지갑에는 여러 가지 단위의 지폐로 365달러와 5파운드짜리 지폐 석 장과 카이로의 이름과 사진이 붙어 있는, 비자가 잔뜩 찍힌 그리스 여권, 아랍어로 쓴 듯한 반투명의 접혀진 연분홍색 메모지 다섯 장, 아처와 서스비 사건을 다룬 나달나달한 신문지 조각, 대담하고 잔혹한 눈에 입술이 부드럽게 처진 다소 시커먼 여자의 엽서 사진, 오래되어 누레지고 접힌 부분이 다소 닳아 버린 커다란 실크 손수건, 조넬 카이로의 명함통, 그리고 그날 저녁 기어리 극장에서 상연하는 오케스트라 티켓 한 장이 있었다.

지갑과 그 내용물 옆에는 시프레 향이 나는 화사한 실크 손수건 석 장과 백금과 적금 체인에 흰 금속제의 작은 배 모양 펜던트가 달린 백금 론진스 시계, 미국과 영국, 프랑스와 중국 동전 한 움큼, 열쇠 대여섯 개가 달린 열쇠고리, 은과 마노로 만든 만년필, 인조가죽 케이스에 들어 있는 금속 빗, 인조 가죽 케이스에 들어 있는 손톱 다듬는 줄, 샌프란시스코 거리 안내 소책자, 서던퍼시픽 철도회사의 수하물표, 반쯤 남은 보라색 사탕 봉지, 상하이 보험중개업자의 명함이 있었다. 그 밖에 벨비데레 호텔 메모지가 넉 장 있었는데, 그중 하나에는 작고 반듯한 글씨로 새뮤얼 스페이드의 이름과 사무실 및 아파트 주소가 적혀 있었다.

스페이드는 물건들을 꼼꼼히 살피고 나서(심지어 시계 케이스 뒤에 뭘 숨겨 놓지는 않았는지 열어 보기까지 했다.) 몸을 숙여 의식을 잃은 카이로의 손목에 손가락을 대고 맥을 짚어 보았다. 그러고는 손목을 내려놓고 의자에 등을 기댄 뒤 담배를 하나 더 말아서 피웠다. 담배를 피우는 스페이드의 얼굴은 아랫입술이 때때로 무의미하게 달싹이는 것을 빼면 시종일관 사색에 잠긴 표정이어서 멍청해 보일 정도였다. 하지만 잠시 후 카이로가 신음하며 눈꺼풀을 깜빡이자 그는 입과 눈에 친근한 웃음을 짓기 시작했다.

조엘 카이로는 천천히 깨어났다. 눈이 먼저 떠졌지만 꼬박 일 분이 걸려서야 천장 한곳에 눈을 고정할 수 있었다. 그런 뒤 침을 한번 삼키고 입을 다문 채 코로 깊이 숨을 내쉬고는 한쪽 다리를 끌어들이고, 한손을 허벅지 위에 올려놓았다. 의자등받이에서 고개를 들고 혼란스러운 얼굴로 사무실을 둘러보던 그는 스페이드를 발견하자 똑바로 일어나 앉았다. 뭔가 말을 하려다가 깜짝 놀라며 그의 주먹에 맞아 멍이 든 얼굴에 손을 가져갔다.

카이로는 이빨 사이로 고통스럽게 말했다.

"당신을 쏠 수도 있었어요, 스페이드 씨."

"그렇긴 하지."

스페이드가 인정했다.

"하지만 난 쏘지 않았습니다."

"알고 있소."

"그런데 권총을 빼앗고 나서 왜 나를 때린 거죠?"

"미안하게 됐구려." 스페이드가 어금니를 드러내며 늑대처럼 씩 웃었다. "하지만 5000달러짜리 제안이 개수작에 불과하단 걸 알았을 때 내 기분이 어땠을지 한번 상상해 보시구려."

"그건 오해입니다, 스페이드 씨. 그 제안은 아까도 그렇고, 지금도 여전히 유효합니다."

"당최 무슨 소리요?"

스페이드의 놀라움은 거짓이 아니었다.

"분명히 말씀드리지만 조각상을 되찾아 주시면 5000달러를 드리겠습니다." 카이로는 멍든 얼굴에서 손을 떼고 사무적인 자세로 돌아와 접장을 빼며 말했다. "혹시 당신이 갖고 계신가요?"

"아니."

그러자 카이로가 정중하지만 의아한 표정으로 물었다.

"만약 여기 없는 게 사실이라면 왜 그런 위험을 무릅쓰고 내가 찾아보지 못하게 막았지요?"

"그럼 멍청히 앉아서 아무나 들어와 날 털어 가도록 내버려 두라는 거요?"

스페이드는 책상에 놓인 카이로의 물건을 손가락질하며 말했다.

"내 아파트 주소도 있던데. 거기도 가 보셨나?"

"그렇습니다, 스페이드 씨. 조각상을 되찾기 위해 5000달러를 지불할 용의야 있지만, 가능하다면 물건 주인이 돈을 지불하지 않아도 되도록 처리하려는 건 너무나 당연한 일 아닌가요?"

"주인이라니, 그게 누구지?"

카이로가 겸연쩍게 웃으며 고개를 저었다.

"그 질문에 답하지 못하는 걸 용서하셔야 할 겁니다."

"과연 그럴까?" 스페이드는 꽉 다문 입술로 미소를 지으며 몸을 숙이고 뇌까렸다. "알고 있겠지만 지금 당신 명줄은 내 손에 달려 있어. 당신은 제 발로 걸어 들어와 함정에 빠진 거야. 경찰 입맛에 딱 맞겠군. 난 지금 어젯밤 살인 사건을 말하는 거야. 이젠 내 편이 되는 수밖에 다른 방법은 없는 것 같군."

카이로는 점잖게 미소 지었고, 전혀 놀란 빛이 없었다.

"일에 착수하기 전에 당신에 관해 제법 광범위하게 조사해 봤습니다. 당신처럼 용의주도한 사람이라면 수지맞는 거래를 성사시키기 위해서는 다른 일 따위는 신경도 쓰지 않을 거라는 확신이 들더군요."

스페이드가 어깨를 으쓱했다.

"그 제안이란 게 뭐지?"

"난 당신에게 5000달러를 제안했습니다……."

스페이드가 손등으로 카이로의 지갑을 두드리며 말했다.

"여긴 5000달러 같은 건 없던데. 입에서 나오는 대로 지껄이는군. 말로야 자주색 코끼리 한 마리에 100만 달러를 내겠다고 누군들 못하겠어?"

"아, 예, 알겠습니다. 알겠다고요." 카이로는 눈을 가늘게 뜨며 신중하게 말했다. "네 말이 진짜라는 승표를 달라는 뜻이군요." 카이로는 손끝으로 불그죽죽한 아랫입술을 문질렀다. "착수금이면 될까요?"

"그럴지도 모르지."

카이로는 지갑에 손을 넣으려다 멈칫하더니 다시 손을 빼고 말했다.

"음, 한 100달러면 되겠죠?"

스페이드는 카이로의 지갑을 나꿔채 100달러를 꺼냈다. 그러고는 인상을 찌푸리며 "200달러가 좋겠군." 하고 한 장을 더 꺼냈다.

카이로는 아무 말도 하지 않았다.

"당신의 첫 번째 추측은 내게 물건이 있을 거란 거였지."

스페이드는 200달러를 주머니에 넣고 카이로의 지갑을 다시 책상에 집어 던지며 사무적인 목소리로 말했다.

"그건 허탕이었어. 두 번째 추측은 뭐지?"

"그게 어디 있는지 당신이 안다는 것입니다. 정확히는 모르더라도 그게 당신 손이 닿는 곳에 있다는 걸 안다고 추측했죠."

스페이드는 부정도 긍정도 하지 않았다. 그 말을 알아듣지도 못한 듯했다.

"당신 의뢰인이 물건 주인이라는 증거는 뭐지?"

"거의 없지요, 안타깝게도. 하지만 이건 말할 수 있어요. 주인임을 증명하는 진정한 증거를 댈 수 있는 사람은 애초에 존재하지 않아요. 그리고 내가 생각하는 만큼 당신이 이 일에 대해 알고 있다면(그게 아니라면 여기 오지도 않았겠지만) 그것을 그에게서 빼앗아 간 방식을 보면 그의 권리가 다른 누구의 권리보다 정당했다는 걸 알 거예요. 서스비의 권리보다 정당하다는 건 물론이고요."

"그의 딸은 어떻고?"

놀라움에 카이로의 눈과 입이 둥그레지고, 얼굴이 벌게지고, 목소리가 날카로워졌다.

"'그'는 주인이 아닙니다!"

스페이드는 "오호" 하고 부드럽지만 모호하게 답했다.

"그가 지금 여기 샌프란시스코에 있습니까?"

카이로가 조금 무녀졌지만 여전히 흥분한 목소리로 물었다.

스페이드는 졸린 듯 눈을 껌뻑거리며 넌지시 말했다.

"서로 카드를 까 보이는 게 이래저래 이득일 것 같은데."

카이로가 몸을 움칠하더니 곧 평정을 되찾았다.

"내 생각은 다릅니다." 이제 카이로의 목소리는 상냥했다. "당신이 나보다 많이 안다면, 나는 당신의 지식을 얻게 되어 이득을 볼 테고 당신도 손쉽게 5000달러를 벌게 될 겁니다. 하지만 그 반대로 만일 당신이 나보다 많이 알지 못한다면 내가 당신을 찾아온 게 실수가 될 테고, 그런데도 당신 제안대로 내 속내를 부인다면 니코선 실상사상이 되는 셈이니까요."

스페이드는 무심하게 고개를 끄덕이고 나서 책상에 있는 물건들을 가리키며 말했다.

"소지품을 챙기시지." 그러고는 카이로가 물건을 주머니에 넣을 동안 말했다. "합의된 사항을 정리해 보겠소. 내가 이 검은 새 조각상을 회수하는 동안 발생하는 비용을 제공하고 일을 마무리하면 그 즉시 5000달러를 지불하는 거지, 안 그렇소?"

"맞습니다, 스페이드 씨. 그러니까 5000달러에서 당신에게 착수금으로 준 것을 뺀 금액, 즉 총 5000달러입니다."

"좋소. 단 이것은 합법적인 제의여야 하오." 눈가에 주름이 잡히기 시작한 스페이드의 얼굴은 자못 엄숙했다. "나더러 살인이나 절도를 하라고 고용하는 게 아니라, 가능한 정직하고 합법적인 방법으로 물건을 되찾아 주면 되는 거겠지?"

"가능하다면요." 카이로가 동의했다. 눈가에 주름이 잡힌 그의 얼굴 역시 엄숙했다. "좌우간에 신중하게 해주시지요." 카이로가 일어서서 모자를 집었다. "난 벨비데레 호텔에 있으니 연락할 일이 있으면 635호실로 하십시오. 서로 힘을 합치면 둘 다 엄청난 이익을 얻게 될 것입니다, 스페이드 씨."

카이로가 머뭇거리며 말했다.

"권총은 가져가도 될까요?"

"물론이지. 잊고 있었구려."

스페이드는 코트 주머니에서 권총을 꺼내 카이로에게 건네주었다.

카이로가 스페이드의 가슴에 권총을 겨누며 심각한 얼굴로 말했다.

"책상에 손을 얹으시지요. 사무실을 좀 살펴봐야겠습니다."

"이거야 원." 스페이드가 목까지 뒤로 젖히며 껄껄 웃고 나서 말했다. "좋소. 뒤져 보시지. 말리지 않겠소."

6장

작은 그림자

조엘 카이로가 떠나고 거의 삼십 분 동안 스페이드는 잔뜩 인상을 찌푸린 채 책상 앞에 꼼짝도 않고 앉아 있었다. 이윽고 골치 아픈 일일랑 미리에서 털어 버리려는 듯 "뭐, 돈은 주니까." 하고 중얼거리고는 책상 서랍에서 맨해튼 칵테일 병과 종이컵을 꺼냈다. 그는 컵을 3분의 2만 채워 단숨에 마신 다음 병을 서랍에 도로 넣고 컵을 휴지통에 버렸다. 그러고는 모자와 코트를 걸치고 불을 끈 다음 가로등이 켜진 거리로 나섰다.

스무 살이나 스물한 살쯤으로 보이는 작달막한 청년이 말쑥한 회색 모자와 코트 차림으로 스페이드의 건물 모퉁이에 하릴없이 서 있었다.

스페이드는 수터가를 지나 커니가에 이르자 담배 가게에 들어가 불더럼 담배 두 봉지를 샀다. 그가 나왔을 때 청년은 반대편 모퉁이에서 전차를 기다리는 세 사람 틈에 끼여 있었다.

스페이드는 파월가의 허버트 그릴에서 저녁을 먹었다. 그가 7시 45분에 식당에서 나왔을 때 청년은 부근의 바느질 가게 유리창을 들여다보고 있었다.

스페이드는 벨비데레 호텔로 가서 카이로를 찾았으나 그는 아직 돌아오지 않았다. 청년은 저쪽 호텔 로비 한구석에 앉아 있었다.

스페이드는 기어리 극장으로 가 보았으나 거기서도 카이로의 모습은 찾을 수 없었다. 스페이드는 극장 앞 보도에 자리를 잡고 극장을 마주보고 섰다. 청년은 아래쪽의 마카드 식당 앞에서 다른 사람들과 함께 어정거렸다.

8시 10분이 되자 조엘 카이로가 잰걸음으로 기어리가를 걸어 올라왔다. 스페이드가 어깨를 치기 전까지 카이로는 스페이드를 보지 못한 모양이었다. 카이로는 잠시 다소 놀란 표정을 짓더니 곧 얼굴이 밝아졌다.

"아, 그렇군요. 내 티켓을 보셨군요."

"그렇지. 보여 주고 싶은 게 있어서." 스페이드는 다른 관객들에게서 조금 떨어진 갓돌 쪽으로 카이로를 잡아끌었다. "마카드 식당 옆에 있는 모자 쓴 청년."

카이로는 "어디 봅시다." 하며 시계를 보았다. 그러고는 기어리가를 올려다보았다. 샤일록 의상을 입고 있는 조지 알리스

(영국 출신의 배우이자 극작가로, 마지막으로 연기한 인물이 샤일록이었다. ― 옮긴이)가 그려진 극장 간판을 보더니 검은 눈동자를 옆으로 굴려, 속눈썹이 긴 두 눈을 내리깔고 있는 모자 쓴 청년의 냉담하고 창백한 얼굴을 바라보았다.

"저 친구 누구요?" 스페이드가 물었다.

카이로가 스페이드를 올려다보며 미소 지었다.

"나도 모르겠는데요."

"날 계속 미행했소."

카이로는 혀로 아랫입술을 한번 핥고 나서 물었다.

"그럼 우리가 같이 있는 걸 보여 주는 게 잘하는 일일까요?"

"내가 어떻게 알겠소? 어쨌거나 이미 엎질러진 물이오."

카이로는 모자를 벗은 뒤 징집 낀 손으로 머리카락을 쓸어 넘겼다. 다시 머리에 조심스레 모자를 얹고 나서 그가 최대한 솔직한 얼굴로 말했다.

"정말로 난 모르는 사람입니다, 스페이드 씨. 나랑은 아무 상관 없는 사람이에요. 정말입니다. 난 오직 당신에게만 도움을 요청했습니다. 내 명예를 걸고 맹세할 수 있습니다."

"그럼 다른 자들이 보냈나?"

"아마 그럴 겁니다."

"그냥 궁금했소. 귀찮게 굴면 손봐 줘야 할지도 모르니까."

"내키시는 대로 하시지요. 저자는 제 친구가 아니니까요."

"알았소. 막이 올라가는군. 이만 가 보겠소."

스페이드는 길을 건너 서쪽으로 가는 전차를 탔다.

모자 쓴 청년도 같은 전차에 탔다.

스페이드는 하이드가에서 내려 자기 아파트로 갔다. 방은 심각할 정도는 아니지만 누군가가 뒤진 흔적이 역력했다. 그는 세수하고 새 셔츠를 입고 새 칼라를 단 뒤 다시 집을 나가 수터가에서 서쪽으로 가는 전차를 탔다. 청년도 따라 탔다.

코로넷 아파트에서 대여섯 블록쯤 못 미쳐 스페이드는 전차에서 내려 커다란 갈색 아파트 1층 로비로 들어섰다. 그는 초인종 세 개를 한꺼번에 눌렀다. 정문이 지잉 하고 소리를 내며 열렸다. 문으로 들어가 엘리베이터와 계단을 그냥 지나치고 건물 뒤로 이어지는 기다란 노란색 복도를 따라가던 그는 예일 자물쇠로 잠긴 뒷문을 발견하고 좁은 뜰로 나갔다. 뜰은 어두운 뒷골목으로 이어졌고, 스페이드는 그 길을 따라 두 블록을 걸었다. 그런 뒤 길을 건너 캘리포니아가로 가서 코로넷 아파트로 갔다. 9시 30분이 채 안 된 시각이었다.

브리지드 오쇼네시가 스페이드를 열렬히 반기는 모습을 보니 그가 올 것인지 전적으로 확신하지 못했던 것 같았다. 그녀는 옥수 어깨끈이 달린, 그 시절 아르투아라고 부르던 파란색 새틴 가운을 걸치고 있었고, 스타킹과 슬리퍼도 아르투아였다.

　빨강과 미색이 섞인 거실은 잘 정돈되어 있었고, 검정과 은색이 섞인 납작한 도자기에 꽂힌 아름다운 꽃들로 생기를 띠고 있었다. 벽난로에서는 아무렇게나 껍질을 벗긴 작은 장작개비 세 토막이 타고 있었다. 스페이드가 벽난로를 지켜보는 동안 브리지드는 그의 모자와 코트를 받아 걸었다.

　"좋은 소식 좀 있나요?"

　거실로 돌아온 브리지드가 물었다. 미소를 짓고 있었지만 불안함을 숨기지 못하고 조용히 숨을 죽이고 있었다.

　"이왕 공개되지 않은 것을 굳이 얘기할 필요야 있겠습니까?"

　"경찰한테 저에 관해 말하지 않아도 되는 건가요?"

　"그래요."

　브리지드는 기쁜 얼굴로 안두의 숨을 내쉬며 호두나무 안락의자에 앉았다. 몸도 얼굴도 긴장이 풀린 기색이었다. 그녀가 감탄하는 눈으로 함박웃음을 웃었다.

　"도대체 어떻게 한 거예요?"

　브리지드는 호기심보다 놀라움에 물었다.

　"샌프란시스코에서는 뭐든지 돈이면 해결되지요."

　"당신한테 아무 문제 없을까요? 이리 좀 앉으세요."

　브리지드가 몸을 움직여 안락의자에 스페이드의 자리를 만들었다.

　"어느 정도의 문제라면 상관 안 합니다."

스페이드가 딱히 도취되지는 않은 얼굴로 말했다.

스페이드는 벽난로 옆에 서서 드러내 놓고 브리지드를 살피고, 가늠하고, 판단했다. 그가 노골적인 시선으로 뜯어보자 그녀는 살짝 얼굴을 붉혔지만, 눈동자에는 여전히 수줍음을 간직한 채 전보다 더 자신감에 찬 듯했다. 옆에 앉으라는 브리지드의 제안을 무시할 것처럼 한참을 그대로 서 있던 스페이드가 안락의자로 다가갔다.

스페이드가 의자에 앉으며 물었다.

"당신 말이에요, 자신이 보여 주려는 모습과 본모습이 정확히 일치하는 건 아니지요?"

"무슨 말씀인지 잘 모르겠네요."

브리지드는 당혹스러운 눈으로 스페이드를 바라보며 쉰 듯한 목소리로 대답했다.

"소녀 같은 태도, 말 더듬기, 얼굴 붉히기 등등."

다시 얼굴을 붉힌 브리지드가 고개를 돌리며 조급히 대답했다.

"오늘 오후에 말씀드렸잖아요. 제가 나쁜 여자였다고. 당신이 상상하는 이상으로요."

"내 말이 그 말입니다. 당신은 오늘 오후에 똑같은 어조로 똑같은 말을 했죠. 그건 연습해야만 나올 수 있는 것이거든요."

브리지드는 잠시 거의 눈물이 날 정도로 혼란스러워하더니 웃음을 터뜨리며 말했다.

"하는 수 없군요, 스페이드 씨. 전 제가 보여주는 모습과는 전혀 다르답니다. 전 여든 살에, 믿기 어려울 정도로 사악하고, 직업은 대장장이예요. 하지만 그게 꾸며낸 것이라 해도, 자라면서 자연스레 몸에 밴 것이니 완전히 버리라고 하지는 않으시겠죠?"

"오, 괜찮아요. 진짜로 그렇게 순진한 거라면 오히려 곤란하지만요. 그럼 같이 일하기가 힘들거든요."

"알았어요. 순진한 척하지 않을게요."

브리지드가 한손을 가슴에 대고 약속했다.

"오늘 밤 조엘 카이로를 봤습니다."

스페이드가 정중한 어조로 말했다.

브리지드의 얼굴에서 흥겨움이 가셨다. 스페이드의 옆얼굴을 응시하던 겁먹은 듯한 브리지드의 눈이 일순 호기심으로 가득해졌다. 스페이드는 다리를 쭉 뻗은 채 꼰 다리를 내려다보고 있었다. 뭘 생각하기나 하는지 싶은 무표정한 얼굴이었다.

한참 동안 침묵이 흐르자 브리지드가 불안스레 물었다.

"카이로를, 카이로를 아시나요?"

"오늘 밤에 만났지요." 스페이드는 고개도 들지 않고 가볍게 대꾸했다. "조지 알리스를 보러 가더이다."

"정말 카이로와 얘기했단 말씀이세요?"

"영화가 시작할 때까지 고작 일이 분 정도."

브리지드는 안락의자에서 일어나 벽난로로 가더니 불을 돋웠다. 벽난로 위 선반에 놓인 장식물의 위치를 살짝 바꾼 뒤 방을 가로질러 구석 탁자에 있던 담뱃갑을 집은 그녀는 커튼 주름을 펴고 자리로 돌아왔다. 이제 그녀의 얼굴은 걱정기가 사라지고 침착해 보였다.

스페이드는 곁눈으로 브리지드를 보며 씩 웃고 나서 말했다.

"훌륭하군요. 정말 훌륭해요."

브리지드의 표정은 변함이 없었다. 그녀가 조용히 물었다.

"카이로가 뭐라던가요?"

"뭘 말이죠?"

브리지드가 머뭇거리다 말을 뱉어냈다.

"저에 관해서요."

"아무 말도 없던데."

스페이드는 몸을 돌려 브리지드의 담배에 라이터를 가져다 댔다. 사탄 같은 무표정한 얼굴에서 두 눈이 빛났다.

"그럼, 무슨 말을 하던가요?"

브리지드는 반쯤 장난치듯 심술궂게 물었다.

"검은 새를 찾아주는 대가로 5000달러를 주겠다더군요."

브리지드가 화들짝 놀랐다. 이빨로 담배를 짓이기며 스페이드를 경계하듯 흘끗 보더니 이윽고 시선을 다른 곳으로 돌렸다.

"또 돌아다니면서 불을 휘젓고 방을 정리하거나 하지는 않
겠지요?"

스페이드가 나른한 얼굴로 물었다.

브리지드는 즐거워 죽겠다는 듯 깔깔거리며 웃고, 담배를
재떨이에 비벼 끄고, 환한 얼굴로 스페이드를 보았다.

"이젠 그런 짓 안 할게요. 그래서 당신은 뭐라고 하셨죠?"

"5000달러면 상당히 큰 돈이에요."

브리지드가 미소를 지었다. 하지만 스페이드가 심각한 얼굴
로 그녀를 쳐다보자 혼란스러운 나머지 미소가 희미해지더니
이윽고 씻은 듯 사라졌다. 상처받고 당황스러운 표정이 그 자
리를 대신했다.

"설마 그 제의를 받아들이진 않겠죠?"

"왜 아니겠어요? 5000달러면 상당히 큰 돈인데."

"하지만 스페이드 탐정님, 당신은 절 돕겠다고 약속하셨잖
아요." 브리지드가 양손으로 스페이드의 팔에 매달렸다. "전
탐정님을 믿었어요. 이러실 순……."

브리지드는 말을 끊고 스페이드의 소매에서 손을 떼어 양
손을 서로 맞잡았다.

스페이드는 고뇌에 찬 브리지드의 눈을 보며 부드럽게 미소
지었다.

"당신이 날 얼마나 믿었는지는 따지지 맙시다. 물론 난 당신

을 돕겠다고 약속했지만, 당신은 검은 새에 관해 아무것도 말
해 주지 않았아요."

"하지만 탐정님은 이미 알고 계셨잖아요. 그렇지 않다면 그
말을 꺼내실 리 없죠. 어쨌거나 이젠 아시잖아요. 절 그렇게
대하시면 안 돼요. 그렇게 대하실 순 없다고요."

브리지드의 암청색 눈이 간절히 애원했다.

"5000달러면 상당히 큰 돈입니다."

스페이드가 세 번째로 되뇌었다.

브리지드는 어깨와 손을 들어 올렸다가 패배를 인정하듯
털썩 떨어뜨렸다.

"그래요. 맞는 말이에요." 브리지드가 작고 우물거리는 목소
리로 동의했다. "제가 제안할 수 있는 금액보다 훨씬 많죠. 돈
으로 당신의 마음을 사야 한다면요."

스페이드는 웃었다. 짧고 다소 씁쓸한 웃음이었다.

"당신 입에서 그런 말이 나오다니 놀라운걸요. 당신이 내게
준 게 돈 말고 뭐가 있지? 신뢰라도 줬나? 진실은? 당신을 돕
도록 협력하기는 했고? 당신은 돈으로, 오직 돈으로 내 마음
을 사려고 하지 않았나? 어차피 행상을 할 바에 더 높은 값을
부르는 사람에게 팔면 왜 안 된다는 거지?"

"전 제 전 재산을 드렸어요." 흰자위가 드러난 커다란 눈에
서 눈물이 반짝였다. 브리지드가 쉰 듯한 떨리는 목소리로 말

했다. "당신의 자비심에 제 전부를 맡겼고, 당신 도움이 없으면 너무나 절망적이라고 말씀드렸어요. 그거 말고 저한테 남은 게 뭐죠?" 안락의자에 앉아 있던 브리지드가 갑자기 스페이드에게 다가앉으며 성난 얼굴로 외쳤다. "제 몸으로 당신을 살 수는 없나요?"

두 사람의 얼굴은 고작 몇 센티미터 떨어져 있었다. 스페이드는 두 손으로 브리지드의 얼굴을 붙잡고 경멸하듯 거칠게 키스했다. 그러고는 의자에 등을 기대며 말했다.

"생각해 보지."

스페이드는 매정하고 화난 얼굴이었다.

브리지드는 스페이드가 손을 놓은 뒤에도 여전히 얼얼한 얼굴을 손으로 감싼 채 멍하니 앉아 있었다.

스페이드가 벌떡 일어서며 말했다.

"제길! 이건 도대체가 말이 안 돼."

스페이드는 벽난로를 향해 두 걸음 걸어가다 멈추고는 이를 갈며 타오르는 장작을 노려보았다.

브리지드는 꼼짝도 하지 않았다.

스페이드가 몸을 돌려 브리지드를 쳐다보았다. 양미간에 솟은 주름 두 개가 붉은 이랑을 이루고 그 사이에 깊은 골이 파였다.

"당신이 정직하든 말든 그건 내 알 바 아닙니다." 스페이드는 부드럽게 이야기하려고 자제하며 말했다. "당신이 무슨 꿍꿍이인지 어떤 비밀이 있는지는 상관없지만, 당신이 지금 뭘 하려는 건지 제대로 알고 있는지는 알아야 할 거 아닙니까."

"잘 알고 있어요. 부디 절 믿어 주세요. 그게 최선이라는 것도요. 그리고……"

"그럼 나한테 보여줘 봐요. 나도 당신을 돕고 싶습니다. 지금까지도 최선을 다했고. 정 원한다면 눈 뜬 장님처럼 당신 가자는 대로 가겠지만 아직은 그럴 만큼 당신을 믿을 수 없습니다. 뭐가 어떻게 돌아가는지 당신이 안다는 걸 믿게 해 줘야 합니다. 그저 어림짐작만으로 여기저기 쑤시고 다니면 저절로 잘될 거라고 생각하는 게 아니라는 걸 내가 믿게 해 달란 말입니다."

"그냥 조금만 더 저를 믿어 주실 순 없나요?"

"조금이 얼마요? 뭘 기다리라는 겁니까?"

브리지드가 입술을 깨물며 고개를 숙였다.

"먼저 조엘 카이로와 얘기해 봐야 해요."

브리지드가 들릴락 말락 하게 말했다.

"그렇다면 오늘 밤에 볼 수 있습니다." 스페이드가 시계를 보며 말했다. "이제 쇼가 곧 끝날 겁니다. 호텔로 전화해 봐요."

브리지드가 놀란 얼굴로 고개를 들었다.

"하지만 카이로를 내 집으로 들일 수는 없어요. 제 거처를 알릴 순 없다고요. 무서워요."

"그럼 내 집에서 만나죠."

스페이드가 제안했다.

브리지드는 입술을 앙다문 채 머뭇거리다가 물었다.

"카이로가 당신 집으로 가려고 할까요?"

스페이드가 고개를 끄덕였다.

"그럼 좋아요."

브리지드가 팔짝팔짝 뛰며 외쳤다. 눈이 커지고 밝아졌다.

"지금 갈까요?"

브리지드는 옆방으로 들어갔다. 스페이드는 구석에 놓인 탁자 앞으로 가서 조용히 서랍을 열었다. 서랍에는 트럼프 두 벌과 브릿지 게임 득점표 패드, 놋쇠 나사, 빨간 줄 하나, 금색 연필 따위가 있었다. 그가 서랍을 닫고 담배에 불을 붙이고 있을 때 그녀가 작은 검정색 모자와 회색 새끼염소 가죽 코트를 걸치고 그의 모자와 코트를 들고 나왔다.

두 사람이 탄 택시가 스페이드 집 앞에 서 있던 검정색 세단 뒤로 다가갔다. 아이바 아처가 운전석에 홀로 앉아 있었다. 스페이드는 그녀에게 모자를 들어 인사하고 브리지드 오쇼네시와 함께 건물로 들어갔다. 로비를 지나다가 벤치 옆에 서서 스페이드가 말했다.

"여기서 잠시 기다리겠어요? 오래 걸리지 않을 겁니다."

"네, 기다릴게요. 천천히 다녀오세요."

브리지드 오쇼네시가 벤치에 앉으며 말했다.

스페이드는 세단이 서 있는 곳으로 나갔다. 세단 문을 열자 아이바가 총알같이 말했다.

"당신한테 할 얘기가 있어요, 샘. 들어가면 안 돼요?"

창백하고 초조한 얼굴이었다.

"지금은 안 돼."

"저 여자 누구예요?"

아이바가 이빨을 딱딱 부딪치더니 날카롭게 물었다.

"시간 없어, 아이바. 무슨 일이야?"

스페이드가 초조하게 말했다.

"누구냐니까요?"

아이바가 또다시 물으며 정문을 향해 고개를 까딱였다.

스페이드는 아이바에게서 고개를 돌려 거리를 내다보았다. 다음 모퉁이에 있는 정비소 앞에서 스무 살 남짓한 왜소한 청년이 산뜻한 회색 모자와 코트를 입고 벽을 등진 채 서성이고 있었다. 스페이드는 인상을 쓰며 고집스러운 아이바의 얼굴을 다시 쳐다보았다.

"웬일이야? 무슨 일 있었어? 이 시간에 여기 오면 어떡해."

"나도 막 그렇게 생각하던 참이라고요. 사무실로도 오면 안 된다고 하더니, 이젠 여기도 오면 안 된다니. 내가 당신을 따라다니면 안 된다는 뜻이에요? 그런 거라면 왜 솔직히 말하지 않죠?"

"자자, 아이바, 나한테 이런 식으로 나올 권리는 없잖아."

"그건 나도 알아요. 이제 보니 당신에 관한 한 난 아무 권리도 없는 것 같군요. 아닌 줄 알았는데. 당신이 날 사랑하는 척하니까 나도 그 정도……"

"지금은 그런 거 따질 때가 아니야, 자기. 무슨 일로 온 거야?"

스페이드가 지겹다는 듯이 말했다.

"여기서는 말할 수 없어요, 샘. 들어가면 안 돼요?"

"지금은 안 돼."

"왜 안 되죠?"

스페이드는 말하지 않았다.

아이바는 입술을 꼭 다물고 운전대를 고쳐 잡더니 성난 얼굴로 똑바로 앞을 보고 시동을 걸었다.

세단이 움직이기 시작하자 스페이드는 "잘 가, 자기." 하고 문을 닫은 뒤 손에 모자를 들고 갓돌에 서서 차가 사라질 때까지 바라보았다. 그러고는 다시 안으로 들어갔다.

브리지드 오쇼네시가 벤치에서 환하게 웃으며 일어났고, 두 사람은 스페이드의 아파트로 들어갔다.

7장

허공에 그린 G

접이식 침대를 세워 놓으면 거실이 되는 침실에서 지금 스페이드는 브리지드 오쇼네시의 모자와 코트를 받아 건 뒤 쿠션을 댄 흔들의자에 그녀를 편안히 앉히고 벨비데레 호텔에 전화했다. 카이로는 극장에서 아직 돌아오지 않았다. 스페이드는 자신의 전화번호와 함께 들어오는 대로 전화하라는 메모를 남겼다.

스페이드가 탁자 옆에 놓인 안락의자에 앉더니 밑도 끝도 없이 오래전에 북서부에서 일어난 어떤 사건에 대해 브리지드에게 이야기하기 시작했다. 그는 마치 사건에 관한 세부적인 사실을 있었던 그대로 전달하는 것이 매우 중요한 일인 것처럼, 때때로 똑같은 문장을 살짝 바꿔서 되풀이 말하기는 했지만 말하는 내내 한 번도 힘을 주거나 쉬지 않고 한결같은 말투로 이야기를 끌어갔다.

처음에 브리지드 오쇼네시는 듣는 둥 마는 둥하며 이야기보다는 이야기를 한다는 사실에 더 놀란 듯 스페이드가 이야기를 하는 의도가 무엇인지 호기심이 생겼다. 하지만 이야기가 계속되자 브리지드는 점점 그것에 빨려 들어가 꼼짝도 않고 귀를 기울이게 되었다.

워싱턴 주 타코마에 플릿크래프트라는 사내가 있었는데, 어느 날 자기 부동산 사무실을 나가 오찬 자리에 간 뒤 영영 돌아오지 않았다. 그는 그날 오후 4시에 잡아 놓은 골프 약속도 지키지 않았다. 그것은 오찬 약속이 채 삼십 분도 안 남았을 때 자신이 주선한 모임이었다. 그의 아내와 아이들은 그를 다시는 보지 못했다. 아내와 그는 매우 구순했던 것으로 보였다. 그는 아들이 둘 있었는데 큰애는 다섯 살이고 작은애는 세 살이었다. 그는 타코마 근교에 집이 있었을 뿐 아니라 패커드 자동차와 성공적인 미국인의 생활에 따라오는 모든 것들을 다 누리고 있었다.

플릿크래프트는 아버지에게서 7만 달러를 상속받았고, 부동산 사업에도 성공해서 사라질 당시 그 근방에 꽤 많은 땅(20만 달러 상당)을 보유하고 있었다. 그는 일을 잘 정돈하는 편이었기에 사라질 것에 대비하고 있었다고 볼 만한 정황은 전혀 없었다. 이를테면 하루만 기다렸더라면 거래 하나를 마무리하여 상당한 이익을 볼 수 있었을 터였다. 그가 사라졌을 때 당장 가지고 있던 돈이 오륙십 달러에 불과했다는 정황 증거도 나왔다. 지난 몇 달간의 행적을 철저히 파헤친 결과, 물론 전혀 불가능하다고 단언할 수는 없지만, 그가 비밀스러운 범죄에 가담했거나 다른 여자와 만났을 거라고 의심할 여지는 거의 없었다.

"플릿크래프트는 손을 쥐고 있다가 펴면 사라지는 주먹처럼 그렇게 사라져 버렸죠." 스페이드가 여기까지 말했을 때 전화벨이 울렸다. "여보세요." 스페이드가 전화기에 대고 말했다. "카이로 씨? ……나요. 내 집으로 와 주시겠소? 포스트가요. ……그렇소. 그런 것 같소." 스페이드는 브리지드를 보며 입술을 조금 실룩이더니 빠르게 말했다. "오쇼네시 양이 여기 있는데 당신을 만나고 싶어 하오."

브리지드 오쇼네시는 인상을 찡그리며 의자에서 몸을 뒤챘지만 아무 말도 하지 않았다.

스페이드가 전화기를 내려놓고 말했다.

"몇 분 후면 올 겁니다. 음, 그러니까 그게 1922년이었죠. 1927년에 난 시애틀에 있는 큰 탐정사무소에 있었어요. 플릿크래프트 부인이 와서 스포캔에서 남편과 매우 닮은 사람을 봤다는 사람이 있다고 하더군요. 난 그리로 가 봤죠. 플릿크래프트가 맞더군요. 그는 스포캔에서 찰스(이게 이름이고) 피어

스라는 가명으로 두어 해 정도 살았어요. 거기서 연 수익 이 삼천 달러의 자동차 사업을 하고 있었고, 아내와 어린 아들도 있었죠. 스포캔 교외에 집도 있었고, 시즌이 오면 보통 4시 이후에 골프를 치러 나갔더라고요."

스페이드는 플릿크래프트를 찾으면 뭘 해야 하는지 구체적인 지시를 받지 않았다. 두 사람은 대번포트에 있는 스페이드의 집에서 대화를 나눴다. 플릿크래프트는 아무런 죄책감도 느끼지 않았다. 첫 가정이 부족함 없이 잘 살 수 있도록 조치해 놓고 떠났기에 자기가 한 일이 지극히 이성적이라고 생각하는 듯했다. 유일하게 그를 괴롭힌 것은 자신이 이성적이라는 사실을 스페이드에게 분명하게 납득시킬 수 있겠냐는 의구심이었다. 그는 이 이야기를 한 번도 남에게 한 적이 없었고, 따라서 그것을 명쾌하게 설명할 기회도 없었다. 하지만 이젠 설명해야 했다.

"난 플릿크래프트를 충분히 이해할 수 있었지만 부인은 그렇지 못했죠. 그녀는 어리석기 짝이 없는 일이라고 생각했어요. 어쩌면 그럴지도 모르죠. 여하간 결국은 잘 처리됐어요. 부인은 물의를 일으키고 싶지 않았고, 플랫크래프트가 자기를 속이고 난 뒤라(그녀가 보기에는 그랬던 거지.) 더 이상 그를 원하지 않았죠. 그래서 두 사람은 조용히 이혼했고 모든 게 원만히 처리됐어요.

이제 플릿크래프트에게 어떤 일이 일어났었는지 말해 보지요. 그는 오찬에 가다가 공사 중인 사무실 건물을 지나치게 됐어요. 아직 뼈대만 세워진 건물이었죠. 그때 들보 같은 게 8층인지 10층 높이에서 바로 옆 보도에 떨어져 박살이 난 겁니다. 들보는 그를 바짝 스치고 지나갔고 실제로 닿지는 않았지만 보도 조각이 떨어져 나가면서 튀어 올라 그의 뺨을 쳤죠. 살점이 조금 떨어져 나갔다는데 내가 만났을 때도 흉터가 남아 있더군요. 그는 손가락으로 흉터를 문지르면서(그것도 애정을 담아서) 내게 이야기했어요. 그는 당연히 놀랐지만 겁을 먹었다기보다는 충격을 받았다더군요. 마치 누군가 삶이라는 것의 뚜껑을 열어 그 안을 다 들여다보게 해준 것 같았다나요."

플릿크래프트는 좋은 시민에 좋은 남편이자 좋은 아버지였지만, 그가 그렇게 된 건 외부의 강요 때문이 아니라 단지 그가 주변 사람들과 잘 어울릴 때 가장 편안하다고 느끼는 사람이기 때문이었다. 그는 그렇게 자라났다. 그가 알던 사람들도 마찬가지였다. 그가 알던 삶이란 깔끔하고 정돈되고 분별 있고 이성적인 것이었다. 그때 느닷없이 들보가 떨어져 삶이란 결코 그런 게 아니라는 사실을 보여 주었다. 선량한 시민이자 남편이자 아버지인 그가 사무실에서 음식점으로 가는 길에 떨어지는 들보에 맞아 흔적도 없이 사라질 수 있었던 것이다. 그는 그때 인간이 그런 식으로 우발적으로 죽는다는 것을,

그리고 살아남은 것이 전적으로 운이 좋아서라는 사실을 깨달
았다.

플릿크래프트의 마음에 걸린 것은 인생이 부당하다는 사실
이 아니었다. 그는 처음의 충격 이후에 그것을 받아들였다. 그
가 괴로웠던 것은 생활을 합리적으로 정돈하려 한 것이 사실
은 삶과 조화를 이룬 게 아니라 오히려 조화를 깨뜨리는 일이
란 것을 깨달았기 때문이다. 그는 떨어진 들보에서 몇 발자국
도 채 못 가서 이 새로운 깨달음에 자신의 삶을 맞추지 않는
다면 다시는 평화를 누리지 못하리라고 느꼈다고 고백했다. 그
는 오찬을 마칠 무렵 그 방법을 어렴풋이 생각해 냈다. 삶은
떨어지는 들보 때문에 무작위로 끝날 수 있다. 따라서 그도 그
냥 떠나 버리는 것으로 삶을 무작위로 바꾸기로 마음먹었다.
그는 이전과 다름없이 가족을 무척 사랑했지만 생계에 부족함
이 없게 해주고 떠나는 것이었고 그의 사랑도 그가 없다고 해서
가족들이 고통을 겪을 만큼 절실한 것이 아니었다고 말했다.

"플릿크래프트는 그날 오후 시애틀에 가서 샌프란시스코행
배를 탔어요. 거기서 일이 년 정도 떠돌다가 표류하듯 북서부
로 돌아가 스포캔에 정착해 결혼했고. 두 번째 아내는 첫 아내
와 생김새는 닮지 않았지만 그녀와 다른 면보다는 비슷한 면
이 많았다더군요. 골프를 잘 치고 브릿지도 잘하고 새로운 샐
러드 레시피를 좋아하는 그런 여자들 말입니다. 그는 자기가

한 일에 죄의식을 느끼지 않았어요. 그가 보기에는 너무나 이 성적이었던 거죠. 내가 보기에 그는 타코마에서 뛰쳐나온 것과 거의 똑같은 생활로 자연스레 되돌아갔지만 그 자신은 그걸 모르는 것 같더군요. 하지만 난 그 부분이 항상 마음에 들었어요. 그는 떨어진 들보에 자신의 삶을 맞췄고, 더 이상 들보가 떨어지지 않자 그 상황에 다시 삶을 맞춘 거죠."

"너무 환상적이에요." 브리지드 오쇼네시가 말했다. 그녀는 의자에서 일어나 스페이드의 앞에 가까이 다가섰다. 그녀의 눈은 넓고 깊었다. "카이로가 오면 당신이 어떻게 하느냐에 따라 내가 얼마나 불리한 처지에 놓일지 굳이 말할 필요는 없을 것 같군요."

"그래요. 알고 있어요."

스페이드가 입술을 꾹 다문 채 살짝 미소 지으며 대답했다.

"아시다시피 당신을 진심으로 믿지 않았다면 나 스스로 이런 처지에 놓이게 되도록 내버려 두지는 않았을 거예요."

브리지드가 엄지와 검지로 스페이드의 푸른 코트에 붙은 검정색 단추를 비틀며 말했다.

스페이드는 "또 그 얘기!" 하고 진저리난다는 듯 말했다.

"하지만 당신도 아시잖아요."

브리지드가 고집했다.

"아니, 난 모르겠는데요." 스페이드가 단추를 비틀고 있던 브리지드의 손을 톡톡 치며 말했다. "내가 왜 당신을 믿어야 하느냐는 의문 때문에 우리가 여기 오게 된 겁니다. 헷갈리지 말자고요. 당신을 믿어도 된다고 날 설득할 수만 있다면 어쨌든 당신이 날 믿을 필요는 없잖아요."

브리지드는 스페이드의 얼굴을 뜯어보았다. 브리지드의 콧구멍이 바르르 떨렸다.

스페이드가 웃음을 터뜨렸다. 그가 다시 브리지드의 손을 톡톡 치며 말했다.

"그건 지금 걱정하지 맙시다. 잠시 후면 카이로가 올 겁니다. 그자와 얽힌 일부터 처리하지요. 그러고 나서 생각해 봅시다."

"그럼 제가 카이로에게 제 방식대로 하도록 내버려 두실 건가요?"

"물론이죠."

브리지드가 자신의 손으로 스페이드의 손바닥을 감싸 안고 부드럽게 말했다.

"당신은 하늘이 내게 보내 준 선물이에요."

"과장하지 맙시다."

브리지드는 미소를 머금은 채 스페이드를 꾸짖듯 쳐다보고 나서 쿠션을 댄 흔들의자로 돌아갔다.

조엘 카이로는 흥분한 상태였다. 검은 눈은 홍채만 도드라졌고 높고 새된 목소리가 스페이드가 문을 반도 열기 전에 앞다퉈 튀어나왔다.

"그 자식이 밖에서 집을 감시하고 있습니다, 스페이드 씨. 극장 앞에서 당신이 내게 알려 준, 아니 나를 보여 준 그 자식 말입니다. 어떻게 된 일이죠, 스페이드 씨? 난 선의로 이곳에 왔어요. 속임수나 덫 같은 건 생각도 않고요."

"나도 선의로 당신을 초대한 거요." 스페이드는 인상을 찌푸린 채 생각에 잠겼다. "하지만 그자가 나타날지도 모른다는 건 예측했어야 했지. 당신이 여기로 오는 걸 그가 봤소?"

"당연하죠. 그대로 돌아갈 수도 있었지만 쓸데없는 짓 같더군요. 이미 우리가 같이 있는 걸 당신이 보여 주었으니 말입니다."

브리지드 오쇼네시가 스페이드 뒤에서 통로로 나와 걱정스레 물었다.

"어떤 남자요? 무슨 일이죠?"

카이로는 머리에서 검정 모자를 벗고 뻣뻣하게 고개를 숙인 뒤 점잔 빼는 목소리로 말했다.

"모르신다면 스페이드 씨에게 여쭤 보시지요. 저도 이분에게 들은 것 말고는 아는 게 없어서요."

"저녁 내내 날 미행하던 녀석이야." 스페이드가 고개를 돌리지 않고 어깨 너머로 무심하게 말했다. "들어오시오, 카이로. 이웃들 다 들으라고 여기 서서 떠들어 봐야 좋을 게 없으니."

브리지드 오쇼네시가 스페이드의 팔을 잡고 말했다.

"그가 내 아파트까지 당신을 따라온 건가요?"

"아니. 그전에 따돌려 버렸죠. 그래서 다시 날 찾으려고 이곳으로 돌아온 모양입니다."

카이로는 배 앞에서 양손으로 검정 모자를 들고 현관으로 들어섰다. 스페이드는 통로 문을 닫았고, 그들은 거실로 들어갔다. 거기서 카이로가 다시 한 번 모자를 들고 뻣뻣하게 고개를 숙이며 말했다.

"다시 뵙게 되어 기쁩니다, 오쇼네시 양."

"그렇게 말씀하실 줄 알고 있었어요, 조."

브리지드가 손을 내밀며 대답했다.

카이로는 손 위로 공손히게 고개를 숙였나가 재빨리 손을 놓았다.

브리지드는 아까 앉아 있던 쿠션을 받친 흔들의자에 앉았다. 카이로는 탁자 옆의 안락의자에 앉았다. 스페이드는 카이로의 모자와 코트를 옷장에 걸고 창문 앞에 있는 소파 끝에 걸터앉아 담배를 말기 시작했다.

브리지드 오쇼네시가 카이로에게 말했다.

"당신이 매를 되찾아 달라고 제안했다는 거 샘한테 들었어요. 돈은 언제 마련할 수 있죠?"

카이로의 눈썹이 씰룩였다. 그가 웃으며 말했다.

“이미 준비돼 있습니다.”

카이로는 이 말을 하고 나서도 잠시 더 웃다가 스페이드를 보았다.

스페이드는 담배에 불을 붙이고 있었다. 차분한 얼굴이었다.

“현금인가요?” 브리지드가 물었다.

“아, 그럼요.” 카이로가 대답했다.

브리지드가 얼굴을 찌푸리고 혀를 날름거리고 나서 물었다.

“우리가 당신에게 매를 주면 지금이라도 5000달러를 주겠다는 건가요?”

카이로가 손사래를 치며 말했다.

“죄송합니다. 말이 잘못 나갔군요. 지금 제 주머니에 돈이 있다는 뜻이 아니라 은행이 영업하는 시간이면 몇 분 안에 찾아올 수 있다는 뜻입니다.”

“오!”

브리지드가 스페이드를 보았다.

스페이드가 담배 연기를 조끼 앞쪽으로 내뿜으며 말했다.

“아마 사실일 겁니다. 내가 오늘 오후에 수색했을 때 주머니에 몇 백 달러밖에 없었으니까.”

브리지드의 눈이 휘둥그레지는 것을 보고 스페이드가 씩 웃었다.

카이로가 의자에 앉은 채 몸을 앞으로 숙였다. 눈과 목소리에 진지함이 배어 있었다.

"음, 오전 10시 30분이면 돈을 드릴 수 있을 것 같습니다만."

브리지드 오쇼네시가 카이로에게 미소 짓고서 말했다.

"하지만 매는 나한테 없어요."

카이로의 얼굴에 곤혹스러운 어두운 그림자가 스쳤다. 그는 의자 팔걸이에 못생긴 손을 올려놓고 가냘픈 몸을 꼿꼿이 곧추세웠다. 검은 눈이 분노로 불타고 있었다. 그는 아무 말도 하지 않았다.

브리지드가 짐짓 달래는 듯한 표정을 지으며 말했다.

"하지만 늦어도 일주일이면 찾을 거예요."

"어디에 있죠?"

카이로가 공손하기만 믿기 어렵다는 듯한 태도로 물었다.

"플로이드가 숨긴 곳에요."

"플로이드? 서스비 말인가요?" 브리지드가 고개를 끄덕였다. "그럼 그게 어딘지 아시나요?"

"아마 그럴걸요."

"그럼 왜 일주일이나 기다려야 하죠?"

"일주일이 안 걸릴지도 몰라요. 매는 누구 대신 사려는 거죠, 조?"

카이로가 눈썹을 치켜떴다.

"스페이드 씨에게 이미 말했는데요. 물건 주인 대신이라고."

브리지드의 얼굴이 놀라움으로 밝아졌다.

"그러니까 당신, 그 사람에게 돌아갔군요?"

"당연하죠."

브리지드가 명랑하게 소리 내 웃고 나서 말했다.

"그 장면을 봤어야 하는 건데."

카이로가 어깨를 으쓱하며 말했다.

"당연한 일이었죠."

카이로가 손바닥으로 다른 쪽 손등을 문질렀다. 속눈썹이 내려와 눈에 그림자를 드리웠다. 그가 말했다.

"이런 질문 해도 될지 모르겠지만 당신은 왜 그걸 저에게 팔려고 하시죠?"

"두려워서요. 플로이드에게 일어난 일을 보고 났더니요. 그래서 지금도 갖고 있지 않은 거예요. 누군가에게 곧바로 넘겨버리는 게 아니면 만지는 것조차 두려워요."

스페이드는 소파에 한쪽 팔꿈치를 괴고 두 사람을 보며 무심하게 이야기를 듣고 있었다. 편안하고 느긋한 자세와 평온하고 고요한 얼굴에는 어느 모로 보나 호기심이나 초조함은 비치지 않았다.

"플로이드에게 정확히 무슨 일이 일어난 겁니까?"

카이로가 낮은 목소리로 물었다.

브리지드 오쇼네시의 오른쪽 검지 끝이 재빠르게 허공에 G자를 그렸다.

카이로는 "그렇군요."라고 말하며 미소 지었지만 그 웃음에는 의아해하는 빛이 어려 있었다.

"그가 여기 있나요?"

"몰라요. 그런다고 뭐가 달라지죠?"

브리지드가 초조하게 말했다.

카이로의 웃음에 어린 의혹이 깊어졌다.

"엄청나게 달라질 수도 있지요."

카이로가 무릎에 놓은 손의 위치를 바꾸자, 의도적이었든 아니든, 뭉뚝한 검지가 스페이드를 향했다.

브리지드는 그 손가락을 흘끗 보고 나서 머리를 초조하게 내저었다

"나에게나 혹은 당신에게도요."

"그렇지요. 그럼 더 확실하게 하기 위해 밖에 있는 사내도 더할까요?"

"그래요." 브리지드가 동의하며 웃었다. "그러자고요. 그가 당신이 이스탄불에서 데리고 놀던 사내가 아니라면요."

갑자기 피가 솟구치며 카이로의 얼굴이 붉으락푸르락해졌다. 그는 분개한 목소리로 날카롭게 외쳤다.

"당신이 엮지 못한 사내는 아니고?"

브리지드 오쇼네시가 의자에서 벌떡 일어났다. 그녀는 아랫

입술을 질끈 깨물었다. 긴장해서 창백해진 얼굴 때문에 두 눈이 더 검고 더 커 보였다. 그녀는 카이로에게 재빨리 두 걸음다가섰다. 카이로가 엉거주춤 일어났다. 그녀가 오른손을 들어 손자국이 남을 만큼 세차게 그의 뺨을 후려쳤다.

카이로가 툴툴대며 브리지드의 뺨을 때리자 그녀가 비틀거리며 숨죽인 채 외마디 비명을 질렀다.

그때쯤 스페이드는 굳은 얼굴로 소파에서 일어나 두 사람에게 다가갔다. 그가 카이로의 멱살을 쥐고 흔들었다. 카이로가꾸르륵거리며 코트 안에 손을 넣었다. 스페이드가 그의 손목을 비틀어 코트에서 꺼내고 강제로 옆으로 벌린 다음 계속 비틀자 투박한 손가락이 축 늘어지며 검정색 권총이 융단 위로떨어졌다.

브리지드 오쇼네시가 얼른 권총을 집었다.

멱살을 잡힌 카이로가 힘겹게 말했다.

"내게 손 댄 게 이로써 두 번째군요."

카이로의 눈은 목을 조르는 힘 때문에 툭 불거져 나왔지만냉정하고 위협적이었다.

스페이드가 으르렁댔다.

"그래. 이번엔 흠씬 두들겨 줄 테니 즐겨 보시게."

스페이드는 카이로의 손목을 놓고 두꺼운 손바닥으로 그의얼굴을 세 차례 사납게 후려쳤다.

카이로는 스페이드의 얼굴에 침을 뱉으려 했지만 입이 말라서 그저 몸짓으로 끝나고 말았다. 스페이드가 그의 입을 치자 아랫입술이 터져 버렸다.

그때 초인종이 울렸다.

카이로의 눈이 현관문으로 이어지는 통로 쪽으로 획 돌아갔다. 그의 눈에는 분노가 사라지고 경계하는 빛이 역력했다. 브리지드는 헉 하고 숨을 들이쉬고 통로를 쳐다보았다. 겁에 질린 얼굴이었다. 스페이드는 카이로의 입술에서 흐르는 피를 잠시 음울하게 쳐다보다가 뒤로 물러서며 그의 목에서 손을 떼었다.

"누구죠?"

브리지드가 속삭이며 스페이드에게 나가섰다. 카이로의 눈도 제자리로 되돌아오며 같은 질문을 던졌다.

스페이드가 짜증스레 대답했다.

"나도 모르지."

다시 초인종이 울렸다. 앞서보다 더 끈질겼다.

"음, 조용히들 있으시오."

스페이드가 이렇게 말하고 방에서 나가 문을 닫았다.

스페이드는 복도의 불을 켜고 현관문을 열었다. 던디 경위와 톰 폴하우스였다.

톰이 말했다.

"잘 있었나, 샘. 아직 잠자리에 들지 않았을 것 같아서 왔네."

던디는 고개만 끄덕였을 뿐 말은 하지 않았다.

스페이드가 온화하게 말했다.

"안녕하신가. 참 멋진 시간만 골라서 방문하시는군. 이번엔 또 무슨 일이지?"

던디가 조용히 말했다.

"당신과 할 얘기가 있소, 스페이드."

"그렇소?" 스페이드가 문에 서서 입구를 막고 말했다. "말해 보시오."

톰 폴하우스가 다가서며 말했다.

"여기 서서 말할 필요는 없겠지?"

스페이드가 여전히 문 앞에 서서 말했다.

"들어올 수 없네."

스페이드의 어조는 아주 조금이지만 사과하는 듯했다.

스페이드의 얼굴과 같은 높이에서 톰의 선 굵은 얼굴이 익숙한 경멸의 표정을 떠었지만 작고 기민한 눈은 반짝 빛났다.

"대체 뭔가, 샘?"

톰이 항의라도 하듯 장난스레 스페이드의 가슴에 커다란 손을 대었다.

스페이드가 그 손을 되밀어내고 늑대처럼 씩 웃으며 물었다.

"힘으로 하자는 건가, 톰?"

톰은 "아아, 제발 좀." 하고 투덜대며 손을 치웠다.

던디가 이를 악물며 말했다.

"좀 들어갑시다."

스페이드의 입술이 송곳니 위에서 씰룩거렸다.

"그렇겐 못하겠는데. 어쩔 거요? 힘으로 해볼 거요, 아님 그 냥 여기서 얘기할 거요? 그것도 아님 지옥에나 가든지."

톰이 신음 소리를 냈다.

던디가 여전히 이를 악물고 말했다.

"조금만 협조해 주면 될 텐데, 스페이드. 한두 번은 용케 벗 어났을지 모르지만 영원히 그럴 순 없을걸."

"할 수 있으면 막아 보든지."

스페이드가 거만하게 말했다.

"나도 그럴 생각이오."

던디가 뒷짐을 진 채 스페이드에게 굳은 얼굴을 바짝 들이 댔다.

"당신과 아처의 아내가 바람을 피웠다는 얘기가 떠돌더군."

스페이드가 웃었다.

"당신이 지어낸 얘기 같은데."

"그럼 근거 없는 얘기란 말이오?"

"그렇소."

"들자 하니 아이바가 아처와 이혼해서 당신에게 붙으려고 했는데 아처가 이혼해 주지 않았다던데. 그것도 사실이 아니오?"

"그렇소."

던디가 스페이드의 대답에는 신경도 쓰지 않고 계속 몰아붙였다.

"심지어 그것 때문에 아처가 살해되었다는 얘기도 있소."

스페이드가 다소 재미있다는 듯 대꾸했다.

"허튼 소리 그만하슈. 한 번에 살인 사건 하나씩만 덮어씌워야지. 내가 마일스도 죽였다고 하면, 서스비가 마일스를 죽여서 내가 서스비를 죽였다는 애초의 주장이 무너지잖소."

"난 당신이 누굴 죽였다는 소린 한 적 없소. 그 말을 계속 꺼내는 건 당신이지. 하지만 내가 말했다고 칩시다. 하지만 당신이 두 사람 다 죽였을 가능성도 있소. 그럴 듯한 시나리오도 있다오."

"으흥. 내가 마일스의 아내를 얻으려고 마일스를 죽이고, 마일스 살해 혐의를 뒤집어씌우려고 서스비를 죽였다 이거로군. 그것 참 죽여주는 방법이구려. 이왕이면 내가 또 누군가를 죽여 서스비 살해범으로 만들었다고 하면 금상첨화겠군. 나를 어디까지 끌고 갈 생각이오? 이제부터 샌프란시스코에서 일어나는 살인 사건을 전부 내 어깨에 짊어지울 작정이오?"

톰이 끼어들었다.

“거 참, 농담일랑 집어치우게, 샘. 우리도 이러고 싶어서 하는 게 아니라는 거 자네도 잘 알잖나. 하지만 우린 할 일이 있다고.”

“매일 아침 새벽같이 불쑥 찾아와 되지도 않는 질문이나 던져 대는 것 말고도 할 일은 많을 텐데.”

“그러고는 되지도 않는 대답이나 받아 가고 말이오.”

던디가 신중하게 말했다.

“입조심하시오.”

스페이드가 경고했다.

던디가 스페이드를 위아래로 훑어보고 나서 다시 눈을 똑바로 쳐다보았다.

“당신과 아처 부인 사이에 아무 일도 없었고 한다면 당신은 거짓말쟁이요. 그건 분명해.”

톰의 작은 눈에 놀란 빛이 어렸다.

스페이드가 혀끝으로 입술을 적시고 나서 물었다.

“이 야심한 시각에 여길 찾아온 게 바로 그 은밀한 정보 때문이오?”

“그 중 하나요.”

“다른 용건은?” 던디의 입가가 굳어졌다. “일단 들어갑시다.”

던디는 스페이드가 버티고 서 있는 문 쪽을 향해 의미심장하게 고개를 끄덕였다.

스페이드가 인상을 쓰며 고개를 저었다.

던디의 입꼬리가 위로 올라가며 만족해하는 음울한 웃음이 떠올랐다.

"뭔가 있긴 있군."

던디가 톰에게 말했다.

톰이 두 사람은 보지 않고 발끝만 내려다보며 중얼거렸다.

"누가 알겠습니까."

"지금 뭐 하나? 퀴즈라도 하겠다는 거요?"

스페이드가 소리쳤다.

"알겠소, 스페이드. 그만 돌아가겠소." 던디가 코트 단추를 채우며 덧붙였다. "가끔 들르리다. 우리에게 대드는 것도 좋겠지만 잘 생각해 보시오."

스페이드가 씩 웃으며 답했다.

"그야 언제라도 환영이오, 경위. 바쁘지 않을 때면 언제라도 들여보내 드리지."

이때 스페이드의 거실에서 비명 소리가 들렸다.

"도와주세요! 도와주세요! 경관님! 도와주세요!"

높고 가늘고 새된 목소리는 조엘 카이로의 것이었다.

던디 경위가 몸을 돌리다가 말고 다시 스페이드를 보더니 단호하게 말했다.

"들어가 봐야겠소."

잠시 다투는 소리와 때리는 소리, 억눌린 외침이 들려왔다.

스페이드가 얼굴을 일그러뜨리고 쓴웃음을 지었다.

"그래야겠군."

스페이드가 말하고 길을 비켜섰다.

두 형사가 안으로 들어가자 스페이드는 바깥문을 닫고 그들을 따라 거실로 들어갔다.

8장
허튼소리

브리지드 오쇼네시는 탁자 옆 안락의자에 웅크리고 앉아 있었다. 두 팔로 뺨을 감싸고 무릎을 바싹 당겨 얼굴을 가리고 있었다. 흰자위가 드러난 두 눈은 겁에 질려 있었다.

조엘 카이로는 브리지드 앞에 서서 그녀에게 몸을 숙인 채 스페이드가 빼앗은 권총을 한 손에 쥐고 있었다. 다른 손으로는 이마를 누르고 있었다. 손가락 사이로 피가 뚝뚝 떨어져 눈으로 들어갔다. 찢어진 입술에서도 소량이지만 피가 흘러 턱 부근에서 세 줄이 되어 흘러내렸다.

카이로는 형사들에게 신경쓰지 않았다. 자기 앞에 웅크리고 앉은 여자만 쏘아보았다. 뭔가 말하려는 듯 입술이 움찔거렸지만 알아들을 수 있는 소리는 만들지 못했다.

셋 중 가장 먼저 거실로 들어간 던디가 날쌔게 카이로 옆으로 다가가 한 손을 자기 코트 뒷주머니 쪽으로 뻗고 다른 손으로 카이로의 손목을 비틀며 성난 듯 말했다.

"지금 뭐 하는 겁니까?"

카이로는 붉게 얼룩진 손을 이마에서 떼어 경위의 얼굴 앞에 대고 흔들었다. 손을 떼자 이마에 7센티미터가량의 우툴두툴하게 찢긴 상처가 보였다.

"저 여자가 한 짓이에요. 이것 좀 보세요."

카이로가 외쳤다.

브리지드는 다리를 바닥에 뻗은 채 경계하는 눈으로 카이로의 손목을 잡고 있는 던디와 약간 뒤에 서 있던 폴하우스, 문틀에 기대 있던 스페이드를 차례차례 훑어보았다. 스페이드는 차분했다. 하지만 그녀와 눈길이 부닞지자 그의 황회색 눈이 일순간 심술궂게 반짝이더니 이내 도로 무표정해졌다.

"당신이 그랬소?"

던디가 카이로의 찢어진 이마를 향해 고갯짓하며 브리지드에게 물었다.

브리지드가 다시 애원하는 눈으로 스페이드를 보았다. 그는 아무런 반응도 보이지 않았다. 문틀에 기대어 무관심한 관객처럼 정중하고 초연한 태도로 방 안의 사람들을 관찰할 뿐이었다.

브리지드는 고개를 돌려 던디를 올려다보았다. 둥그레진 두 눈은 어둡고 진지했다.

"어쩔 수 없었어요." 브리지드가 낮고 떨리는 목소리로 말했다. "저 혼자뿐인데 저 남자가 공격했단 말이에요. 제 힘으로 막아 보려 했지만 당해낼 수가 없었어요. 저, 저 남자를 쏠 수는 없었어요."

"오, 이런 거짓말쟁이!"

카이로가 외치며 권총을 쥐고 있는 손을 던디의 손아귀에서 빼내려고 했지만 헛수고였다.

"오, 이 더럽고 추잡한 거짓말쟁이!" 카이로가 몸을 돌려 던디를 쳐다보며 말했다. "저 여자는 말도 안 되는 거짓말을 하고 있어요. 전 선의로 이곳에 왔는데 두 사람에게 모두 공격당했어요. 두 분이 여기 오는 바람에 저 남자가 두 분과 이야기하려고 이 권총과 저 여자를 이곳에 남겨 두고 나가자, 두 분이 가고 나면 절 죽여 버릴 거라고 저 여자가 말했어요. 그래서 제가 도와달라고 외친 거예요. 두 분이 그냥 가 버리시면 전 살해당할 테니까요. 그랬더니 저 여자가 권총으로 저를 때렸어요."

"자, 그 총 이리 주시오." 던디는 카이로의 손에서 권총을 빼앗았다. "여하간 하나 물어볼 게 있습니다. 이곳에는 무슨 일로 오셨소?"

"저 사람이 오라고 했어요." 카이로는 고개를 돌려 도전적으로 스페이드를 쏘아보며 말했다. "저한테 전화를 해서 오라고 했다고요."

스페이드는 카이로를 보며 졸린 듯 눈을 깜빡일 뿐 아무 말도 하지 않았다.

"왜 당신을 오라고 한 거요?" 던디가 물었다.

카이로는 라벤더 무늬의 실크 손수건으로 이마와 턱에 흐르는 피를 훔치느라 대답하지 않았다. 그쯤 되자 분한 기분이 누그러지고 태도도 조심스러워졌다.

"자기가…… 둘이 절 좀 만나고 싶다더군요. 무엇 때문인지는 저도 몰랐죠."

톰 폴하우스는 고개를 숙여 손수건에서 나는 시프레 향을 킁킁거리며 맡아 본 뒤 고개를 돌려 스페이드를 의심스레 쏘아보았다. 스페이드는 그에게 윙크하고서 계속 담배를 말았다.

"그래서, 그 다음엔 어떻게 됐소?" 던디가 물었다.

"그러고는 둘이서 저를 공격했어요. 먼저 저 여자가 절 쳤고, 그러고는 저 남자가 제 목을 조르고 주머니에서 총을 꺼내 갔죠. 그때 두 분이 오시지 않았더라면 저들이 무슨 짓을 저질렀을지 몰라요. 감히 말씀드리지만 그 자리에서 절 죽였을 거예요. 초인종 소리를 듣고 밖으로 나갈 때 저 남자는 여자에게 총을 주고 절 감시하라고 했어요."

브리지드 오쇼네시가 안락의자에서 벌떡 일어나 "진실을

말하게 하세요."라고 외치고 카이로의 뺨을 때렸다.

카이로가 알아듣지 못할 소리를 질렀다.

던디는 카이로의 팔을 잡지 않은 나머지 손으로 브리지드를 밀어 다시 의자에 앉히고 으르댔다.

"그만들 두시오."

스페이드가 담배에 불을 붙이고 연기 사이로 싱긋 웃고 나서 톰에게 말했다.

"충동적인 여자지."

"그런 것 같군."

톰이 동의했다.

던디가 의자에 앉아 있는 브리지드를 쏘아보며 물었다.

"그래 그 진실이라는 게 뭡니까?"

"카이로가 말한 것만 빼고요. 그가 말한 건 새빨간 거짓말이에요." 브리지드가 스페이드에게 몸을 돌리며 물었다. "그렇죠?"

"내가 어떻게 압니까? 난 일이 벌어지는 동안 부엌에서 오믈렛을 만들고 있었는데?"

브리지드가 이마를 찌푸린 채 혼란스러운 나머지 흐릿해진 눈으로 말끄러미 스페이드를 바라보았다.

톰이 넌더리를 내며 툴툴댔다.

던디가 스페이드의 말을 무시하고 여전히 브리지드를 쏘아보며 물었다.

"카이로가 진실을 말하는 게 아니라면, 왜 당신이 아니라 그가 도와달라고 고함쳤지요?"

"오, 제가 때렸더니 혼비백산해서 겁을 먹은 거라고요."

브리지드가 경멸의 눈길로 카이로를 쳐다보며 대답했다.

카이로의 얼굴에서 피로 얼룩지지 않은 부위가 붉게 달아올랐다. 그가 소리쳤다.

"어휴! 또 거짓말!"

브리지드가 카이로의 다리를 걷어찼다. 파란색 구두의 높은 힐로 무릎 바로 아래를 걷어찼다. 던디가 브리지드에게서 카이로를 떼어 놓는 동안 거구의 톰이 그녀에게 다가가 웅얼거렸다.

"얌전히 구셔야지, 아가씨. 그래서아 쓰니."

"그럼 사실대로 말하게 하세요."

브리지드가 도전적으로 말했다.

톰이 대꾸했다.

"그렇게 할 겁니다. 난폭한 짓만 하지 마시오."

던디는 흡족한 얼굴에 차갑게 빛나는 초록색 눈으로 스페이드를 응시하며 부하에게 말했다.

"자, 톰, 이 사람들 연행하는 게 좋을 것 같은데."

톰이 음울한 얼굴로 고개를 끄덕였다.

스페이드는 문에서 방 가운데로 걸어가며 중간에 있던 탁자 위 재떨이에 담배를 비벼 껐다. 그의 웃음과 태도는 친근하고 침착했다.

"서두르지 마시게. 다 설명할 수 있으니까."

"어련하시겠소."

던디가 비아냥거렸다.

스페이드는 브리지드에게 절을 하며 말했다.

"오쇼네시 양, 던디 경위와 폴하우스 경사를 소개해 드리죠."

이번에는 던디에게 절을 하며 말했다.

"오쇼네시 양은 내가 고용한 정보원이오."

조엘 카이로가 분개하며 말했다.

"그렇지 않습니다. 그 여자는……"

스페이드가 꽤 크지만 여전히 온화한 목소리로 말을 잘랐다.

"난 오쇼네시 양을 비교적 최근에, 그러니까 어제 고용했소. 이쪽은 조엘 카이로 씨로, 서스비의 친구나 지인, 뭐 그런 사이요. 그는 오늘 오후에 서스비가 죽었을 때 몸에 지니고 있었을지도 모를 어떤 물건을 찾아 달라고 날 고용하려 했소. 그의 얘기를 들어 보니 좀 가당치 않아서 난 손대지 않을 생각이었소. 그러자 그가 총을 꺼내더군. 뭐, 그건 서로 고소하거나 하기 전에는 상관없겠지만. 좌우간 오쇼네시 양과 이야기해 본 후 난 마일스와 서스비 살인 사건에 관해 그에게서 뭔가 알아낼 수도 있을 거라고 생각했소. 그래서 여기로 와 달라고 한 거요. 어쩌면 우리가 그에게 질문한 방식이 좀 거칠었을 수도 있지만 도움을 요청해야 할 정도는 아니었소. 더구나 이번에도 그에게서 권총을 뺏어야 했거든."

스페이드가 말하는 동안 벌겋게 달아오른 카이로의 얼굴에 근심이 어렸다. 그의 눈동자가 위 아래로 꿈틀거리며 바닥과 스페이드의 무미건조한 얼굴 사이를 불안하게 왔다 갔다 했다.

"자, 이제 뭐라고 하시겠소?"

던디가 카이로를 마주보고 퉁명스레 물었다.

카이로는 던디의 가슴팍만 응시하며 거의 일 분 동안 아무 말도 하지 않았다. 그가 눈을 들었을 때 두 눈은 겁에 질리고 조심스러워 보였다.

"뭐라고 말씀드려야 할지 모르겠고요."

카이로가 중얼거렸다. 퍽이나 당황한 눈치였다.

"사실대로 말해 보시오."

던디가 말했다.

"사실이요?" 카이로의 눈이 흔들렸지만 던디의 시선에서 한 시도 눈을 떼지 않았다. "사실을 말하면 믿어 줄지 어떻게 알죠?"

"이제 시간 끌기는 관두시오. 당신이 할 일은 저들이 당신한테 폭력을 휘둘렀다는 고소장에 선서를 하는 것뿐이오. 그러면 영장 서기가 당신 말을 믿고 체포 영장을 발부해 저들을 유치장에 처넣을 겁니다."

스페이드가 재미있다는 투로 말했다.

"그렇게 하시게, 카이로. 원하는 대로 해주라고. 저 친구가 하라는 대로 하겠다면 우리도 당신 앞으로 나온 고소장에 선서할 테니. 그럼 저 친구는 우리를 모조리 잡아넣게 되는 거야."

카이로는 헛기침을 한번 한 뒤 누구와도 눈을 마주치지 않은 채 초조하게 방을 둘러보았다.

던디는 콧방귀까지는 아니지만 거칠게 콧김을 내뿜으며 말했다.

"모자들 챙기시지."

근심과 의혹이 담긴 카이로의 눈이 스페이드의 조롱하는 눈길과 마주쳤다. 스페이드는 카이로에게 윙크하고 쿠션을 댄 흔들의자의 팔걸이에 걸터앉았다. 그는 카이로와 브리지드를 향해 싱긋 웃으며 유쾌해 죽겠다는 목소리로 말했다.

"자, 여러분, 우리 아주 멋지게 해냈잖아."

던디의 각진 얼굴이 아주 살짝 어두워졌다. 그가 위압적인 목소리로 되풀이 말했다.

"모자들 챙기시오."

스페이드는 웃는 얼굴로 경위를 바라보며 의자 팔걸이에 좀 더 편안한 자세로 고쳐 앉아 한가롭게 말했다.

"당신들은 자신들이 속아 넘어가는 줄도 모르시나?"

톰 폴하우스의 얼굴이 벌겋게 달아올랐다.

던디의 얼굴이 더 시커메졌지만 딱딱하게 쏘아붙이는 입술을 빼고는 미동도 하지 않았다.

"그래, 몰라. 하지만 그건 시청에 가서 알아보기로 하지."

스페이드는 일어나서 양손을 바지 주머니에 넣었다. 그가 몸을 곧추세우자 그만큼 경위에게서 더 멀리 떨어져 보였다. 웃음은 빈정거림이었고, 몸짓 하나하나가 확신에 차 있었다.

"어디 한번 잡아넣어 보시게, 던디. 샌프란시스코의 모든 신문에서 비웃어 줄 테니. 설마 우리가 정말로 고소장에 선서할 거라고 생각하는 건 아니겠지? 정신 차리시게. 당신은 속은 거라고. 초인종이 울렸을 때 난 오쇼네시 양과 카이로에게 말했네. '또 그 망할 짭새들이군. 정말 짜증나게 히네. 우리 한번 끌려 주세. 저치들이 돌아가는 소리가 들리거든 둘 중 하나가 비명을 지르는 거야. 저치들이 우리 손에 놀아나 얼마나 허둥댈지 한번 해보자고.' 그리고……"

의자에 앉아 있던 브리지드 오쇼네시가 몸을 앞으로 숙이고 발작적으로 웃기 시작했다.

카이로는 깜짝 놀란 얼굴로 두리번거리다 이윽고 미소를 지었다. 맥 빠진 웃음이었지만 어쨌거나 그는 계속 미소를 머금고 있었다.

"집어치우라고, 샘."

톰은 못마땅한 얼굴로 투덜거렸다.

"하지만 그게 사실이야. 우린……"

스페이드가 킬킬거리면서 말했다.

"그럼 머리와 입에 난 상처는?" 던디가 조소하듯 내뱉었다. "그건 어떻게 된 거지?"

"물어보시게. 면도하다가 베었나 보지."

스페이드가 대답했다.

카이로는 질문하지 못하게 막으려는 듯 재빨리 대답했다. 말하는 동안에도 억지로 미소를 짓느라 얼굴 근육이 떨렸다.

"넘어져서 그래요. 두 분이 들어올 때 권총을 잡으려고 다투는 연기를 해야 했는데, 그때 넘어지고 말았죠. 옥신각신하는 연기를 하다가 융단 끝에 발이 걸리는 바람에 나동그라진 거예요."

"허튼소리." 던디가 말했다.

"좋소, 던디. 믿거나 말거나 그건 당신 맘이지. 요점은 그게 우리에게 일어난 일이고 우리가 그걸 밀어붙일 거란 사실이지. 신문은 믿거나 말거나 그대로 인쇄할 거고, 사실이 어느 쪽이든 재미있기로 따지면 엇비슷할 거요. 안 믿는 편이 더 나을지도 모르겠군. 이제 어쩔 테요? 짭새를 곯려먹는 게 범죄는 아니잖소? 당신은 아무런 증거도 없어. 우리가 말한 건 모조리 장난이고. 그러니 이제 어쩔 셈이오?"

스페이드가 말했다.

던디는 스페이드에게 등을 돌리고 카이로의 어깨를 꽉 붙잡았다.

"그런 걸로 벗어날 순 없어." 던디가 으르렁거리며 카이로를 흔들었다. "도와달라고 고함쳤으니 도움을 받으라고."

"아뇨, 경관님. 그건 장난이었어요. 스페이드가 당신들과 친구라면서 이해할 거라고 했단 말이에요."

카이로가 더듬거렸다.

스페이드가 웃었다.

던디는 카이로의 한쪽 손목과 목덜미를 거칠게 잡아 끌어당기며 말했다.

"어쨌든 당신은 총기 소지 혐의로 연행해야겠어. 나머지도 데리고 가서 누가 그 장난에 웃는지 보기로 하지."

카이로의 놀란 눈이 옆으로 돌아가 스페이드의 얼굴을 빤히 바라보았다.

"멍청한 짓 그만두시오, 던디. 총도 장난의 일부였어. 그건 내 거라고." 스페이드가 다시 웃으며 말했다. "32구경이라서 안 됐구려. 아니면 서스비와 마일스를 쏜 총이라고 우길 수 있었을 텐데."

던디는 카이로를 놓아 주고 발꿈치로 몸을 돌려 오른쪽 주먹으로 스페이드의 턱을 가격했다.

브리지드 오쇼네시가 짧게 비명을 질렀다.

가격하는 순간 스페이드의 얼굴에서 웃음이 사라졌지만 즉각 몽환적인 웃음이 되어 되돌아왔다. 그는 살짝 뒷걸음질을 쳐서 몸의 중심을 잡고, 코트 속에서 축 처진 우람한 어깨를 추슬렀다. 막 그의 주먹이 나가려던 차에 톰 폴하우스가 두 사내 사이에 끼어들어 드럼통 같은 배와 팔로 스페이드의 팔을 막았다.

"안 돼, 이건 아니야. 제발 좀 참으라고!" 톰이 사정했다.

미동 없이 잠시 시간이 흐르자 스페이드의 근육에서 힘이 빠졌다.

"그럼 얼른 데리고 나가."

스페이드가 말했다. 다시 웃음이 사라진 얼굴은 뚱하고 다소 창백했다.

톰은 여전히 스페이드 옆에 서서 그의 팔을 붙잡은 채 고개를 돌려 어깨너머로 던디 경위를 보았다. 톰의 작은 두 눈이 꾸짖는 듯했다.

던디는 두 주먹을 불끈 쥐고 두 다리를 약간 벌려 떡 버티고 서 있었지만 싸울 듯한 얼굴 표정은 다소 누그러져 녹색 홍채 주위에 흰자위가 살짝 보이기 시작했다.

"저자들 이름과 주소나 받아 놔."

던디가 명령했다.

톰이 쳐다보자 카이로가 재빨리 말했다.

"조엘 카이로, 벨비데레 호텔."

스페이드는 톰이 브리지드에게 물어보기 전에 앞질러 말했다.

"오쇼네시 양은 언제라도 날 통해서 만날 수 있네."

톰이 던디를 보았다.

"주소 받아 놓으라고 했네." 던디가 뇌까렸다.

"저 여자 주소는 내 사무실로 돼 있다니까."

스페이드가 말했다.

던디가 앞으로 한 걸음 내디뎌 브리지드 앞에 멈춰 섰다.

"어디에 사시오?"

"던디를 여기서 데리고 나가. 더 이상 못 참겠어."

스페이드가 톰에게 말했다.

톰은 매정하게 번득이는 스페이드의 눈을 보며 중얼거렸다.

"진정하게, 샘."

톰은 코트 단추를 끼고 던디에게 돌아서서 아무렇지 않은 목소리로 "자, 다 됐죠?"라고 말하고 나서 문을 향해 걸어갔다.

던디는 실망한 기색이었고 여전히 망설이는 빛이 역력했다.

카이로가 갑자기 문을 향해 걸어가며 말했다.

"저도 가겠습니다. 스페이드 씨가 친절하게도 모자와 코트를 주신다면요."

"뭐가 그리 급하신가?" 스페이드가 물었다.

"다 농담이라더니, 아직도 저들과 여기 남는 건 겁나는가 보군."

던디가 성내며 말했다.

"천만에요." 카이로가 안절부절못하며 둘 중 누구도 보지 않고 대답했다. "하지만 너무 늦었고, 여하간 가야겠어요. 괜찮으시다면 같이 나가시죠."

던디는 입술을 굳게 다물고 아무 말도 하지 않았다. 초록색 눈이 반짝 빛났다.

스페이드는 통로에 있는 옷장으로 가서 카이로의 모자와 코트를 꺼냈다. 멍한 얼굴이었다. 카이로가 코트를 입도록 도와주고 나서 톰에게 말하는 목소리 역시 멍했다.

"총 놓고 가라고 말해 주게."

던디는 카이로의 권총을 코트 주머니에서 꺼내 탁자 위에 놓았다. 던디가 먼저 나가고, 카이로가 뒤를 따랐다. 톰은 스페이드 앞에 멈춰서 웅얼거렸다.

"생각 없이 이러는 게 아니길 바라네."

대답이 없자 톰은 한숨을 쉬고 다른 두 명을 따라 나갔다. 스페이드는 통로가 꺾이는 곳까지 따라가서 톰이 현관문을 닫을 때까지 서 있었다.

9장

브리지드

스페이드는 거실로 돌아와 소파 끝에 걸터앉아 무릎에 팔꿈치를 올리고 뺨에 손을 괴고 바닥만 볼 뿐 안락의자에서 그를 향해 힘없이 웃음 짓는 브리지드 오쇼네시는 거들떠보지도 않았다. 그의 눈은 뜨거웠고, 미간에 난 골은 깊었다. 숨을 쉴 때마다 콧구멍이 벌름거렸다.

스페이드가 고개를 들어 브리지드 오쇼네시를 보지 않을 것이라는 점이 명백해지자 그녀는 웃음을 멈추고 점점 불안해하며 그를 바라보았다.

분노로 얼굴이 시뻘겋게 달아오른 가운데 스페이드가 거칠게 으르렁대기 시작했다. 광분한 얼굴을 손으로 받치고 바닥을 노려보며 오 분 동안 쉴 새 없이 던디를 욕했다. 외설적이고 모욕적인 욕지거리를 거칠고 낮은 소리로 몇 번이고 퍼부어 댔다.

그러고는 얼굴에서 손을 내리고 브리지드를 보며 멋쩍게 씩 웃으며 말했다.

"유치하지 않아요? 나도 알아요. 하지만 젠장, 난 맞은 걸 갚아 주지 못하면 도저히 견딜 수 없거든."

스페이드가 섬세한 손가락으로 턱을 만지작거리며 말을 이었다.

"뭐 그리 대단한 주먹은 아니었지만."

스페이드가 싱긋 웃고 나서 다리를 꼰 채 느긋하게 소파에 등을 기대며 말했다.

"어쨌든 승리의 대가로는 아주 싼 셈이죠."

일순 눈썹이 못마땅하다는 듯 씰룩이며 스페이드가 내뱉듯 중얼거렸다.

"결코 잊지는 않을 테지만."

브리지드가 다시 미소 지으며 의자에서 일어나 스페이드 옆에 앉았다.

"당신처럼 무모한 사람은 정말이지 처음 봐요. 항상 그렇게 고자세이신가요?"

"던디가 치는데도 그냥 맞지 않았던가요?"

"그야 그렇죠. 하지만 상대는 경찰이잖아요."

"그게 아닙니다. 꼭지가 돌아서 날 칠 때 그 작자는 자기 위치를 과신한 겁니다. 내가 맞붙었더라면 그 친구 성질에 그대로 물러서진 않았을 겁니다. 그러니 끝장을 보고 말았을 테고, 그러면 그 얼빠진 얘기를 본부에 보고해야 하는 거였다 이거예요."

스페이드가 생각에 잠긴 얼굴로 잠시 브리지드를 응시하며 물었다.

"카이로에겐 무슨 짓을 한 거죠?"

"아무 짓도 안 했어요." 브리지드의 얼굴이 붉어졌다. "경찰들이 갈 때까지 조용히 시키려고 겁을 줬는데 너무 겁을 먹어서 그랬는지 고집이 세서 그랬는지 소리를 지른 거예요."

"그래서 총으로 후려친 건가요?"

"어쩔 수 없잖아요. 카이로가 먼저 공석했다고요."

"정말 아무 생각이 없으시구먼." 스페이드는 미소를 지었지만 짜증을 감추지는 못했다. "정말이야. 당신은 그저 되는 대로 찔러 보고 있을 뿐이라고."

브리지드가 뉘우치는 목소리와 얼굴로 말했다.

"미안해요, 샘."

"당연히 그래야지."

스페이드는 담배와 종이를 주머니에서 꺼내 담배를 만들기 시작했다.

"카이로와는 얘기했으니 이제 나랑 얘기할 차례군요."

브리지드는 한동안 손가락으로 입술을 만지작거리며 둥그레진 눈으로 먼 산을 보다가 마침내 눈을 가늘게 뜨고 스페이드를 재빨리 흘끔거렸다. 그는 담배 만들기에 여념이 없었다.

"아, 그럼요. 물론 얘기해야죠."

브리지드는 입에서 손가락을 떼고 파란 드레스를 매만졌다. 그러고는 무릎을 내려다보며 인상을 찌푸렸다.

스페이드가 담배에 침을 발라 붙인 뒤 물었다.

"뭐 해요?"

그와 동시에 담배에 불을 붙였다.

브리지드가 아주 세심하게 단어를 고르는 것처럼 또박또박 말했다.

"하지만 시간이 부족해서 카이로와 얘기를 끝마치지 못했어요." 브리지드는 찡그린 얼굴을 편 뒤 솔직하고 맑은 눈으로 스페이드를 바라보았다. "거의 시작하자마자 중단됐다고요."

담배에 불을 붙인 스페이드가 웃음을 터뜨리는 바람에 연기가 흔적도 없이 날아가 버렸다.

"카이로한테 다시 전화해서 돌아오라고 할까요?"

브리지드는 웃지도 않고 고개만 흔들었다. 고개를 흔드는 동안 그녀의 눈동자는 눈꺼풀 아래서 오락가락했지만 한시도 스페이드의 눈에서 시선을 떼지 않았다. 그녀의 눈은 뭔가 묻고 싶은 듯했다.

스페이드는 브리지드의 등에 팔을 둘러 맨 살이 드러난 부드럽고 흰 어깨를 감쌌다. 그녀는 그의 팔에 몸을 기댔다. 그가 말했다.

"자, 얘기해 봐요."

브리지드가 고개를 돌려 스페이드에게 무례할 만큼 장난스럽게 한껏 웃고 나서 물었다.

"팔을 꼭 거기에 둬야 하나요?"

"아니오."

스페이드는 브리지드의 어깨에서 팔을 풀고 그녀의 등 뒤에 내려놓았다.

"당신은 전혀 예측할 수 없는 분 같아요."

브리지드가 중얼거렸다.

스페이드가 고개를 끄덕이며 붙임성 있게 말했다.

"얘기해 보라니까요. 난 계속 듣고 있어요."

"시간을 보세요!"

브리지드가 외치며 손가락으로 책 위에 놓인 알람시계를 가리켰다. 시계는 투박한 시곗바늘로 2시 50분을 가리켰다.

"으음, 바쁜 저녁이었죠."

"그만 가 봐야겠어요. 이건 너무해요."

브리지드가 자리에서 일어나며 말했다.

스페이드가 자리에 앉은 채 고개를 가로저으며 말했다.

"사실을 말해 주기 전에는 안 돼요."

"하지만 시간을 보세요. 얘기하는 데 몇 시간은 걸릴걸요."

"그럼 몇 시간 동안 얘기하는 수밖에."

"제가 무슨 죄라도 지었나요?"

브리지드가 명랑하게 말을 받았다.

"게다가 바깥에는 그 청년도 있어요. 아직 자러 가지 않았을지도 모릅니다."

명랑하던 브리지드의 얼굴이 금세 어두워졌다.

"아직 있을까요?"

"아마도."

브리지드가 몸을 부르르 떨었다.

"한번 봐 주시겠어요?"

"내려가서 보고 올 수도 있어요."

"오, 그럼 좋을 텐데…… 그렇게 해주시겠어요?"

스페이드는 잠시 브리지드의 근심 어린 얼굴을 뜯어보고 나서 소파에서 일어나며 말했다.

"물론이죠." 스페이드가 모자와 코트를 옷장에서 꺼내들며 말했다. "십 분쯤 뒤에 돌아오죠."

"몸조심하세요."

브리지드가 현관문까지 스페이드를 따라오면서 간청했다.

스페이드는 "그러죠." 하고는 밖으로 나갔다.

스페이드가 거리로 나왔을 때 포스트가는 텅 비어 있었다. 그는 동쪽으로 한 블록 걸어가서 길을 건너고 서쪽으로 두 블록 걸어서 다시 길을 건넌 다음 자기 건물로 돌아왔지만 정비소에서 작업하고 있는 기계공 두 명을 제외하고는 아무도 보지 못했다.

스페이드가 아파트 문을 열자 브리지드 오쇼네시가 통로 모퉁이에 서서 카이로의 권총을 들고 있었다.

"아직 있더군요."

스페이드가 말했다.

브리지드는 입술을 깨물고 천천히 몸을 돌려 거실로 돌아왔다. 스페이드는 뒤따라 들어가며 모자와 코트를 의자에 걸쳐 놓고 "그러니까 이제야 얘기할 시간이 생겼군요."라고 말하고는 부엌으로 갔다.

브리지드가 부엌문 앞으로 왔을 때 스페이드는 커피포트를 스토브에 올려놓고 프랑스 빵을 얇게 썰고 있었다. 그녀는 문에 서서 정신이 팔린 눈으로 그를 지켜보았다. 왼쪽 손가락은 오른손에 들고 있는 권총의 총열과 총신을 한가롭게 어루만지고 있었다.

"식탁보는 저 안에 있어요."

스페이드가 말하며 빵을 썰던 칼로 간이식탁에 붙은 찬장을 가리켰다.

브리지드가 식탁을 준비하는 동안 스페이드는 방금 자른 작은 타원형 빵 조각 사이에 간 소시지와 소금에 절인 차가운 소고기를 넣었다. 그러고는 커피를 따르고 땅딸막한 병에서 브랜디를 조금 따라 부은 위 브리지드와 함께 식탁에 앉았다. 그들은 긴 의자 하나에 나란히 앉았다. 그녀는 자기에게 가까운 쪽에 권총을 내려놓았다.

"이제 시작해도 돼요, 먹으면서."

스페이드가 말했다.

브리지드는 스페이드에게 인상을 쓰며 "당신처럼 고집스러운 사람은 첨 봐요."라고 불평하고 나서 샌드위치를 한입 물었다.

"맞는 말이에요. 게다가 무모하고 완전히 예측 불가죠. 너나없이 혈안이 돼 있는 그 매는 대체 뭔가요?"

브리지드는 소고기 빵을 입에 물고 삼킨 뒤 자기가 씹어서 생긴 작은 초승달 모양을 주의 깊게 바라보며 말했다.

"만약 제가 말씀드리지 않겠다면요? 전혀 아무것도 말해드리지 않는다면요? 그럼 어떻게 하실 거죠?"

"새에 관해서 말인가요?"

"이 모든 것에 관해서요."

"딱히 놀라진 않을 겁니다." 스페이드는 어금니 끝까지 드러나도록 입을 크게 벌리며 웃었다. "다음에 뭘 해야 할지 알거든요."

"그게 뭐죠?"

브리지드의 시선이 샌드위치에서 스페이드의 얼굴로 옮겨 갔다.

"전 그게 알고 싶었어요. 그 다음엔 어떻게 하실 건가요?"

스페이드가 고개를 저었다.

"무모하고 예측 불가능한 것?"

브리지드가 얼굴에 조소를 띠며 말했다.

"어쩌면. 하지만 당신이 지금 그걸 감춰서 뭘 얻을 수 있는 지 모르겠는데요. 어쨌거나 조금씩 밝혀지고 있잖아요. 내가 모르는 부분도 아직 많지만 아는 부분도 제법 있고 추측할 수 있는 부분은 그보다 더 많죠. 게다가 이런 식으로 하루만 더 지나면 당신이 모르는 것까지두 금방 알게 될 겁니다."

"지금도 이미 그런 것 같은데요."

브리지드는 다시 샌드위치를 바라보며 진지한 얼굴로 말하기 시작했다.

"하지만(오!) 전 정말이지 넌더리가 나요. 그 얘기 하는 게 너무 싫다고요. 그냥, 당신 말대로 그냥 기다려서 알게 되는 게 낫지 않을까요?"

스페이드가 웃었다.

"모르겠군요. 그건 스스로 생각해 봐요. 내가 알아내는 방식은 몽키랜치를 기계에 집어 던지는 것처럼 무모하고 예측 불가능하니까. 난 상관없어요. 집어 던진 몽키랜치에 맞아 기계 부품이 튀어 나갈 때 당신이 다치지 않을 거라는 확신만 있다면."

브리지드는 맨살이 드러난 어깨를 불안하게 추석거릴 뿐 아무 말도 하지 않았다. 두 사람은 몇 분 동안 말없이 먹기만 했다. 스페이드는 침착하게, 브리지드는 생각에 잠겨. 그러더니 그녀가 쉰 목소리로 말했다.

"전 당신이 두려워요. 사실이에요."

"그건 사실이 아니죠."

"사실이라고요." 브리지드가 여전히 낮은 목소리로 고집했다. "제가 두려워하는 남자가 둘 있는데 오늘 밤에 그 두 사람을 다 만났어요."

"카이로를 무서워하는 건 이해할 수 있군요. 그는 당신 손 아귀에 넣을 수 없으니까."

"당신은 아니고요?"

"그런 쪽으로는 아니죠."

스페이드가 씩 웃었다.

브리지드는 얼굴을 붉혔다. 그녀는 회색 간 소시지를 넣은 빵 조각을 집어 들어 쟁반에 내려놓았다. 이윽고 하얀 이마를 찡그리며 입을 열었다.

"아시다시피 그건 검정색 조각상이에요. 부드럽고 빛나는, 매의 조각상인데 높이는 이 정도 돼요."

브리지드는 30센티미터 정도 양손을 벌렸다.

"그게 왜 그렇게 중요한 물건인 거죠?"

브리지드는 브랜디를 탄 커피를 홀짝이고 나서 고개를 가로저었다.

"그건 저도 몰라요. 그들은 제게 절대 말해 주지 않아요. 그 물건을 찾도록 도와주면 500파운드를 주겠다고 약속했어요. 그런데 플로이드가 나중에, 그러니까 우리가 조를 떠난 뒤에 저에게 750파운드를 주겠다고 하더군요."

"그러니까 그게 분명 750파운드 이상의 가치가 나간다는 건가요?"

"오, 그보다 훨씬 많아요. 그들은 자기도 저랑 똑같이 나눠 갖는 척하진 않았어요. 그저 자기들을 도와 달라고 고용한 것뿐이었죠."

"어떻게 도와 달라는 거죠?"

브리지드는 잔을 다시 입으로 가져갔다. 스페이드는 황회색 눈을, 군림하려는 듯한 눈길을 그녀의 얼굴에서 떼지 않고 담배를 말기 시작했다. 그들 뒤에 있는 스토브에서 커피포트가 부글거렸다.

"물건을 갖고 있는 사내한테서 찾아오도록요." 브리지드가 잔을 내려놓고 천천히 말했다. "케미도프라는 러시아인에게서요."

"어떻게요?"

"어머, 그런 건 중요하지 않아요. 게다가 당신에겐 도움도 안 될 테니까요." 브리지드가 무례하게 말했다. "당신이 상관할 일은 더더욱 아니고요."

"그게 이스탄불에서 있었던 일인가요?"

브리지드는 잠시 머뭇거리다가 고개를 끄덕이며 말했다.

"마르마라요."

스페이드가 브리지드를 향해 담배를 흔들며 말했다.

"계속해 봐요. 그래서 무슨 일이 있었죠?"

"하지만 그게 다인걸요. 지금까지 말씀드린 거요. 그들은 저에게 도와주는 대가로 500파운드를 주겠다고 했고, 전 시키는 대로 했는데 그때 조 카이로가 우리를 배신하려는 걸 알았어요. 매만 가져가고 우리에게 아무것도 주지 않을 작정이었던 거예요. 그래서 우리는 선수를 쳐서 그와 똑같이 되갚아 주었죠. 하지만 그렇다고 사정이 전보다 나아진 건 아니었어요. 플로이드 역시 저에게 약속한 750파운드를 줄 생각이 전혀 없었던 거예요. 제가 그걸 알게 된 건 이곳에 왔을 때쯤이었어요. 그는 뉴욕에 가서 물건을 팔아 제 몫을 주겠다고 말했지만 전 그게 거짓말이라는 걸 알 수 있었죠." 브리지드의 눈이 분을 못 이겨 보랏빛으로 물들었다. "그래서 매가 있는 곳을 찾아 달라고 당신에게 온 거예요."

"그럼 당신이 그걸 찾았다면? 그럼 어떻게 되죠?"

"그럼 플로이드 서스비 씨와 협상할 수 있었겠죠."

스페이드가 눈을 가늘게 뜨고 넌지시 말했다.

"하지만 플로이드가 당신에게 주기로 한 돈보다 더 많이 받을 수 있는 방법은 몰랐다? 그러니까 어디로 물건을 가지고 가야 그가 말한 만큼 받을 수 있는지는 몰랐다 이 말인가요?"

"그래요."

스페이드는 접시에 버린 담뱃재를 마뜩잖게 노려보며 말했다.

"그게 그렇게 값비싼 까닭이 뭐죠? 뭔가 알았을 거 아니에요. 적어도 추측은 할 수 있잖아요."

"난 정말 아무것도 몰라요."

스페이드는 이제 브리지드를 못마땅한 얼굴로 노려보았다.

"뭘로 만들어졌죠?"

"도자기인지 검은 돌인지 그래요. 저도 몰라요. 만져 본 적도 없고요. 딱 한 번 몇 분 동안 본 게 다예요. 우리가 그걸 처음 손에 넣었을 때 플로이드가 보여 줬죠."

스페이드는 접시에 담배꽁초를 비벼 끄고 나서 브랜디를 탄 커피를 단숨에 들이켰다. 마뜩잖던 표정은 사라졌다. 그는 냅킨으로 입술을 닦고 꾸깃꾸깃 구겨 식탁에 내려놓은 다음 예사롭게 말했다.

"당신은 정말 거짓말쟁이야."

브리지드는 벌떡 일어나서 식탁 끝에 선 채 달아오른 얼굴에 검은 눈으로 부끄러운 듯 스페이드를 내려다보았다.

"맞아요. 전 거짓말쟁이예요. 언제나 그랬죠."

"뼈길 일은 아니잖아. 유치하기는." 스페이드의 목소리는 뜻밖에 쾌활했다. 그는 식탁과 의자 사이에서 걸어 나왔다. "지금 그 얘기에 진실이 있기는 한 건가?"

브리지드는 고개를 떨어뜨렸다. 짙은 속눈썹에 축축한 물기가 반짝였다.

"조금은요." 브리지드는 속삭였다.

"얼마나?"

"별로 많지 않아요."

스페이드는 브리지드의 턱 끝을 잡고 그녀의 고개를 들었다. 그는 젖어 있는 두 눈을 보며 소리 내어 웃고 나서 말했다.

"밤은 이제부터 시작이에요. 브랜디 탄 커피 더 만들 테니 다시 해봅시다."

브리지드의 눈꺼풀이 아래로 내려갔다. 그녀가 불안한 얼굴로 말했다.

"오, 전 질렸어요. 이 모든 것에, 저 자신에, 거짓말하고 지어내는 것에 정말 질렸다고요. 이젠 뭐가 거짓말이고 뭐가 진실인지도 모르겠어요. 그냥……."

브리지드는 스페이드의 뺨을 감싸 쥐고 열린 입술로 그의 입술을 강하게 누르며 몸을 바싹 붙였다.

스페이드의 팔이 브리지드를 감싸며 끌어당겼다. 파란 소매 안에서 근육이 불끈 솟아올랐다. 한 손은 그녀의 머리를 부드럽게 안고 손가락으로 빨강머리를 쓸어 내렸고, 다른 손은 날씬한 그녀의 등을 손가락으로 더듬었다. 그의 눈이 노랗게 타올랐다.

10장

벨비데레 호텔

스페이드가 일어났을 때는 동이 트면서 밤의 어둠이 엷고 희미해지고 있었다. 옆에는 브리지드 오쇼네시가 곤히 잠들어 부드럽게 고른 숨을 쉬고 있었다. 스페이드는 조용히 침대에서 내려와 침실에서 나온 뒤 문을 닫았다. 그는 화장실에서 옷을 입었다. 그러고는 잠자는 브리지드의 옷을 뒤져 코트 주머니에서 납작한 놋쇠 열쇠를 꺼내 밖으로 나갔다.

스페이드는 코로넷으로 가서 열쇠로 브리지드의 아파트를 열고 들어갔다. 누가 봐도 수상쩍은 점은 없었다. 조금의 망설임도 없이 곧장 들어갔기 때문이다. 그가 들어가는 소리를 들은 사람도 거의 없었다. 거의 소리를 내지 않았던 것이다.

브리지드의 아파트에 들어간 스페이드는 불을 모조리 켜고 그곳을 샅샅이 뒤졌다. 두 눈과 두툼한 손가락은 서두르거나 망설이거나 꾸물거리거나 되돌아가는 일도 없이 전문가다운 익숙한 솜씨로 여기저기로 옮겨 가며 엄밀히 탐색하고 꼼꼼히 음미하고 세심하게 확인해 나갔다.

잠겼든 안 잠겼든 모든 서랍과 찬장, 작은 반침, 상자, 가방, 트렁크를 열어서 눈과 손가락으로 내용물을 조사했다. 옷가지도 모조리 불룩한 부분이 없는지 손으로 만져보고 손가락으로 누르면서 종잇조각이 부스럭거리는 소리가 나지 않는지 귀 기울였다.

그 다음에는 침대보를 벗겼다. 융단 밑과 가구 아래도 일일이 들여다보았다. 블라인드를 내려 그 사이에 뭔가 숨겨 놓지 않았는지 확인했다. 창문 밖으로 몸을 기울여 바깥에 뭐가 걸려 있지 않은지도 살펴보았다.

화장대 위에 있는 파우더와 크림 통은 포크로 찔러보았다. 분무기와 병들은 햇빛에 비춰 보았다. 식기와 팬, 음식, 음식물 통도 빠짐없이 살펴보았다. 신문을 펼치고 쓰레기통을 비웠다. 화장실 변기 물통 뚜껑을 열어 물을 비우고 안을 들여다보았다. 욕조 배수구와 세면대, 싱크대, 빨래통의 철망까지 하나도 놓치지 않고 살펴보았다.

결국 스페이드는 검은 새를 찾지 못했다. 그것과 연관된 듯 싶은 물건은 하나도 발견하지 못했다. 그가 발견한 유일한 글자라고는 브리지드 오쇼네시가 일주일 전에 지불한 아파트 월

임대료 영수증이 다였다. 수색을 지연할 정도로 그의 흥미를 끈 유일한 물건은 잠긴 옷장 서랍의 다색장식 상자에 들어 있던 양손을 가득 채울 만한 양의 제법 섬세한 보석이었다.

수색을 끝내자 스페이드는 커피를 만들어 마셨다. 그러고는 부엌 창문을 열고 주머니칼로 자물쇠 끝부분에 살짝 상처를 내고 나서 비상계단 쪽으로 난 창문을 열어 놓고 거실 안락의자에서 모자와 코트를 챙긴 다음 들어올 때와 같은 방법으로 아파트에서 나갔다.

집으로 돌아오는 길에 스페이드는 뚱뚱한 주인이 부은 눈으로 몸을 벌벌 떨며 문을 열고 있는 식료품 가게에 들러 오렌지와 달걀, 롤빵, 버터, 크림을 샀다.

스페이드는 조용히 아파트로 들어갔지만 바깥문을 닫기도 전에 브리지드 오쇼네시가 외쳤다.

"거기 누구예요?"

"청년 스페이드가 아침 대령이오."

"어머, 깜짝 놀랐잖아요!"

스페이드가 닫아 놓은 침실 문이 열려 있었다. 브리지드는 침대 한쪽에 앉아 오른손을 베개 속에 넣은 채 오들오들 떨고 있었다.

스페이드는 부엌 식탁에 식료품을 내려놓고 침실로 갔다. 그가 브리지드 옆에 앉아 부드러운 어깨에 입 맞추고 말했다.

"그 작자가 아직 있는지도 볼 겸 아침거리도 살 겸 나갔다 왔지."

"아직 있던가요?"

"아니."

브리지드는 한숨을 쉬며 스페이드의 어깨에 몸을 기댔다.

"일어났는데 당신은 없고, 그때 누가 들어오는 소리가 나잖아요. 너무 무서웠어요."

스페이드가 브리지드의 빨강머리를 이마에서 뒤로 쓸어 넘기면서 말했다.

"미안해, 우리 천사. 계속 잘 줄 알았지. 그 총은 밤새 베개 밑에 넣어 둔 건가?"

"아뇨. 아니란 거 아시잖아요. 섭이 나서 뛰어나가 가져온 거예요."

스페이드는 브리지드가 목욕하고 옷을 입는 동안 아침을 만들고 납작한 놋쇠 열쇠를 브리지드의 코트 주머니에 도로 넣어 두었다.

브리지드는 화장실에서 나오며 '엔 쿠바'를 휘파람으로 불었다.

"침대 정리할까요?"

"좋지. 달걀 다 되려면 일이 분 더 기다려야 해."

브리지드가 돌아왔을 때는 식탁에 아침이 차려져 있었다.

그들은 전날 밤 앉았던 곳에 앉아 열심히 밥을 먹었다.

"이제 새 얘기를 해볼까?"

잠시 후 스페이드가 넌지시 물었다.

브리지드는 포크를 내려놓고 스페이드를 쳐다봤다. 눈썹을 찡그리고 입을 뽀로통하게 오므렸다.

"하고 많은 아침 중에 오늘 아침에 그 얘길 하라고 하면 안 되죠. 전 얘기하고 싶지도 않고 하지도 않을 거예요."

"역시 고집불통에 제멋대로군."

스페이드는 슬픈 듯이 말하고 롤빵 한 조각을 입에 넣었다.

스페이드와 브리지드 오쇼네시가 보도를 건너 두 사람을 기다리는 택시로 걸어갈 때 스페이드를 미행하던 청년은 보이지 않았다. 택시를 미행하는 차도 없었다. 택시가 코로넷 부근에 이르렀을 때도 주위에 그 청년이나 어정거리는 사람은 보이지 않았다.

브리지드 오쇼네시는 스페이드를 같이 들어가지 못하게 만류했다.

"아무리 혼자라도 저녁 드레스 차림으로 이 시간에 집에 들어가는 것만으로 이미 충분해요. 아무도 만나지 않았으면 좋겠네요."

"오늘 저녁 식사 어때?"

"좋아요."

그들은 키스했다. 브리지드는 코로넷으로 들어갔다. 스페이드가 기사에게 말했다.

"벨비데레 호텔."

벨비데레에 도착한 스페이드는 자기를 미행하던 청년이, 엘리베이터가 보이는 곳에 놓인 긴 의자에 앉아 있는 모습이 보였다. 신문을 읽고 있는 듯싶었다.

스페이드는 데스크에서 카이로가 안 들어왔다는 얘기를 들었다. 그는 인상을 쓰고 아랫입술을 깨물었다. 노란 빛이 두 눈에서 춤추기 시작했다.

"고맙소."

스페이드는 부드럽게 직원에게 인사하고 돌아섰다.

스페이드는 엘리베이터가 보이는 긴 의자로 한가로이 걸어가 신문을 읽고 있는 청년 옆에(30센티미터도 떨어지지 않은 자리에) 앉았다.

청년은 신문에서 고개를 들지 않았다. 지척에서 보니 그는 스무 살도 채 안 된 게 틀림없었다. 이목구비는 작은 체구에 어울리게 오목조목하고 단정했다. 피부는 눈처럼 하얬다. 얼굴에 홍조를 띠고 수염도 거뭇거뭇하게 자라 있었지만 뺨은 눈부시게 하얬다. 복장은 새것도 아니고 질이 그리 좋지도 않았지만 옷맵시에서 단단하고 사내다운 깔끔함이 배어 나왔다.

스페이드가 갈색 담배 종이에 담배 자루를 흔들어 떨어뜨리며 불쑥 물었다.

"그는 어디 있지?"

청년은 신문을 내리고 주위를 둘러보았다. 재빠르게 대응하고 싶은 것을 억지로 참는 듯 일부러 느리게 움직였다. 그는 눈썹이 다소 긴, 개암나무 빛깔의 둥그런 눈으로 스페이드의 가슴팍을 쳐다보았다. 청년은 젊은 얼굴만큼 냉정하고 건조하고 차분한 목소리로 대꾸했다.

"뭐라고?"

"그가 어디 있냐고."

스페이드는 담배를 마느라 분주했다.

"누가?"

"그 호모 자식."

개암나무색 눈이 스페이드의 가슴팍에서 적갈색 타이 매듭으로 시선을 옮겼다. 청년이 소리쳤다.

"이 자식이 지금 뭐 하자는 수작이야? 나 놀리나?"

"놀릴 땐 그렇다고 말해 주마." 스페이드는 담배에 침을 바르고 청년에게 붙임성 있게 미소 지었다. "뉴욕이지?"

청년은 스페이드의 타이만 응시할 뿐 말이 없었다. 스페이드는 청년이 맞다고 대답하기라도 한 양 고개를 끄덕이며 다시 물었다.

"봄스 법(1926년 뉴욕에서 실시된 법률로, 개별 범죄가 세 차례 이상이면 무기 징역을 선고하던 것 — 옮긴이)인가?"

청년은 한참 동안 더 스페이드의 타이를 응시하다가 다시 신문을 들여다보며 지껄였다.

"그만 꺼져."

담배에 불을 붙인 스페이드는 긴 의자에 편안하게 기댄 채 악의 없는 목소리로 무심하게 말했다.

"일 끝나기 전에 나랑 얘기해야 할 거다, 아가. 네 일당 중 누군가는 해야 할 거야. G한테 말해라. 내가 그러더라고."

청년은 신문을 재빠르게 내리고 스페이드 쪽으로 몸을 돌려 삭막한 개암나무색 눈으로 넥타이를 응시했다. 그가 배 앞에서 작은 손을 쫙 펴고 말했다.

"그렇게 계속 개기다가는 맛 좀 보게 될걸. 꺼지라고 했지. 그만 꺼지라고."

낮고 단조롭지만 위협적인 목소리였다.

스페이드는 안경 낀 땅딸막한 사내와 다리가 늘씬한 금발 여인이 저만치 멀어질 때까지 기다렸다. 그러고는 킬킬거리면서 말했다.

"뉴욕 7번가에서라면 잘 먹혔겠지. 하지만 여긴 롬빌(뉴욕)이 아니야. 여긴 우리 동네라고." 스페이드가 담배 연기를 깊이 빨아들였다 다시 내뿜자 뿌연 연기구름이 길게 퍼져 나갔다.

"자, 그는 어디 있지?"

청년은 단어 두 개로 되받아 쳤다. 첫 단어는 거센 소리로 시작하는 단어였고 두 번째는 '새끼'였다.

"그런 식으로 자꾸 짖어 대다간 주둥이 뭉개진다. 이 동네에 붙어 있고 싶으면 얌전히 있어."

스페이드의 목소리는 여전히 붙임성 있었지만 얼굴은 딱딱했다.

청년은 다시 아까의 단어들을 덧붙였다.

스페이드는 긴 의자 옆에 있는 높은 돌 단지에 담배를 던져 넣고 아까부터 담배 판매대 끝에 서 있던 사내에게 손짓을 했다. 사내는 고개를 끄덕이고 그들에게 다가왔다. 중키의 중년 사내로, 둥글고 파리한 얼굴, 다부진 체격에 검정색 옷을 단정하게 입고 있었다.

"잘 지냈나, 샘." 사내가 다가오며 인사했다.

"여어, 루크. 어서 오게."

"근데 마일스 일은 정말 안됐네."

악수를 나눈 뒤에 루크가 말했다.

"그래, 운이 나빴지." 스페이드가 고갯짓으로 옆에 앉은 청년을 가리키며 말을 이었다. "근데 이런 쓰레기 같은 건달이 로비에서 어슬렁거리게 하는 이유가 뭔가? 좀 보게. 연장 때문에 옷이 불룩하잖나."

“그래?” 루크가 별안간 얼굴을 굳히고 교활한 갈색 눈으로 청년을 살피며 내뱉었다. “자네 여기서 뭐 하는 건가?”

청년이 일어났다. 스페이드도 일어났다. 청년은 두 사내와 그들의 넥타이를 번갈아 보았다. 루크의 넥타이는 검정색이었다. 그들 앞에 서 있으니 청년은 마치 학생 같았다.

“일 없으면 꺼져. 다신 나타나지 마.” 루크가 말했다.

청년은 “너희들을 절대 잊지 않으마.” 하고는 나가 버렸다.

그들은 청년이 나가는 모습을 지켜보았다. 스페이드는 모자를 벗고 손수건으로 축축한 이마를 훔쳤다.

호텔 탐정(일종의 호텔 보안 요원 — 옮긴이) 루크가 물었다.

“어찌된 일인가?”

“낸들 아나. 그냥 우연히 발견했어. 조엘 카이로에 관해 아는 것 좀 있나? 635호 말이야.”

“아, 그 사람!”

루크가 음흉하게 웃음 지었다.

“여기 얼마나 있었지?”

“나흘. 오늘이 닷새째야.”

“어떤 것 같아?”

“나도 몰라, 샘. 별다른 낌새는 없던데. 생긴 게 맘에 안 드는 것 말고는.”

“어젯밤에 들어왔는지 알아봐 주겠나?”

"그러지."

루크가 약속하고 자리를 떴다. 스페이드는 그가 돌아올 때까지 긴 의자에 앉아 있었다.

"어젯밤에 들어오지 않았다는데. 무슨 일인데?"

"아무것도 아니야."

"까놓고 말해 봐. 내가 떠버리가 아니라는 거 알잖아. 잘못된 게 있다면 나도 알아야 객실료라도 챙길 거 아닌가."

"그런 거 아니야. 사실 내가 카이로에게 사소한 일 하나를 맡았거든. 무슨 문제가 있다면 당연히 말해 줬겠지."

"그러셔야지. 내가 좀 감시해 볼까?"

"고맙군, 루크. 나쁠 거 없지. 요즘엔 의뢰인에 관해 아무리 많이 알아도 부족하니까."

엘리베이터 문 위에 붙은 시계가 11시 21분을 가리키자 조엘 카이로가 거리에서 호텔로 들어왔다. 이마에 붕대가 붙어 있었다. 옷은 너무 오래 입어 후줄근해져 있었다. 얼굴은 창백했고 입과 눈꺼풀은 축 처져 있었다.

스페이드는 데스크 앞에서 카이로와 마주쳤다.

"안녕하시오." 스페이드가 편안하게 인사를 건넸다.

카이로의 지친 몸이 꼿꼿해지고 축 처진 얼굴도 바싹 긴장했다.

"안녕하세요." 카이로가 성의 없이 대꾸했다.

잠시 침묵이 흘렀다.

"어디 가서 얘기 좀 합시다." 스페이드가 말했다.

"부디 양해해 주십시오. 이제껏 대화해 본 결과 사적인 곳에선 더 이상 얘기하고 싶지 않군요. 너무 직선적으로 얘기해서 죄송하지만, 그게 사실이잖습니까."

카이로가 턱을 올리며 대꾸했다.

"어젯밤 일을 말하는 거요?" 스페이드가 답답하다는 듯이 머리와 손을 휘두르며 말했다. "그럼 내가 대체 뭘 할 수 있었겠소? 당신도 이해할 줄 알았는데. 당신이 브리지드에게 싸움을 걸었든, 그 반대였든 난 그 여자 편을 들 수밖에 없소. 난 그 망할 물건이 어디 있는지 몰라, 당신두 모르고. 그 여자는 알지. 그런데 그 여자에게 협조하지 않는다면 어떻게 물건을 찾겠소?"

카이로는 머뭇거리다가 반신반의하는 얼굴로 말했다.

"당신은 늘, 이렇게 말하면 좀 그렇지만, 그럴싸한 대답을 마련해 놓고 있더군요."

스페이드가 못마땅한 얼굴로 말했다.

"그럼 내가 어쩌길 바라지? 더듬거리기라도 하라는 거요? 뭐, 여기서 얘기해도 좋지."

스페이드는 긴 의자에 자리를 만들었다. 두 사람이 자리에 앉자 스페이드가 물었다.

"던디가 당신을 시청에 데리고 갔소?"

"그래요."

"얼마 동안 붙잡고 있었지?"

"바로 직전까지요. 그것도 억지로 말이죠." 카이로의 얼굴과 음성에 고통과 분함이 뒤범벅되었다. "그리스 총영사관과 변호사에게 얘기해 반드시 이번 일을 문제 삼을 생각이에요."

"좋을 대로 하시구려. 어떻게 되는지 한번 보지. 경찰한테는 어디까지 불었지?"

카이로의 미소에 새침데기 같은 만족감이 번졌다.

"단 한 마디도 안 했어요. 난 어제 당신이 잡아 준 방향대로 쭉 밀어붙였어요." 미소가 사라진 얼굴로 카이로가 말을 이었다. "좀 더 합리적인 이야기를 지어냈으면 좋았겠다는 생각은 했지만요. 그 얘길 수없이 반복하다 보니 바보가 된 느낌이더군요."

스페이드가 냉소하듯 씩 웃었다.

"맞는 말이야. 하지만 바로 그 얼빠진 듯한 점이 도움이 된 거요. 근데 확실한 거요? 아무 얘기도 불지 않은 거 말이오."

"안심하서도 좋아요, 스페이드 씨. 확실합니다."

스페이드는 손가락으로 두 사람 사이에 있는 가죽 의자를 두드렸다.

"던디와는 다시 만나게 될 거요. 계속 입 다물고 있으면 탈은 없을 거외다. 얼빠진 얘기에 대해선 염려 놓으시오. 앞뒤가 맞는 얘기였다면 우리 셋 다 이미 감방에 들어갔을 테니." 스페이드가 일어서며 말했다. "밤새 경찰한테 시달렸을 테니 자고 싶겠군. 나중에 봅시다."

에피 페린이 전화기에 대고 "아뇨, 아직요."라고 말하고 있을 때 스페이드가 바깥 사무실에 들어섰다. 그녀는 그를 돌아보고 입술로 말했다.

'아이바예요.'

스페이드가 고개를 저었다.

"네, 들어오시는 대로 전화하시라고 할게요."

에피가 큰 소리로 말하고 수화기를 내려놓았다.

"오늘 아침에만 세 번째예요."

스페이드가 귀찮다는 듯 혼자 구시렁거렸다.

에피가 갈색 눈으로 안쪽 사무실을 가리키며 말했다.

"당신의 오쇼네시 양께서 와 계세요. 9시 좀 지나서부터 기다렸어요."

스페이드가 그럴 줄 알았다는 듯이 고개를 까딱이며 물었다.

"다른 건?"

"폴하우스 경사가 전화했어요. 아무 얘기도 없었고요."

“전화해 봐.”

“G라는 사람도 전화했어요.”

스페이드의 눈이 환해졌다.

“누구라고?”

“G요. 그렇게 말하던데요.” 에피는 그 문제에 개인적인 관심이 전혀 없다는 듯 천연덕스러운 태도였다. “안 계시다고 했더니 이렇게 말하더군요. ‘들어오시면 스페이드 씨의 메시지를 받은 G가 전화했고 다시 전화하겠다고 전해 주시겠소?’”

스페이드는 맛있는 것을 음미할 때처럼 입술을 오물거렸다.

“고마워, 자기. 톰 폴하우스한테 전화 좀 해주고.”

스페이드는 안쪽 문을 열고 개인 사무실로 들어가 문을 닫았다.

브리지드 오쇼네시가 처음 방문한 날과 같은 차림으로 스페이드의 책상 옆에 있는 의자에서 일어나 재빨리 그에게 다가왔다.

“누가 제 아파트에 왔었어요. 구석구석 샅샅이 뒤져서 온통 뒤죽박죽이라고요.”

브리지드가 외쳤다.

브리지드가 다소 놀란 듯 소리쳤다.

“가져간 건 없고?”

“없는 것 같아요. 모르겠어요. 거기 있기 무서워서 서둘러 옷을 갈아입고 이리로 온 거예요. 오, 그 청년이 당신을 미행한 게 틀림없어요!"

스페이드가 고개를 저으며 말했다.

"아냐, 우리 천사."

스페이드는 주머니에서 석간신문을 꺼내 「비명 소리에 도둑 달아나다」라는 표제가 붙은 4분의 1칼럼짜리 기사를 보여주었다.

수터가의 아파트에 혼자 사는 캐롤린 빌이라는 젊은 여성이 그날 새벽 4시 누군가 침실에서 움직이는 소리에 잠이 깼다. 그녀는 비명을 질렀다. 도둑은 도망쳤다. 같은 건물에 사는 다른 독신 여성 두 명도 같은 날 도둑이 침입한 흔적을 발견했다. 세 곳 모두 도난당한 물건은 아무것도 없었다.

"내가 그 작자를 따돌린 게 바로 이곳이었어. 그 아파트로 들어가 뒷문으로 빠져나갔지. 그래서 독신 여성 세 명이 당한 거야. 그자는 로비에 있는 거주자 명부에서 여자 이름을 있는 대로 찾아 당신이 가명으로 있을 것 같은 아파트를 뒤진 거지."

"하지만 우리가 당신 아파트에 있었을 때 그가 우리를 감시하고 있었잖아요."

브리지드가 반박했다.

스페이드가 어깨를 으쓱했다.

"그가 혼자 일한다고 생각할 이유는 없어. 아니면 당신이 밤 새 내 집에 있을지 모른다고 생각하고 수터가로 갔는지도 모 르지. 여러 가지로 추측해 볼 순 있지만 내가 그를 코로넷으로 데려가지 않은 것만은 확실해."

브리지드는 여전히 만족하지 않았다.

"하지만 그는 알아냈어요. 아님 다른 사람이 그랬든지."

"그렇긴 하지." 스페이드가 브리지드의 발을 바라보며 인상 을 찌푸렸다. "어쨌든 카이로는 아니야. 어제 밤새 호텔에 돌아 가지 못하다가 몇 분 전에야 들어갔거든. 자기 말로는 밤새 경 찰에게 닦달당하다가 왔다는데. 글쎄." 스페이드가 몸을 돌려 문을 열고 에피 페린에게 말했다. "아직 톰과 연결 안 됐나?"

"자리에 없대요. 잠시 후에 다시 해볼게요."

"고마워."

스페이드는 문을 닫고 브리지드 오쇼네시를 바라보았다.

브리지드가 어두운 눈으로 스페이드를 쏘아보았다.

"오늘 아침에 조 만나러 갔어요?"

"그래."

브리지드가 머뭇머뭇하다가 물었다.

"왜요?"

"왜냐고?" 스페이드가 웃었다. "왜냐하면, 내 사랑, 이 어지러운 사건의 빈틈을 조금이라도 채우지 않고서는 도저히 전말을 알아낼 수 없거든.”

스페이드가 브리지드의 어깨에 팔을 두르고 그녀를 회전의자 쪽으로 이끌었다. 그런 뒤 코끝에 살짝 키스하고 의자에 앉혔다. 그녀 앞에 있는 책상에 앉으며 그가 말했다.

“당신에게 새 집을 구해 줘야겠군, 안 그래?”

브리지드가 힘차게 고개를 끄덕였다.

“다신 거기로 돌아가지 않을 거예요.”

스페이드가 허벅지 옆의 책상을 두드리며 생각에 잠긴 얼굴로 말했다.

“좋은 수가 있어. 잠깐 기다려 봐.”

스페이드가 바깥 사무실로 나가며 문을 닫았다.

에피 페린이 전화기로 손을 뻗으며 말했다.

“다시 해볼게요.”

“나중에. 자기야, 여자의 직감으로 볼 때 아직도 저 여자가 성모 마리아 같아?”

에피가 스페이드를 날카롭게 째려보며 쏘아붙였다.

“난 지금도, 저 여자가 어떤 어려움에 빠졌든 간에, 괜찮은 여자라고 생각해요. 그걸 물은 건지는 모르겠지만.”

“맞아. 난 그걸 물은 거야. 저 여자를 도와줘도 될 만큼?”

“어떻게요?”

"자기가 며칠간 재워 줄 수 있어?"

"우리 집에서요?"

"그래. 저 여자 숙소에 누가 침입했어. 이번 주만 벌써 두 번째 당하는 거야. 혼자 내버려 두지 않는 게 좋을 것 같아. 자기가 맡아 주면 큰 도움이 될 텐데."

에피 페린이 몸을 앞으로 숙이며 진지하게 물었다.

"저 여자 정말 위험한 상태인가요, 샘?"

"그런 것 같아."

에피는 손톱으로 입술을 긁었다.

"엄마가 새파랗게 질려서 쓰러지실 텐데 어쩌면 좋지. 그래요. 엄마한테는 브리지드 양이 깜짝 증인 같은 거라서 마지막 순간까지 감추고 있는 거라고 말해야겠어요."

"자긴 정말 최고야. 지금 데려가는 게 좋겠어. 난 저 여자한테 아파트 열쇠를 받아서 필요한 물건을 챙겨 갈게. 가만. 여기서 둘이 같이 나가면 안 되겠는데. 자기는 지금 가. 택시 타고. 대신 미행당하지 않게 조심해. 아마 미행당하진 않겠지만 만전을 기하라고. 저 여자는 잠시 후에 미행하는 사람이 없는지 확인하고 다른 택시로 보낼게."

11장

뚱보 사내

스페이드가 브리지드 오쇼네시를 에피 페린의 집으로 보내고 사무실로 돌아오자 전화벨이 울리고 있었다. 그가 전화를 받았다.

"여보세요. ……네, 스페이듭니다. ……네, 받고 말고요. 저도 당신 전화를 기다리고 있었습니다. ……누구요? ……거트먼 씨요? 오, 네, 물론이죠! …… 지금 당장…… 빠를수록 좋죠. ……12 C호실이오. …… 그러죠. 그러니까 십오 분 정도…… 그러죠."

스페이드는 전화기 옆에 있는 책상 모서리에 걸터앉아 담배를 말았다. 입은 자기 만족적인 모양으로 굳게 다물어져 있었다. 담배를 마는 손가락을 뚫어져라 응시하는 눈은 눈꺼풀이 축 쳐져 조금 울적해 보였다.

문이 열리고 아이바 아처가 들어왔다.

스페이드는 어느새 쾌활한 얼굴이 되어 쾌활한 목소리로 "안녕, 자기." 하고 말했다.

"오, 샘, 날 용서해 줘요! 제발 용서해 줘요!"

아이바가 목멘 소리로 외쳤다. 그녀는 문 바로 앞에 서서 장갑 낀 작은 손에 테두리가 검은 손수건을 움켜쥔 채 겁에 질려 벌겋게 부은 눈으로 스페이드를 바라다보았다.

스페이드가 여전히 책상 모서리에 걸터앉은 채 대꾸했다.

"당연히 그래야지. 괜찮아. 잊어버려."

아이바가 흐느꼈다.

"하지만 샘, 경찰들을 여기로 보낸 건 바로 나예요. 질투심 때문에 미칠 듯이 화가 나서 그들에게 전화한 거예요. 지금 가면 마일스 살인 사건에 관해 뭔가 알게 될 거라고요."

"뭣 때문에 그런 생각을 했지?"

"아, 나도 모르겠어요. 그냥 화가 났을 뿐이에요, 샘. 그래서 당신을 좀 곯려 주고 싶었던 거예요."

"그것 때문에 일이 엄청 꼬였다고." 스페이드가 팔을 둘러 아이바를 끌어안았다. "하지만 이젠 괜찮아. 대신 앞으로는 그런 이상한 생각 하지 마."

"안 그럴게요, 절대로. 하지만 어젯밤엔 너무했어요. 어쩜 그렇게 매정할 수가 있죠? 게다가 날 마구 내쫓아 버렸잖아요.

난 당신한테 경고해 주려고 그토록 오래 기다렸는데, 근데 당
신은……”

“무슨 경고?”

“필에 관해서요. 필이 당신이 나와 사랑하는 관계란 걸 알
아냈단 말이에요. 게다가 전에 마일스한테서 내가 이혼하자고
했다는 소리를 들었고요. 물론 그때는 왜 내가 이혼하려는지
몰랐지만요. 이제 필은 우리가…… 당신이 자기 형을 죽였다
고 믿고 있어요. 마일스가 이혼해 주지 않아서 나랑 결혼하려
고 그를 죽였다고요. 나한테도 그렇게 말했어요. 그러고는 기
어코 어제 경찰에 가서 그 얘기를 했지 뭐예요.”

“착하네. 그래서 당신은 그 사실을 나한테 알리려고 왔는데
내가 바쁘니까, 기를 써서 이 망할 필 아저가 일을 치도록 도
왔다 이거군.”

스페이드가 부드럽게 말했다.

“미안해요. 난 절대 용서받지 못할 거예요. 미안해요. 정말
미안해요. 미안하다고요.”

아이바가 훌쩍이며 말했다.

“나뿐 아니라 당신 자신을 위해서도 잘못한 거야. 필이 경
찰에 떠벌린 뒤에 던디가 당신 만나러 가지 않았어? 아니면
다른 경찰이라도?”

“아뇨.”

놀란 나머지 아이바의 눈과 입이 둥그레졌다.

"곧 갈 거야. 어쨌든 당신 여기 있는 거 그들이 보면 좋지 않아. 당신, 경찰에 전화했을 때 신분 밝혔어?"

"오, 아뇨! 난 그냥 지금 당장 당신 아파트로 가면 살인 사건에 관해 뭔가 알게 될 거라고만 말하고 끊었어요."

"어디서 전화했지?"

"당신 집 근처에 있는 약국에서요. 오, 샘, 내 사랑, 난……."

스페이드는 아이바의 어깨를 두드리며 유쾌하게 말했다.

"그건 바보 같은 장난이었지만 괜찮아. 지난 일이니까. 당신은 집에 가서 경찰의 질문에 대답할 말이나 생각해 두는 게 좋겠어. 틀림없이 찾아갈 테니. 어쩌면 그냥 무조건 '모른다'고 말하는 게 제일 좋을지도 몰라." 스페이드가 허공에 대고 인상을 썼다. "아니면 시드를 먼저 만나 보는 게 좋을지도 모르겠군."

스페이드가 아이바에게서 팔을 풀고 주머니에서 명함을 꺼내 그 뒤에 석 줄을 써서 그녀에게 주었다.

"시드에겐 다 말해도 돼." 스페이드가 여전히 인상을 쓴 채 덧붙였다. "아니 거의 다라고 해야 맞겠군. 마일스가 살해되던 날 밤에 어디 있었지?"

"집에요." 아이바가 주저 없이 대답했다.

스페이드가 고개를 가로저으며 씩 웃었다.

"아닐 텐데. 하지만 그게 당신 알리바이라면 난 상관없어. 가서 시드부터 만나 봐. 다음 모퉁이에 있는 분홍색 건물 827호야." 아이바의 파란 눈이 스페이드의 황회색 눈을 살피듯 들여다보았다.

"왜 내가 집에 없었다고 생각해요?"

아이바가 천천히 물었다.

"당신이 집에 없었다는 거 아니까."

"하지만 집에 있었어요. 집에 있었다고요." 아이바의 입술이 비틀리고 분노로 눈빛이 어두워졌다. 그녀가 분개하며 말했다. "에피 페린이 그렇게 말했군요. 에피가 내 옷이며 이것저것 샅샅이 살피는 거 나도 봤어요. 당신도 알잖아요, 샘. 에피가 나 좋아하지 않는다는 거 말이에요. 날 곤란하게 만들기 위해서라면 무슨 짓이라도 할걸요. 당신도 잘 알면서 왜 에피 말을 믿는 거죠?"

"젠장, 여자들이란." 스페이드가 가볍게 말했다. 그가 손목시계를 보았다. "서둘러야겠어, 자기. 나 약속에 늦었어. 맘대로 해도 좋지만 내가 자기라면 시드에게 진실을 말하거나 아니면 아예 말하지 않을 거야. 내 말은, 말하고 싶지 않은 부분은 빼도 되지만 그 대신 뭘 지어내지는 말라는 얘기야."

"거짓말 아니에요, 샘."

아이바가 항의했다.

"퍽도 그렇겠네."

스페이드가 말하며 일어섰다.

아이바가 발끝으로 일어서서 스페이드의 얼굴에 자기 얼굴을 가까이 가져갔다.

"나 안 믿어요?"

아이바가 속삭였다.

"난 당신 안 믿어."

"내가 한 짓 용서하지 않을 거죠?"

"그건 용서할게." 스페이드가 고개를 숙여 아이바의 입술에 키스했다. "그건 괜찮아. 이제 가봐."

아이바가 팔로 스페이드를 껴안았다.

"나랑 같이 와이즈 씨에게 가면 안 돼요?"

"안 돼. 가 봐야 방해만 될 거야."

스페이드가 아이바의 팔을 토닥이며 몸에서 떼어낸 뒤 왼손 장갑과 소매 사이로 드러난 손목에 키스했다. 그러고는 그녀의 양어깨에 손을 얹고 뒤로 돌려 문을 향해 살짝 밀어냈다.

"그만 가봐."

스페이드가 명령했다.

알렉산드리아 호텔 스위트룸 12-C호실의 마호가니 문을 열어 준 것은 스페이드가 벨비데레 호텔 로비에서 말을 건넨 청년이었다. 스페이드는 선량한 얼굴로 "안녕하신가." 하고 인사를 건넸다. 청년은 아무 말도 하지 않았다. 그는 문을 연 채 조금 비켜섰다.

스페이드가 들어갔다. 뚱뚱한 사내가 그를 맞으러 나왔다.

물렁살로 뒤덮인 사내였다. 분홍빛 뺨과 입술, 턱, 목은 비곗덩어리로 주머니처럼 불룩했고, 몸통을 다 차지하다시피 한 배는 거대한 알 같았는데 거기에 원뿔처럼 생긴 팔다리가 매달려 있는 꼴이었다. 스페이드를 맞으러 나오느라 한걸음 한걸음 발을 뗄 때마다 비곗덩어리가 따로따로 출렁거리는 모양이 마치 비눗방울 파이프에서 아직 떨어지지 않은 비눗방울 덩어리 같았다. 눈은 볼록한 살이 주변을 감싸고 있어서 매우 작았지만 검은색 눈동자에 윤기가 돌았다. 넓적한 머리에는 검정색 곱슬머리가 드문드문 덮여 있었다. 사내는 모닝코트(낮에 입는 남성 정장)와 검정색 조끼, 핑크빛 진주가 박힌 검정 새틴 애스컷 타이에 줄무늬가 들어간 회색 소모사 바지를 입고 에나멜 구두를 신고 있었다.

목소리는 목이 잠긴 듯 그르렁거렸다.

"아, 스페이드 씨."

사내가 감격한 듯이 소리치며 별처럼 생긴 통통 핑크빛 손을 내밀었다.

스페이드도 손을 맞잡고 웃으며 말했다.

"안녕하십니까, 거트먼 씨?"

뚱보 사내는 스페이드의 손을 잡고 옆에 나란히 서더니 다른 손으로 스페이드의 팔을 부축하며 초록색 융단을 가로질러 초록색 플러시 의자로 안내했다. 그 옆에 놓인 탁자에는 사이펀(뒤집은 U 모양의 관으로, 대기 압력을 이용해 액체를 옮겨 담는 도구)과 잔 몇 개, 조니 워커 위스키 한 병이 놓인 쟁반, 코로나스 델 리츠 시가 상자, 신문 두 부, 민무늬의 작은 노란색 동석 상자가 놓여 있었다.

스페이드는 초록색 의자에 앉았다. 거트먼은 술병과 사이펀을 사용해 잔 두 개를 채우기 시작했다. 청년은 사라지고 없었다. 벽면 셋에 난 문은 닫혀 있었다. 스페이드 뒤에 있는 네 번째 벽에는 기어리가가 내다보이는 창문 두 개가 있었다.

"시작이 좋습니다, 선생."

뚱보 사내가 그르렁거리면서 몸을 돌려 잔을 내밀었다.

"저는 '그만 됐다'고 말하는 사람은 믿지 않습니다. 너무 많이 마시지 않도록 주의해야 한다는 말은 너무 많이 마시면 믿을 수 없게 변한다는 뜻이니까요."

스페이드가 잔을 받고 미소를 지으며 잔 위로 가볍게 고개를 끄덕였다.

뚱보 사내는 창문 쪽으로 잔을 들어 올려 햇빛에 비춰 보았다. 잔에서 거품이 이는 것을 보자 그가 만족스러운 듯 고개를 끄덕이며 말했다.

"자, 건배합시다, 선생. 허심탄회한 대화로 서로를 확실히 이해하기 위하여."

그들은 술을 마시고 잔을 내려놨다.

뚱보 사내가 예리한 눈초리로 스페이드를 보며 물었다.

"원래 말수가 적으신 편인가요?"

스페이드가 고개를 저으며 대답했다.

"아닙니다. 말이 많은 편입니다."

"그거 잘됐군요!" 뚱보 사내가 외쳤다. "저는 말이 없는 사람은 믿지 않습니다. 그런 사람은 대개 엉뚱한 때 엉뚱한 얘기를 하죠. 현명하게 말하려면 반드시 연습이 필요한 법이니까요." 뚱보 사내가 활짝 웃으며 덧붙였다. "우리는 잘 맞을 겁니다, 선생. 그렇고말고요."

뚱보 사내가 탁자에 잔을 내려놓고 코로나스 델 리츠 시가 상자를 스페이드에게 내밀었다.

"시가 좀 태우시지요, 선생."

스페이드는 시가를 잡고, 끄트머리를 잘라낸 다음 불을 붙였다. 그동안 뚱보 남자는 녹색 플러시 의자 하나를 끌어다 스페이드가 마주보이는 곳에 놓고 두 사람 모두 담배를 떨기 좋게 두 의자 사이에 스탠드식 재떨이를 갖다놓았다. 그러고는 탁자에서 자기 잔을 집어 들고 상자에서 시가를 꺼낸 다음 의자에 털썩 앉았다. 그제야 살덩어리들이 요동을 멈추고 축 늘어졌다. 그가 기분 좋은 얼굴로 심호흡을 한번 한 뒤 말했다.

"자, 선생, 괜찮으시다면 우리 얘기 좀 하십시다. 솔직하게 말해서 나는 얘기하기 좋아하는 사람과 대화하는 것이 좋습니다."

"멋진 분이시군요. 그럼 검은 새에 관해 얘기하실까요?"

뚱보 사내가 껄껄거리며 소리 내어 웃자 그에 따라 살덩어리들도 위아래로 오르내렸다. 그는 "그럴까요?" 하고 묻고는 "그럽시다." 하며 혼자 묻고 혼자 대답했다. 핑크색 얼굴이 기쁨으로 빛났다.

"임자를 제대로 만난 것 같군요, 선생. 저랑 통하는 점이 많은 것 같소이다. 빙빙 돌리는 법 없이 단도직입으로 말하시는군요. '검은 새에 관해 얘기하실까요?'라고요. 하하하. 좋습니다. 맘에 듭니다, 선생. 저도 그런 식으로 일을 처리하는 것을 좋아합니다. 아무렴, 검은 새에 관해 얘기해야지요. 하지만 선생, 먼저 제 질문에 대답부터 해주십시오. 쓸데없는 것일지도 모르지만 그래야 서로 오해 없이 일에 착수할 수 있으니까요. 선생은 이곳에 오쇼네시 양의 대리로 오신 겁니까?"

스페이드는 뚱보의 머리 위로 연기를 내뿜어 길고 비스듬한 기둥을 만들었다. 스페이드는 타들어 가는 시가 끝을 바라보며 생각에 잠긴 듯 얼굴을 찡그렸다.

"그렇다고 하기도 어렵고, 아니라고 할 수도 없습니다. 아직 어느 쪽도 확실치 않으니까요."

그가 신중하게 답했다.

스페이드가 인상을 펴고 뚱보를 올려다보며 말했다.

"하기 나름이죠."

"무엇 하기 나름인지……?"

스페이드가 고개를 내저었다.

"그걸 알았다면 내가 오쇼네시 양의 대리인지 아닌지도 알 수 있었겠죠."

"혹시 조엘 카이로와 관련된 겁니까?"

뚱보가 술을 한 모금 들이켜고 물었다.

스페이드는 즉각 "어쩌면요."라고 애매모호하게 말을 내뱉었다. 그러고는 술을 마셨다.

뚱보는 터질 듯한 배에 턱이 닿을 만큼 최대한 몸을 앞으로 숙였다. 그는 비위를 맞추려는 듯 너털거리며 그르렁거렸다.

"그렇다면 당신이 둘 중 누구를 대리하느냐가 문제겠군요?"

"그렇게 볼 수도 있죠."

"한쪽이 아니면 다른 쪽인가요?"

"그런 말은 하지 않았습니다."

뚱보의 눈이 반짝였다. 그가 잔뜩 가라앉아 쉰 목소리로 속삭였다.

"그럼 또 누가 있죠?"

"내가 있죠."

스페이드가 시가로 자기 가슴팍을 가리키며 말했다.

뚱보는 의자에 몸을 푹 기대고 팔다리를 늘어뜨렸다. 그런 뒤 만족스러운 듯 길게 숨을 내쉬었다.

"훌륭합니다, 선생. 훌륭해요. 저는 '자기 이익은 알아서 챙긴다.'고 직설적으로 말하는 사람이 정말 좋습니다. 누구나 그렇지 않습니까? 그런데도 그것을 부정하는 사람은 믿을 수가 없지요. 그 말이 진심이라면 더욱 더 믿을 수 없습니다. 자연의 순리에 역행하는 천하의 멍청이기 때문이죠."

스페이드가 연기를 내뿜었다. 조용하게 경청하는 예의바른 얼굴이었다. 그가 말했다.

"맞는 말씀입니다. 그럼 이제 검은 새 이야기를 하시죠."

"그러시죠."

뚱보가 호의적인 얼굴로 웃으며 대답했다.

뚱보가 눈을 가늘게 뜨자 통통한 살덩어리들이 눈을 뒤덮어 반짝이는 작은 빛만 새어나왔다.

"스페이드 씨, 그 검은 새의 값어치가 얼마나 될지 짐작이 가십니까?"

"아니오."

뚱보는 다시 몸을 앞으로 숙이며 통통한 핑크색 손으로 스페이드의 의자 팔걸이를 부여잡았다.

"음, 선생, 만약 제가 그 값을 말씀드린다면(실제의 절반만 말씀드려도!) 저더러 거짓말쟁이라고 하실 겁니다."

스페이드가 웃었다.

"아닙니다. 그럴 리가요. 하지만 만약 모험을 피하고 싶다면 그냥 그게 뭔지만 말해 주십시오. 그럼 값은 내가 알아내죠."

뚱보가 웃었다.

"그건 안 될 겁니다, 선생. 그런 물건에 관해 풍부한 식견이 없는 사람은 누구도 값을 알아낼 수 없지요. 게다가……." 뚱보가 엄숙한 얼굴로 잠시 말을 중단했다. "그런 물건은 세상에 다시없을 것입니다."

뚱보가 다시 웃자 살덩어리들이 서로 부딪혔다. 그가 웃음을 뚝 그쳤다. 두툼한 입술이 웃을 때의 모양 그대로 벌어져 있었다. 그는 근시처럼 코앞에서 스페이드를 응시했다.

"그러니까 선생은 그게 뭔지 모르신다는 말씀이로군요?"

너무 놀란 나머지 그르렁대는 소리조차 나지 않았다.

스페이드는 시가를 무심하게 흔들었다. 그러고는 가볍게 말했다.

"이런 빌어먹을, 그게 어떻게 생겼는지는 압니다. 당신들이 그걸 얼마나 귀중하게 여기는지도 알고요. 다만 그 정체를 모를 뿐입니다."

"그 여자가 말해 주지 않았나요?"

"오쇼네시 양 말씀인가요?"

"네. 사랑스러운 아가씨죠, 선생."

"그야 그렇죠. 아무 말도 안 했습니다."

뚱보의 눈이 핑크색 살덩어리 뒤에 숨어 검은 빛을 발했다. 그는 "오쇼네시도 알 텐데." 하고 웅얼거리고는 "카이로도 말해 주지 않았고요?" 하고 물었다.

"카이로는 아주 의뭉한 자요. 물건을 살 의향은 있지만 내가 아직 모르는 걸 알려 줄 생각은 없더군요."

"카이로는 그걸 얼마에 사려고 하나요?"

뚱보가 혀로 입술을 적시고 말했다.

"1만 달러요."

뚱보가 조소하듯 웃었다.

"겨우 1만에? 그것도 파운드가 아니라 달러라니. 그 친구도 참. 흠! 그래서 선생은 뭐라고 하셨습니까?"

"만약 내가 그걸 카이로에게 넘기게 되면 1만 달러를 달라고 했죠."

"아하 그렇군요. '만약'이라! 기가 막힙니다, 선생."

뚱보가 얼굴을 찌푸린 듯 이마가 꿈틀거렸지만 살덩어리 때문에 잘 보이지 않았다.

"그 둘은 분명 알 텐데." 뚱보는 한두 단어만 큰 소리로 말하고 나서 덧붙였다. "정말 알까요? 그 새의 정체를 그들이 알까요? 느낌이 어땠습니까, 선생?"

"그건 나도 뭐라 말할 수 없군요. 아는 게 별로 없어서요. 카이로는 안다고도 하지 않고 모른다고도 하지 않았습니다. 오쇼네시는 모른다고 했지만 그건 당연히 거짓말이죠."

"그건 맞는 말씀입니다."

뚱보는 이렇게 대꾸했지만 마음은 딴 데 가 있는 게 틀림없었다. 그는 이마를 긁적였다. 그러고는 이마에 시뻘건 주름살이 지도록 인상을 썼다. 그리고 의자의 크기가 허락하는 범위에서 거대한 몸을 불안스럽게 뒤치락거렸다. 그는 눈을 감았다가 번쩍 뜨면서 말했다.

"아마도 모르는 것 같습니다."

투실투실한 핑크색 얼굴에서 조금씩 근심이 사라지고 그보다 더 빠른 속도로 형언할 수 없는 행복감이 찌푸렸던 얼굴에 찾아왔다.

"그들이 모른다면." 뚱보가 외마디소리를 외치고 나서 다시 말을 이었다. "만약 그들이 모른다면 저는 이 드넓고 멋진 세상에서 그 정체를 아는 유일한 사람입니다!"

스페이드는 입술을 굳게 다문 채 딱딱하게 미소 지었다.

"제대로 찾아왔다니 저도 기쁘군요."

이 말에 뚱보도 따라 웃었지만 그것은 다소 모호한 웃음이었다. 그의 얼굴은 여전히 웃고 있었지만 행복감은 이미 사라졌고, 눈에는 조심스러운 기색마저 비쳤다. 그의 얼굴은 경계하는 눈으로 웃고 있는, 자신의 생각을 감추는 가면이었다. 눈은 스페이드의 눈을 피해 그의 팔꿈치 옆에 놓인 잔으로 옮겨갔다. 뚱보의 얼굴이 환해졌다.

"이런, 선생 잔이 비었군요."

뚱보가 의자에서 일어나 탁자로 가서 잔과 사이펀, 술병을 달그락거리더니 술 두 잔을 만들어 왔다.

스페이드가 꼼짝 않고 의자에 앉아 있는 동안 뚱보는 과장된 동작과 인사, 유머를 뒤섞어 "아 선생, 이런 약은 아무리 먹어도 몸에 해롭지 않소이다!" 하며 새로 채운 잔을 스페이드에게 건넸다. 그러자 스페이드가 일어나 뚱보 옆에 서서 밝지만 냉정한 눈으로 그를 내려다보았다.

"허심탄회한 대화로 서로를 확실히 이해하기 위하여."

뚱보는 킬킬거렸고 두 사람은 술을 마셨다. 뚱보가 자리에 앉았다. 그러고는 배 앞에서 양손으로 잔을 들고 스페이드를 향해 활짝 웃었다.

"음, 선생, 놀라운 일이군요. 하지만 두 사람 다 그 물건이 뭔지 정확히 모른다는 건 사실일지도 모릅니다. 이 드넓고 멋진 세상에 그게 뭔지 아는 사람이, 당신의 미천한 종, 캐스퍼 거트먼 씨밖에 없다는 것도 사실일지 모르고요."

"대단하군요." 스페이드는 한손은 바지 주머니에 넣고 다른 손에는 잔을 든 채 다리를 쩍 벌리고 섰다. "저에게 얘기해 주시면 아는 사람이 우리 둘이 되겠네요."

"수학적으로는 맞는 얘깁니다, 선생." 뚱보의 눈이 반짝였다. "하지만" 얼굴에 미소가 번졌다. "제가 선생께 얘기해 드릴지는 저도 확실히 모르겠습니다."

"농담이시겠죠." 스페이드가 느긋하게 말을 이었다. "당신은 그게 뭔지 알고 있습니다. 난 그게 어디 있는지 알고요. 그래서 우리가 여기 있는 거 아니겠습니까."

"글쎄올시다, 선생. 그럼 그게 어디 있지요?"

스페이드는 질문을 무시했다.

뚱보가 입술을 꽉 더 물고 눈썹을 치켜뜨더니 고개를 왼쪽으로 갸웃했다. 그가 담담하게 말했다.

"그러니까 저보고는 아는 것을 얘기하라면서 선생은 말하지 않겠다니. 그건 좀 불공평하군요, 선생. 그건 안 됩니다. 안 되고말고요. 그런 식으로 나온다면 대화는 어려울 것 같군요."

스페이드의 얼굴이 창백하고 딱딱해졌다. 그는 낮고 격노한 목소리로 빠르게 말했다.

"늦기 전에 다시 한번 생각해 보시죠. 난 당신의 애송이 호모에게 일 끝나기 전에 나와 얘기해야 할 거라고 말해 줬소. 말해 두겠는데, 지금 말하지 않으면 당신은 끝장이오. 뭣 때문에 내 시간을 낭비하는 거요? 당신의 그 형편없는 비밀 때문에? 젠장! 난 재무성 금고에 보관된 물건이 뭔지도 정확히 알지만 그게 내게 무슨 도움이 되겠소? 난 당신 없이도 알아낼 수 있소. 망할 인간 같으니! 당신도 애초부터 날 제외했다면 나 없이 해낼 수 있었겠지. 하지만 이제는 안 돼. 샌프란시스코에선 안 되지. 내 편이 되든지 꺼지든지 오늘 안에 결정하시오.”

스페이드는 몸을 돌려 화풀이하듯 잔을 탁자에 내던졌다. 잔이 나무 탁자에 부딪치며 깨지자 반짝거리는 술과 유리 조각들이 탁자와 바닥에 튀어 올랐다. 그는 그런 것에는 아랑곳없이 다시 몸을 획 돌려 뚱보를 마주보았다.

뚱보는 스페이드와 마찬가지로 깨진 잔 따위에는 신경 쓰지 않았다. 꽉 다문 입술과 치켜뜬 눈썹, 왼쪽으로 살짝 기울인 머리, 핑크빛 얼굴은 스페이드가 버럭 화를 내며 말하는 내내 덤덤한 표정을 유지했고 지금도 마찬가지였다.

스페이드는 여전히 성난 목소리로 소리쳤다.

“하나 더, 난 필요 없……”

그때 스페이드의 왼쪽에 있는 문이 열렸다. 그를 안내한 청년이 들어왔다. 그는 문을 닫고 옆구리에 팔을 붙인 채 문 앞에 서서 스페이드를 노려보았다. 눈동자가 튀어나올 듯 부릅뜬 두 눈은 크고 시커멌다. 청년이 스페이드의 몸을 어깨에서 무릎으로 훑어 내리더니 다시 위로 올라오다 갈색 상의 주머니에 삐죽 삐져나온, 테두리가 적갈색으로 마감된 손수건에서 멈췄다.

"하나 더." 스페이드가 청년을 노려보며 말을 이었다. "당신이 결심하는 동안 저 애송이 호모 자식이 내 눈에 띄지 않게 하시오. 안 그러면 죽여 버리겠소. 마음에 안 들어. 꼴도 보기 싫다고. 한 번만 더 걸리면 그 자리에서 죽이겠소. 분명히 경고했소. 아니면 정말 죽여 버릴 거요."

청년이 입술을 뒤틀며 그늘진 웃음을 지었다. 그는 눈을 들지도, 말하지도 않았다.

"음, 선생, 성질 한번 대단하시군요."

뚱보가 너그럽게 말했다.

"뭐라고?"

스페이드가 미친 듯 껄껄 웃었다. 그는 모자를 내려놓았던 의자 있는 데로 가서 모자를 들어 머리에 썼다. 그는 팔을 쭉 뻗어 두꺼운 검지로 뚱보의 배를 가리켰다. 그러고는 방이 쩌렁쩌렁하도록 성난 목소리로 외쳤다.

"잘 생각해 보시오. 5시 30분까지요. 그때가 되면 내 편이 되든 여기서 꺼지든 하는 거요."

스페이드는 팔을 내리고 무덤덤한 뚱보의 얼굴과 청년을 번갈아 노려본 다음 들어온 문으로 걸어갔다. 그는 문을 열고 몸을 돌려 거칠게 말했다.

"5시 30분이오. 막이 내리는 시각은."

청년은 스페이드의 가슴을 응시하며 벨비데레 호텔 로비에서 내뱉은 두 단어를 반복했다. 그의 목소리는 시끄럽지 않았다. 쓸쓸했다.

스페이드가 문을 쾅 닫고 나갔다.

12장

회전목마

스페이드는 엘리베이터를 타고 거트먼의 거처에서 내려왔다. 바싹 마른 입술은 거칠었고 창백한 얼굴은 축축하게 젖어 있었다. 손수건을 꺼내 얼굴을 닦는 손이 가늘게 떨렸다. 그가 떨리는 손을 보고 씩 웃으며 "휴!" 하고 너무 큰 소리를 내는 바람에 엘리베이터 운전자가 어깨 너머로 고개를 돌려 물었다.

"네? 뭐라고 하셨죠?"

스페이드는 기어리가를 지나 팰리스 호텔로 가서 점심식사를 했다. 자리에 앉았을 때쯤 창백한 얼굴과 메마른 입술, 떨리는 손이 정상으로 돌아왔다. 그는 느긋하게 앉아 주린 배를 채운 뒤 시드 와이즈의 사무실로 갔다.

스페이드가 들어갔을 때 와이즈는 손톱을 물어뜯으며 창밖을 응시하고 있었다. 그가 입에서 손을 떼고 의자를 빙 돌려 스페이드를 마주보며 말했다.

"여, 왔나. 의자 가지고 오게."

스페이드는 종이가 잔뜩 쌓인 커다란 책상 옆에 의자를 가져다가 앉았다.

"아처 부인 왔었나?"

"그래." 와이즈의 눈에 아주 희미한 빛이 스치고 지나갔다. "그 여자랑 결혼할 셈인가, 새미?"

스페이드가 짜증스럽다는 듯 콧김을 뿜으며 투덜댔다.

"제길, 이젠 자네까지 그 소린가!"

일순간 변호사 와이즈가 입꼬리를 올리며 지친 웃음을 지었다.

"안 하면 성가시게 될 텐데."

담배를 말던 스페이드가 고개를 들며 심술궂게 말했다.

"성가신 건 자네 아닌가? 그래서 자네가 있는 거잖아. 아이바가 뭐라던가?"

"자네에 관해?"

"내가 알아야 하는 것 모두."

와이즈는 손가락으로 머리카락을 빗어 넘기고 어깨에 떨어진 비듬을 털면서 말했다.

"마일스랑 이혼해서 자네랑 결……"

스페이드가 끼어들었다.

"그건 다 아는 소리니까 건너뛰어도 되네. 내가 모르는 얘기를 해줘야지."

"내가 그걸 어떻게……?"

"변죽은 그만 울리게, 시드." 스페이드가 라이터 불을 담배 끝에 갖다대며 말을 이었다. "나한테 숨기려던 게 뭐라던가?"

와이즈가 나무라듯이 쳐다보았다.

"이봐, 새미. 그건……."

스페이드는 고개를 뒤로 젖히고 천장을 보며 신음했다.

"친애하는 신이시여, 저 남자는 제 덕분에 부자가 된 제 변호사인데도 제가 이렇게 무릎을 꿇고 말해 달라고 애원해야 합니다!" 스페이드가 고개를 내리며 쏘아붙였다. "도대체 내가 왜 아이바를 자네한테 보냈겠나?"

와이즈가 지친 듯 인상을 찡그렸다.

"자네 같은 의뢰인 하나만 더 있다가는 요양원에 가게 생겼네. 아님 샌퀜틴 교도소에 가든지."

"자네 의뢰인들도 대부분 거기 있을 거야. 마일스가 살해되던 날 밤에 어디 있었는지 말하던가?"

"그래."

"어디 있었대?"

"마일스를 따라가고 있었다더군."

스페이드는 몸을 똑바로 세우고 앉아서 눈을 깜빡였다. 그러고는 믿지 못하겠다는 듯 외쳤다.

"빌어먹을, 여자들이란!" 스페이드가 긴장이 풀리는 듯 한 바탕 웃음을 터뜨리고 나서 물었다. "그래서 뭘 봤대?"

와이즈가 고개를 저었다.

"별 거 없네. 마일스는 그날 저녁 식사를 하고 집에 돌아왔는데, 세인트마크 호텔에서 웬 여자와 데이트를 했다며 그녀를 놀리고는 원하던 대로 이혼할 기회가 생겼다고 했다더군. 아이바는 처음에는 그가 단지 자기를 약 올리는 거라고 생각했고. 마일스가……"

"그 집 가정사는 나도 알고 있네. 건너뛰게. 아이바가 뭘 했는지 말해 줘."

"자네가 말할 틈을 줘야 하지. 마일스가 나간 뒤 아이바는 그가 정말로 데이트를 했을지도 모른다는 생각이 들었네. 마일스 알잖나. 그라면 그렇게 하고도……"

"마일스 성격도 건너뛰게."

"이야기를 하라는 건지 말라는 건지, 나 참. 그래서 아이바는 세인트마크로 차를 몰아 길 건너편에서 기다리고 있었어. 그때 마일스가 호텔에서 나오더니 거기서 막 나온 두 남녀를 (아이바 말로는 어젯밤에 그 여자가 자네와 같이 있는 걸 봤다더군.) 미행했네. 그래서 그녀는 그가 일하고 있을 뿐이며 자기를 놀린 거라는 걸 알았네. 내 생각에 그녀는 실망한 나머지 화가 난 듯했네. 그 말을 할 때 그런 느낌이 들었어. 그녀는 마일스가 두 남녀를 미행한다는 게 확실해질 때까지 따라가다가 자네 아파트로 갔네. 자네는 집에 없었지.”

“그게 몇 시였지?”

“자네 집에 간 거 말인가? 9시 30분에서 10시 사이에 처음 갔다는군.”

“처음?”

“그래. 아이바는 한 삼십 분 정도 차를 몰고 돌아다니다가 다시 가 보았어. 그때가, 그러니까 한 10시 30분이었을 걸세. 자네는 여전히 없었네. 그래서 그녀는 차를 몰고 시내로 돌아가서 자정이 지날 때까지 시간이나 죽이려고 영화관에 갔지. 그때쯤이면 자네가 돌아오겠거니 했던 거지.”

스페이드는 인상을 썼다.

“10시 30분에 영화관엘 가?”

“그렇다던데. 파월가에 1시까지 하는 영화관이 있잖나. 집에 가고 싶지 않았다더군. 마일스가 돌아왔을 때 집에 있고 싶지 않았대. 특히 자정 즈음에 없으면 마일스가 늘 화를 낸 모양이야. 아이바는 극장 문을 닫을 때까지 거기 있었네.” 와이즈의 말은 이제 더 느려졌고, 눈에는 냉소적인 빛이 비쳤다. “아이바는 그때 자네 집에 다시 가지 않기로 했다더군. 그렇게 늦게 찾아가면 자네가 어떻게 나올지 몰라서 그랬다더군. 그래서 테이트 식당에(엘리스가에 있는 집 말일세.) 가서 뭘 좀 먹고 집으로 갔네. 혼자서.”

와이즈는 의자를 뒤로 흔들며 스페이드의 말을 기다렸다.

스페이드의 얼굴은 무표정했다.

“아이바 말을 믿나?”

“자넨 아닌가?”

“내가 어떻게 아나? 그게 둘이서 지어낸 이야기가 아니라는 걸 어떻게 아느냐고?”

와이즈가 웃었다.

“자네 낯선 사람한테는 수표도 안 받지, 새미?”

“많이는 안 받지. 여하튼 그래서 그게 뭐 어쨌다는 건가? 마일스는 집에 없었어. 그때쯤이면 적어도 2시는 됐을 텐데, 그때 그는 이미 죽었잖아.”

“마일스는 집에 없었네. 그래서 아이바는 다시 화가 난 모양이더군. 자기가 집을 비운 사이에 그가 집에 돌아오면 화가 나겠지 싶었는데 뜻대로 안 된 거지. 그래서 그녀는 다시 차고에서 차를 꺼내 자네 집으로 갔네.”

“그런데 난 집에 없었지. 마일스의 시신을 보러 갔으니까. 제길, 회전목마 한번 신나게 탔구먼. 그런 다음엔?”

“집에 가서 보니 남편이 여전히 안 왔기에 옷을 벗고 있었는데, 그때 자네가 보낸 자가 남편의 부고를 가지고 온 걸세.”

스페이드는 매우 조심스럽게 담배를 말아 불을 붙일 때까지 아무 말도 없었다.

"괜찮은 얘기 같군. 알려진 사실들과 대부분 잘 맞아떨어져. 그 정도면 통할 거야."

이윽고 그가 말했다.

와이즈의 손가락이 다시 머리카락을 쓸어내리고 어깨에서 비듬을 더 많이 쓸어냈다. 그가 호기심 어린 눈으로 스페이드의 얼굴을 살펴보며 물었다.

"하지만 자넨 못 믿겠다?"

스페이드는 입술에서 담배를 빼냈다.

"난 믿지도 안 믿지도 않아. 아는 게 아무것도 없으니까."

시드의 입가에 비꼬는 듯한 웃음이 스쳤다. 그는 피곤한 듯 어깨를 추석거리며 말했다.

"그래. 난 자네를 속이고 있네. 자네가 믿을 만한 정직한 변호사 하나 구하는 게 어때?"

스페이드가 일어섰다. 그는 와이즈에게 빈정댔다.

"세상에 그런 자가 어디 있나?"

"뭐 언짢은 거라도 있나, 엉? 나도 뭐 아는 게 있어야 할 거 아닌가. 이제 자네한테도 예의를 차려야겠구먼. 내가 뭘 어쨌다는 거야? 사무실에 들어올 때 굽실거리지 않았다고 그러는 건가?"

시드 와이즈가 멋쩍게 웃었다.

"자넨 정말 골칫덩이야, 새미."

스페이드가 들어갔을 때 에피 페린은 사무실 한가운데 서 있었다. 그녀가 걱정스러운 갈색 눈으로 그를 보며 물었다.

"어떻게 된 거예요?"

스페이드의 얼굴이 뻣뻣해졌다.

"뭐가 어떻게 돼?"

"그 여자 왜 안 왔죠?"

스페이드는 큰 걸음으로 두 걸음을 성큼 떼어 에피 페린의 어깨를 쥐었다.

"거기 안 갔다고?"

스페이드가 겁에 질린 에피의 얼굴에 대고 고함쳤다.

에피가 격하게 고개를 내저었다.

"기다리고 또 기다렸는데 안 왔어요. 당신한테도 연락이 안 돼서 사무실로 온 거예요."

스페이드는 에피의 어깨에서 손을 휙 내려 바지 주머니에 쑤셔 넣고는 "또 회전목마로군." 하고 분개한 목소리로 소리치고 나서 개인 사무실로 성큼 들어갔다. 이윽고 그가 다시 나왔다.

"자기 어머니께 전화해서 왔는지 여쭤 봐."

스페이드는 에피가 전화하는 동안 사무실을 서성거렸다. 그녀가 전화를 끊고 말했다.

"안 왔대요. 그 여자 택시 태워 보낸 거 맞아요?"

스페이드가 툴툴대는 것으로 보아 맞는 모양이었다.

"오쇼네시가 정말…… 누군가 그녀를 미행한 게 틀림없어요!"

한동안 서성이던 스페이드가 걸음을 멈췄다. 그는 자기 엉덩이에 손을 대고 에피를 노려보며 큰 소리로 거칠게 말했다.

"아무도 미행하지 않았어. 내가 코흘리개 초등학생이라도 되는 줄 알아? 그 여자가 택시 타기 전에도 확인했고, 같이 타고 한 열 블록쯤 가면서 다시 확인했고, 내리고 나서도 대여섯 블록을 또 점검했다고."

"글쎄, 하지만……"

"하지만 그 여자는 그곳에 가지 않았지. 그건 이미 말해 줬잖아. 믿는다고. 에피는 내가 에피 말을 못 믿는다고 생각하는 거야?"

에피 페린이 콧방귀를 뀌었다.

"정말로 코흘리개 초등학생처럼 구는군요."

스페이드가 귀에 거슬리는 소리를 내며 헛기침을 하더니 바깥문을 향해 걸어갔다.

"나가서 하수구를 뒤지는 한이 있어도 찾아야겠어. 내가 돌아오거나 연락할 때까지 여기서 기다려. 염병할, 뭐 하나라도 제대로 좀 하자."

스페이드는 사무실을 나가 엘리베이터 쪽으로 절반쯤까지 가다가 다시 돌아왔다. 에피 페린이 책상에 앉아 있는데 그가 문을 열고 말했다.

"내 말 신경 쓸 필요 없다는 거 알지?"

에피가 되받아쳤다.

"내가 그런 데 신경 쓴다고 생각한다면 당신은 미친 거예요. 다만" 에피가 두 팔로 양 어깨를 감싼 채 머뭇거리다 입을 씰룩이며 말했다. "2주간 이브닝 가운을 입지 못할 뿐이죠, 이 덩치 큰 짐승."

스페이드가 초췌한 얼굴로 싱긋 웃고서 "내가 좀 못난 놈이잖아, 자기." 하고는 과장스럽게 고개를 숙이고 밖으로 나갔다.

스페이드가 나가자 길모퉁이 승강장에 노란 택시 두 대가 있었다. 기사들이 서서 이야기하고 있었다. 스페이드가 물었다.

"점심에 여기 있던 혈색 좋은 금발 머리 기사는 어디 있소?"

"손님 태우러 갔수다."

한 기사가 대답했다.

"여기로 돌아올까요?"

"그럴 거요."

다른 기사가 오른쪽으로 고개를 돌렸다.

"저기 오네요."

스페이드는 모퉁이로 걸어가 혈색 좋은 금발의 운전기사가 택시를 주차하고 차에서 내릴 때까지 갓돌에 서 있었다. 그러고는 그에게 다가가 말했다.

"정오쯤 당신 택시에 한 숙녀와 탔었소. 스톡턴가에서 새크라멘토를 지나 존스로 가서 나만 내렸소."

"아, 네, 기억납니다."

"난 여자를 9번가까지 데려다주라고 했는데, 당신은 그러지 않았더군. 어디로 데려간 거요?"

운전기사는 더러운 손으로 뺨을 문시르며 의심스레 스페이드를 보았다.

"그건 나도 몰라요."

"말해도 되오." 스페이드는 기사를 안심시키며 명함을 건넸다. "하지만 신중을 기하고 싶다면 당신 사무실로 가서 감독관에게 허가를 받아도 좋소."

"괜찮을 것 같군요. 여자 분은 페리 빌딩까지 모셔다드렸습니다."

"여자 혼자서?"

"네. 그럼요."

"다른 데 먼저 들르진 않았소?"

"네. 이렇게 됐습죠. 선생님을 내려 드린 뒤에 저는 새크라멘토로 차를 몰았고, 포크에 도착했을 때 여자 분이 운전석 유리를 톡톡 치더니 신문을 사고 싶다고 하기에, 한 모퉁이에 서서 신문 파는 아이를 휘파람으로 불러서 신문을 사게 해줬죠."

"어떤 신문이었소?"

"《콜》이었습죠. 그러고는 새크라멘토가를 따라 좀 더 가서 반네스로를 건너기 직전에 여자 분이 또 유리를 톡톡 쳐서 페리 빌딩(선착장)으로 데려다달라고 하더군요."

"여자가 흥분하지는 않았소?"

"제가 보기엔 아니었는데요."

"그래서 페리 빌딩에서 내려주고 난 뒤에는?"

"여자 분이 저에게 돈을 지불했고 그게 다입죠."

"거기서 누가 여자를 기다리진 않았소?"

"있었는진 모르겠지만 전 못 봤는데요."

"어느 쪽으로 갔소?"

"페리에서요? 모르겠는데요. 아마 위쪽 아니면 계단 쪽이었던 것 같습니다."

"신문은 가져갔고?"

"네, 택시비 낼 때 겨드랑이 아래 끼워 넣었습죠."

"핑크색 종이가 바깥으로 보이게? 아니면 흰 종이가 보이게?"

"원, 대장, 그건 나도 모르오."

스페이드는 기사에게 고맙다며 "담배나 한 대 피우시오." 하고 1달러 은화 하나를 주었다.

스페이드는 《콜》을 한 부 사서 바람이 없는 곳에서 살펴보려고 한 사무용 건물 로비로 들어갔다.

스페이드의 눈이 1면과 2~3면 표제를 빠르게 훑어 내려갔다. 그러더니 4면에 나온 '화폐 위조 용의자 체포'라는 기사에서 잠시 멈췄고, 다시 5면에 실린 '베이에어리어의 청소년 권총 자살 기도'라는 기사에서 멈췄다. 6면과 7면에는 흥미를 끄는 것이 없었다. 그는 8면의 '소년 세 명 총기 발포 후 절도로 체포'라는 기사에 잠시 눈길을 준 뒤 힌참 그냥 넘기다가 기상, 쇼핑, 제조, 재무, 이혼, 출산, 결혼, 부고 등이 실린 35면까지 넘겼다. 그는 부고란을 읽고 재무 기사가 실린 36면과 37면을 넘긴 뒤 38면과 마지막 면에서도 눈길을 끌 만한 기사를 찾지 못하자 한숨을 내쉬며 신문을 접어 코트 주머니에 넣고 담배를 말았다.

스페이드는 오 분 동안 건물 로비에 서서 담배를 태우며 뚱한 얼굴로 멍하니 서 있었다. 그러더니 스톡턴가로 가서 택시를 부른 다음 코로넷으로 가자고 했다.

스페이드는 건물로 들어가 브리지드가 준 열쇠로 그녀 아파트에 들어갔다. 전날 밤 그녀가 입은 파란 가운이 침대 아래쪽에 걸려 있었다. 파란 스타킹과 구두는 침실 바닥에 있었다. 화장대 서랍에 있던 다채로운 보석 상자는 텅 빈 채로 화장대 위에 놓여 있었다. 스페이드는 그것을 보고 인상을 쓰고 입술을 한번 빨고는 아무것도 건드리지 않고 방을 성큼성큼 돌아다니며 둘러본 뒤 코로넷을 나와 다시 시내로 돌아왔다.

스페이드는 자기 사무실 건물의 복도에서 거트먼의 거처에 있던 청년과 마주쳤다. 청년은 문을 막고 서서 말했다.

"따라와라. 만나고 싶어 하신다."

청년의 손은 코트 주머니 속에 있었다. 주머니가 불룩하게 튀어나온 것은 손 때문만은 아니었다.

스페이드는 씩 웃으며 조롱하듯 말했다.

"5시 25분이나 돼야 올 줄 알았는데. 내가 기다리게 한 게 아니면 좋겠군."

청년은 스페이드의 입을 노려보며 육체적 고통을 느끼는 사람처럼 부자연스럽게 말했다.

"계속 그렇게 까불면 배꼽에 총알 박는다."

스페이드가 킬킬거렸다.

"싸구려 사기꾼일수록 더 폼 나게 재잘대는 법이지."

두 사람은 수터가를 나란히 걸었다. 청년은 손을 코트 주머니에 넣고 걸었다. 그들은 말없이 한 블록을 걸었다. 그때 스페이드가 쾌활하게 물었다.

"빨래 훔치는 거 그만둔 지는 얼마나 됐지, 애송이?" 청년은 들은 척도 안 했다. "혹시 한 번이라도……?"

스페이드가 다시 말을 시작하려다 말았다. 그의 노르스름한 눈에서 작은 빛이 빛나기 시작했다. 그는 다시는 청년에게 말을 걸지 않았다.

그들은 알렉산드리아로 가서 12층으로 올라가 복도를 따라 거트먼의 스위트룸으로 갔다. 복도에는 아무도 없었다.

스페이드는 살짝 뒤처져 따라가서 거트먼의 방문에서 사오 미터 떨어진 곳에 도착했을 때는 청년보다 한 걸음 정도 뒤에 있었다. 스페이드가 돌연 뒤에서 딜려들어 양손으로 청년의 팔꿈치 바로 아래를 꽉 붙잡았다. 스페이드가 완력으로 청년의 팔을 밀어올리자 코트 주머니에 있던 청년의 손이 코트 자락과 함께 위로 들려 올라갔다. 청년은 발버둥치고 허우적거렸지만 스페이드의 억센 손아귀에서 맥을 추지 못했다. 청년은 뒷발질도 해보았지만 스페이드의 벌린 두 다리 사이로 지나가 버렸다.

스페이드는 청년을 들었다가 그대로 바닥에 내동댕이쳤다. 두꺼운 카펫 위라 소리는 거의 나지 않았다. 바닥에 부딪히는 순간 스페이드의 손이 미끄러져 내려가 청년의 양 손목을 붙잡았다. 청년은 이를 악물고 스페이드의 커다란 손아귀에서 벗어나려 안간힘을 썼지만 벗어나지도 못했고 스페이드의 손을 빼내지도 못했다. 청년이 뿌득거리며 이 가는 소리가 스페이드가 청년의 두 손을 으스러뜨리며 숨을 몰아쉬는 소리와 뒤섞였다.

두 사람은 한참 동안이나 팽팽하게 힘을 겨루며 꼼짝도 하지 않았다. 마침내 청년의 두 손이 늘어졌다. 스페이드는 청년을 놓아 주고 뒤로 물러났다. 스페이드가 청년의 코트 주머니에서 손을 뺄 때 양손에는 각각 무거운 리볼버 한 자루씩이 들려 있었다.

청년은 몸을 돌려 스페이드를 마주보았다. 얼굴이 차마 볼 수 없을 만큼 창백하고 멍했다. 그는 스페이드의 가슴팍을 바라볼 뿐 아무 말도 없었다.

스페이드는 권총을 주머니에 넣고 조소하듯 씩 웃었다.

"자, 이러면 네 보스와 더 친해질 거다."

문앞에 도착하자 스페이드가 문을 두드렸다.

13장

황제의 선물

거트먼이 문을 열었다. 뚱뚱한 얼굴에 반가운 미소가 번졌다. 그가 손을 내밀며 말했다.

"여, 반갑습니다, 선생! 와 주셔서 고맙습니다. 어서 들어오시지요."

스페이드가 뚱보와 악수하고 안으로 들어갔다. 청년도 뒤따라 들어왔다. 뚱보 사내가 문을 닫았다. 스페이드가 청년의 권총을 주머니에서 꺼내 거트먼에게 내밀었다.

"받으시오. 이런 걸 가지고 돌아다니게 하면 어떻게 한단 말이오. 그러다 다치라고."

뚱보 사내가 유쾌하게 웃으며 권총을 받았다.

"이런, 이런, 이게 뭐냐?"

뚱보가 스페이드에게서 눈을 돌려 청년을 보며 물었다.

"웬 절름발이 신문팔이가 저 친구한테 뺏은 걸 내가 다시 찾아 준 거요."

스페이드가 끼어들었다.

얼굴이 흰 청년이 거트먼의 손에서 권총을 받아 주머니에 넣었다. 아무 말도 없었다.

거트먼이 또다시 웃음을 터뜨렸다.

"저런, 선생은 잘 사겨 둘 만한 사내요. 대단합니다. 들어오시지요. 앉으세요. 모자는 이리 주시고요."

청년이 입구 오른쪽 문을 열고 방에서 나갔다.

거트먼은 스페이드에게 탁자 옆의 초록색 플러시 의자에 앉으라고 권하고는 담배에 불을 붙여 준 뒤 위스키소다를 만들어 한 잔을 스페이드의 손에 쥐여 주고 다른 잔을 자기 손에 들고 스페이드 앞에 앉았다.

"선생, 우선 사과부터 하고 싶……"

"그건 됐소. 그보다 검은 새 얘기나 하십시다."

뚱보는 고개를 왼쪽으로 갸우뚱하며 스페이드를 친근한 눈으로 바라보았다.

"좋습니다, 선생. 그렇게 하지요." 뚱보가 손에 든 잔을 홀짝거리고 나서 말을 이었다. "선생도 이렇게 놀라운 얘기는 아마 처음 들을 겁니다. 물론 탐정 세계에서 선생 정도의 기량이 있는 사내라면 지금껏 놀라운 일을 수도 없이 겪었겠지요."

스페이드가 정중하게 고개를 끄덕였다.

"예루살렘의 성 요한 호스피털 기사단 혹시 아십니까? 나중에는 로도스 기사단으로 불렸지요."

거트먼이 눈에 힘을 주며 물었다.

스페이드는 시가를 흔들었다.

"잘 모르오. 다만 학교에서 역사 시간에 십자군인가 뭐 그런 걸로 배운 것 같소."

"아주 좋습니다. 자, 그럼 술레이만 대제가 1523년에 로도스 섬에서 그들을 추방한 것도 기억나십니까?"

"모르겠소."

"음, 선생, 모두 실제 있었던 일입니다. 그 후 기사단은 크레타 섬에 정착했지요. 그들은 거기서 7년 동인 미무브나 1530년 황제 카를 5세를 설득해서" 거트먼은 뚱뚱한 손가락 세 개를 들고 하나하나 헤아리며 말했다. "몰타와 고조, 트리폴리를 얻어냈습니다."

"그런데?"

"그런데 선생, 이런 단서가 붙었지요. 기사단은 해마다 황제에게 공물로" 거트먼이 손가락 하나를 들었다. "매 한 마리를 바쳐야 했습니다. 몰타가 여전히 에스파냐의 지배 아래 있다는 증표였지요. 게다가 섬에서 떠나려면 섬을 에스파냐에 반환해야 한다는 단서도 붙었습니다. 이해하시겠지요? 황제는 기사

단에게 섬을 주기는 했지만 기사단이 이곳을 사용하기만 한다
는 조건으로, 그러니까 누구에게도 팔거나 넘겨주지 않는다는
조건으로 준 겁니다."

"그건 알아들었소."

뚱보는 어깨 너머로 닫혀 있는 문들을 흘끗거리고 나서 자
기 의자를 스페이드 쪽으로 바싹 당기더니 소리를 낮춰 쉰 목
소리로 속삭이듯 말했다.

"그 당시 기사단의 헤아릴 수 없을 만큼 막대한 부에 대해
아십니까?"

"내가 알기로 그들은 상당히 부유했소."

거트먼이 너털웃음을 웃었다.

"상당하다는 말로는 부족합니다, 선생." 목소리가 더 낮아지
며 더 그르렁거렸다. "그들은 완전 돈방석에 앉아 있었습니다,
선생. 선생은 모르십니다. 누구도 모르지요. 기사단은 오랜 세
월 사라센인을 등쳐먹었고, 아무도 모를 보석과 귀금속, 실크
와 상아를, 알짜 중에서도 알짜를 약탈했지요. 이것은 역사적
사실입니다, 선생. 다들 알다시피 그들에게 성전은, 템플기사단
에게도 그랬듯이 전리품의 산실이었지요.

에, 그렇게 해서 카를 5세는 몰타를 그들에게 줬고, 임대료
라고는 하나의 형식으로 매년 하찮은 새 한 마리를 요구한 게
전부였지요. 그러니 헤아릴 수 없이 부유한 그 기사들이 감사

를 표현하는 데 가장 좋은 방법이 무엇이었겠습니까? 네, 선생, 바로 그것이었지요. 그들은 카를 황제에게 보낼 첫해의 공물로 하찮은 새가 아니라 머리에서 발끝까지 자기들의 금고에 있던 최고의 보물로 장식한, 장엄한 황금 매를 보내자는 즐거운 생각을 떠올린 겁니다. 게다가(잊지 마십시오, 선생.) 그들에게는 훌륭한 보물, 아시아 최고의 보물이 있었다는 것을 말입니다."

거트먼이 속삭임을 멈췄다. 윤기가 번질거리는 검은 눈이 스페이드의 차분한 얼굴을 살폈다. 뚱보가 물었다.

"자, 선생, 어떻게 생각하시나요?"

"잘 모르겠소."

뚱보는 흐뭇하게 웃었다.

"이것은 역사적 사실이지만 교과서식 역사도 아니고 웰스 선생의 역사도 아닙니다. 그래도 역사는 역사죠." 뚱보가 몸을 앞으로 기울이며 덧붙였다. "12세기에 시작된 기사단의 기록은 아직도 몰타에 있습니다. 온전한 상태로요. 하지만 그 기록에는 적어도" 뚱보가 손가락 세 개를 쳐들며 말했다. "세 번이 언급됩니다, 바로 그 보물 매가 있는 곳 말입니다. J. 델라뷰 르 루의 『성 요한 기사단 자료집』에도 언급됩니다. 물론 완곡하게만 언급되었지만 그야 뭐. 작가가 사망할 당시 미완성 원고라 출간되지 않은 글도 있었습니다. 파울리가 쓴 『성 기사단의 기원과 제도에 관하여』의 증보판이었지요. 거기에도 제가 말씀드린 사실이 분명하게 기록돼 있습니다."

"그렇군."

"그렇습니다, 선생. 기사단 단장 빌리에 드 릴 다당은 성 안 젤로 성에서 터키 노예들을 시켜 30센티미터 높이의 보물 새를 만들어 에스파냐에 있던 카를 황제에게 보냈지요. 단장은 기사단 단원 가운데 코르미에인지 코르베르인지 하는 프랑스 기사가 지휘하는 갤리선으로 물건을 보냈습니다." 거트먼의 목소리가 다시 속삭임으로 바뀌었다. "배는 에스파냐에 닿지 못했지요."

거트먼이 입을 꼭 다물고 미소를 지은 뒤 다시 물었다.

"일명 붉은 수염 하이레딘이라고 불리는 바르바로사를 아십니까? 모르시나요? 당시 알제 앞바다에서 해적질을 하던 유명한 해적 두목이죠. 그런데 선생, 그가 기사단의 갤리선을 나포해서 보물을 빼앗아 버렸습니다. 그래서 보물이 알제로 간 겁니다. 정말입니다. 이건 프랑스 역사가 피에르 당이 알제에서 보낸 편지에도 기록된 사실이지요. 피에르 당에 따르면 보물은 그곳에 100년도 넘게 있었다고 합니다. 해적 바르바로사와 잠시 알고 지내던 영국인 탐험가 프랜시스 버니 경이 가져갈 때까지 말입니다. 어쩌면 그건 사실이 아닐지도 모르지만, 피에르 당은 그게 사실이라고 믿었고 제게는 그걸로 충분합니다.

　프랜시스 버니 부인이 쓴 『17세기 버니 가문의 회고록』에는 보물에 관한 이야기가 없습니다. 제가 보았거든요. 1615년 프랜시스 경이 메시나 병원에서 사망할 당시 보물을 갖고 있지 않았다는 것도 분명한 사실이지요. 프랜시스 경은 빈털터리였으니까요. 하지만 선생, 보물이 시칠리아로 갔다는 건 부정할 수 없습니다. 보물은 시칠리아에 있다가 1713년 비토리오 아메데오 2세가 시칠리아의 왕이 된 지 얼마 후에 그의 소유가 됐는데, 그는 폐위되고 나서 샹베리에서 결혼할 때 보물을 부인에게 선물로 줬습니다. 그것도 사실입니다, 선생. 『비토리오 아메데오 2세의 통치사』의 저자 카루티가 보증한 바지요.

　어쩌면 그들, 그러니까 아메데오 부부는 폐위를 철회하려고 토리노에 갔을 때 보물을 가져갔을지도 모릅니다. 어쨌든 보물은 1734년 나폴리 점령군 소속의 에스파냐 사람의 손에 넘어갔지요. 이 사람은 카를로스 3세의 수석 장관이던 플로리다블랑카의 백작, 돈 호세 모니노 이 레돈도의 아버지였지요. 보물을 1840년대에 벌어진 카를로스 전쟁 이후까지 그 가문에서 가지고 있었다는 근거는 없습니다. 그런 뒤 카를로스 주의자들이 에스파냐를 떠나 파리로 몰려든 시기에 보물이 다시 모습을 드러냈지요. 그들 중 하나가 보물을 가지고 온 게 틀림없는데, 그가 누구였든 아마도 그 진정한 가치는 전혀 몰랐을 겁니다. 보물은 카를로스 전쟁 당시 일종의 예방 조치로 페인트인지 에나멜인지를 칠해서 그저 흥미로운 검은 새로밖에 보이지 않았거든요. 그렇게 위장된 채로 보물은 그 안에 뭐가 있는지도 모르는 파리의 멍청한 개인 수집가들과 딜러들 손에 이리저리 굴러다니게 된 겁니다."

뚱보는 잠시 말을 멈추고 미소를 머금더니 애석하다는 듯 고개를 저었다. 그러고는 계속했다.

"70년 동안, 선생, 이 경이로운 물건은 파리의 시궁창에 굴러다니는 축구공 신세가 된 겁니다. 그러다가 1911년에 카릴라오스 콘스탄티니데스라는 그리스 딜러가 그것을 어느 후미진 가게에서 발견했지요. 카릴라오스가 그게 뭔지 알아보고 그걸 손에 넣는 데까지는 그리 오래 걸리지 않았습니다. 그의 눈과 코에는 아무리 두꺼운 에나멜도 진가를 드러낼 수밖에 없었으니까요. 자, 선생, 카릴라오스는 보물의 역사를 거의 다 추적해서 마침내 그 정체를 알아냈습니다. 저는 그 정보를 입수하고 그를 통해 사실을 거의 다 알아냈지요. 그 후로 몇 가지 세부 사항은 직접 알아봐야 했지만 말입니다.

카릴라오스는 자기가 발견한 것을 서둘러 돈으로 바꿀 생각은 추호도 없었습니다. 그는 그 엄청난 진가를 알았기에 그것이 진품이라는 것이 입증되기만 하면 훨씬 많은, 막대한 값을 받을 수 있다는 것을 알았지요. 어쩌면 기사단의 대를 이은 단체, 이를테면 예루살렘의 성 요한 영국 기사단이나 프로

이센 성 요한 기사단이나, 몰타 최고 기사단의 이탈리아어권 분파나 독일어권 분파와 거래하려고 했을지도 모릅니다. 다들 부유한 기사단이니까요."

뚱보는 잔이 빈 것을 보고 껄껄 웃은 뒤에 일어나서 자기 잔과 스페이드의 잔을 채웠다.

"이제 제 말이 조금은 믿기십니까?"

뚱보가 사이펀을 작동하면서 물었다.

"믿기지 않는다곤 안 했소."

"그렇지요. 하지만 제 눈에 그렇게 보였다는 거지요."

거트먼이 킬킬거리며 대꾸했다.

뚱보가 자리에 앉더니 단숨에 술을 들이켜고 흰 손수건으로 입가를 닦았다.

"자, 선생, 카릴라오스는 보물의 역사를 탐구하는 동안 안전하게 보물을 보관해 두려고 다시 에나멜을 칠해서 지금과 같은 모양으로 만든 것 같습니다. 그가 보물을 손에 넣은 지 꼭 1년이 되는 날(아마도 제가 그에게서 고백을 받아낸 지 석 달이 지났을 때일 텐데요.) 런던에서 《타임스》를 읽다가 그가 집에 든 도둑에게 살해됐다는 걸 알게 됐습니다. 전 다음 날 곧바로 파리로 달려갔지요."

거트먼이 슬픈 얼굴로 고개를 가로저었다.

"새는 사라졌습니다. 세상에, 선생, 저는 화가 머리끝까지 치

밀어 올랐습니다. 보물의 정체를 아는 사람이 또 있으리라고는 생각지도 못했던 것이지요. 카일라오스가 저 외에 다른 사람에게 말했으리라고는 생각지 않은 겁니다. 상당히 많은 물건이 도난당했더군요. 그걸 보고 저는 도둑이 그냥 다른 물건과 함께 매를 가져간 것일 뿐, 그 정체는 모른다는 생각이 들었습니다. 단언컨대 그 가치를 아는 도둑이라면 괜히 다른 물건에(아무렴요, 선생.) 적어도 왕실 보물 이하의 물건에 손대지는 않았을 것이기 때문이죠."

거트먼이 눈을 감고 생각에 잠겨 만족스러운 웃음을 지었다. 그가 눈을 뜨고 말했다.

"그게 17년 전입니다. 자, 선생, 저는 그 물건을 찾는 데 17년이 걸렸지만 결국 해냈습니다. 전 그걸 원했고, 원하는 것이 있으면 쉽사리 포기하는 성격이 아니거든요."

거트먼의 입에 걸린 웃음이 더 커졌다.

"저는 그것을 원했고, 찾아냈습니다. 전 그걸 원하고, 손에 넣을 겁니다."

거트먼은 잔을 비우고 다시 입술을 닦고는 손수건을 주머니에 넣었다.

"저는 보물을 추적해서 이스탄불 교외에 사는 케미도프라는 러시아 장교의 집에 다다랐습니다. 그는 아무것도 모르더이다. 그에게 보물은 그저 검정 에나멜을 칠한 물건에 불과했지만, 그의 타고난 옹고집, 러시아 장교의 타고난 옹고집 때문에 제 제안을 거절하더군요. 아마도 제가 몸이 달아서 좀 서툴게 굴었는지도 모르지요, 많이는 아니었겠지만. 그건 모르겠습니다. 하지만 제가 그걸 원한다는 것은 분명했고 저는 그 아둔한 군인이 그 물건을 조사하기 시작하고 더 나아가 에나멜을 벗겨 보게 되지는 않을지 걱정스러웠습니다. 그래서 저는 어, 그러니까 대리인을 몇 명 보냈지요. 바로 그래서, 선생, 제가 아니라 그들이 갖고 있는 겁니다."

거트먼이 일어나서 빈 잔을 가지고 탁자로 갔다.

"하지만 전 기필코 손에 넣을 겁니다. 잔 이리 주시죠, 선생."

"그럼 그 물건은 당신들이 아니라 케미도프 장군 것이란 말이오?"

"장군 것이라고요? 자, 선생, 에스파냐 왕의 것이라고 하면 할 말 없지만 그 밖에 어느 누구도 소유권을 주장할 수는 없을 것 같군요. 단지 누가 갖고 있느냐는 점만 빼면 말이지요." 뚱보가 유쾌하게 말했다.

"그만한 가치가 있는 물건이라면, 그런 식으로 이 사람에서 저 사람에게 전해 내려온 물건이라면 분명 그것을 손에 넣는 자의 소유입니다."

거트먼이 혀를 차며 말했다.

"그럼 지금은 오쇼네시 양의 소유란 말이오?"

"아닙니다, 선생. 오쇼네시 양은 제 대리인일 뿐이지요."

스페이드가 비꼬듯 "아하." 하고 내뱉었다.

거트먼이 생각에 잠긴 듯 손에 든 위스키 병마개를 뚫어져라 바라보다가 물었다.

"지금 오쇼네시가 갖고 있는 건 확실합니까?"

"아마도 그런 것 같소."

"어디에 있지요?"

"그건 나도 정확히 모르오."

뚱보가 술병을 탁자에 쿵 내려놓았다.

"아까는 안다고 하셨을 텐데요."

스페이드는 개의치 않는 듯 한 손을 흔들며 대꾸했다.

"때가 되면 어디서 찾아야 하는지 안다는 뜻이었소."

거트먼의 핑크색 살덩이가 좀 전보다 행복한 표정을 지었다.

"그럼 이젠 아십니까?"

"그렇소."

"어디지요?"

"그건 내게 맡기시오. 내 몫이니."

스페이드가 씩 웃으며 말했다.

"언제?"

"내가 준비되면."

뚱보가 입술을 꽉 다물었다가 다소 불편한 웃음을 지으며 물었다.

"스페이드 씨, 지금 오쇼네시 양은 어디에 있습니까?"

"안전한 곳에 숨겨 두었소."

거트먼이 인정하듯 웃었다.

"그건 믿습니다, 선생. 그럼 이제 선생, 가격을 논하기에 앞서 대답해 주시죠. 언제쯤 물건을 보여 주실 수, 아니 보여 주실 생각입니까?"

"한 이틀 뒤."

뚱보가 고개를 끄덕였다.

"그 정도면 됐습니다. 이런 제가 자양분을 깜빡했군요."

뚱보는 탁자 쪽으로 몸을 돌리고 위스키를 따른 뒤 소다수를 섞어 스페이드의 팔꿈치 곁에 잔을 놓고 자기 잔을 높이 들었다.

"자 선생, 우리 두 사람 모두에게 타당한 거래와 넘치는 이익을 위하여."

그들은 단숨에 술을 마셨다. 뚱보가 다시 자리에 앉았다. 스페이드가 물었다.

"당신이 말하는 타당한 거래란 뭐요?"

거트먼은 잔을 들어 빛에 비춰서 애정 어린 눈으로 보더니 길게 한 모금 더 마시고 말했다.

"제가 두 가지 제의를 할 텐데, 둘 다 타당합니다. 선택하시지요. 매를 저에게 인도하시면 2만 5000달러를 드리고, 제가 뉴욕에 도착하는 즉시 2만 5000달러를 더 드리겠습니다. 아니면 제가 매에서 거두는 수익의 4분의 1을 드리겠습니다. 자 선생, 거의 즉시 5만 달러를 받거나 아니면 한두 달 뒤에 그보다 막대하게 큰 돈을 받거나 둘 중 하납니다.”

스페이드는 술을 마시고 물었다.

“얼마나 더 크오?”

“막대하게.”

뚱보가 반복해 말했다.

“얼마나 더 클지 누가 알겠습니까? 10만 달러 아니면 25만 달러? 제가 최소가를 얼마로 잡고 있는지 말씀드리면 믿으시겠소이까?”

“안 될 게 뭐요?”

뚱보는 입술을 세게 다물더니 그르렁대듯 웅얼거리는 낮은 소리로 말했다.

“50만 달러라면 어떻습니까?”

스페이드가 눈을 가늘게 떴다.

“그럼 당신 말은 그 거시기가 200만 달러는 된다는 거요?”

거트먼이 조용히 웃었다.

“선생 말을 빌리자면, 안 될 게 뭡니까?”

스페이드는 빈 잔을 탁자에 내려놓았다. 그는 시가를 입에 물었다가 도로 꺼내 잠시 쳐다본 다음 다시 입에 물었다. 황회색 눈이 희미하게 탁해졌다.

"무지막지한 돈이로군."

"무지막지한 돈이지요."

뚱보가 동의했다.

거트먼이 몸을 앞으로 숙이고 스페이드의 무릎을 두드렸다.

"그건 최대한 적게 잡은 액수입니다. 그렇지 않다면 카릴라오스는 완전히 머저리였던 셈입니다. 하지만 그는 머저리가 아니었지요."

스페이드는 입에서 다시 시가를 빼어 혐오스러운 듯 시가를 보며 인상을 쓰더니 재떨이에 얹어놓았다. 그는 눈을 꼭 감았다가 도로 떴다. 눈이 더 탁해졌다.

"그러니까 그게 최소라고 했소? 그럼 최대는?"

스페이드가 이 말을 할 때 발음이 새는 게 분명했다.

"최대요?" 거트먼이 빈 손바닥을 내밀었다. "그 얘긴 이제 관두지요. 저더러 미쳤다고 하실 테니까요. 모르겠습니다. 얼마가 될지는 말할 수 없습니다, 선생. 그것만이 그 물건에 관한 유일한 진실이니까요."

스페이드는 벌어진 아랫입술을 꼭 다물었다. 초조하게 고개를 흔들었다. 날카롭고 두려운 빛이 그의 눈에 일었다가 탁한 기색이 짙어지면서 사라져 버렸다. 그는 의자 팔걸이에 손을 없고 자리에서 일어났다. 다시 고개를 흔들고 불안정하게 앞으로 한 걸음 내디뎠다. 잠긴 목소리로 낄낄거리더니 중얼댔다.

"이 망할 자식."

거트먼은 자리에서 벌떡 일어나며 의자를 뒤로 밀쳤다. 뚱뚱한 살덩어리들이 흔들렸다. 눈은 마치 기름진 핑크색 얼굴에 박힌 까만 점 같았다.

스페이드는 고개를 좌우로 흔들다가 멍한 눈망울이 문을 향하자 동작을 멈췄다. 그는 불안정한 자세로 한 걸음 더 내디뎠다.

뚱보가 날카롭게 외쳤다.

"윌머!"

문이 열리고 청년이 들어왔다.

스페이드가 세 번째 걸음을 내디뎠다. 이제 그의 얼굴은 잿빛이 되었고, 턱 근육은 귓볼 아래서 종양처럼 불거졌다. 네 번째 걸음을 디디자 다리가 풀려 버렸고, 탁한 두 눈은 거의 감겨 있었다. 그는 다섯 번째 걸음을 내디뎠다.

청년이 가까이 다가와 스페이드와 문 사이에서 스페이드에게 좀 더 가까운 곳에 우뚝 섰다. 청년의 오른손은 코트 안쪽 심장 부근에 있었다. 그의 입꼬리가 꿈틀댔다.

스페이드가 여섯 번째 걸음을 내디뎠다.

청년의 다리가 스페이드의 다리 앞쪽으로 쭉 뻗어 나왔다.

스페이드는 청년의 다리에 걸려 바닥으로 고꾸라졌다. 청년은
여전히 오른손을 코트 안에 넣은 채 스페이드를 내려다보았
다. 스페이드는 일어서려고 힘을 써 보았다. 청년이 오른발을
뒤로 한껏 젖혔다가 스페이드의 관자놀이를 걷어찼다. 스페이
드가 옆으로 굴렀다. 다시 일어나려고 있는 힘을 다 내 보았지
만 헛수고였다. 그는 그대로 잠들어 버렸다.

14장

라 팔로마 호

스페이드는 아침 6시가 조금 지나 엘리베이터에서 내려 길 모퉁이를 돌았다. 사무실 문의 뿌연 유리창에서 노란 빛이 새어 나왔다. 그는 우뚝 걸음을 멈추고 입술을 꽉 다문 채 복도 앞뒤를 살핀 뒤 발소리를 죽이며 잰걸음으로 사무실로 다가갔다.

스페이드는 소리가 나지 않게 가만히 손잡이를 돌렸다. 문고리는 돌아가다가 멈췄다. 문이 잠겨 있었던 것이다. 그는 손을 바꿔 왼손으로 문고리를 잡았다. 오른손은 주머니에 넣어 열쇠가 서로 부딪쳐 쩔렁거리지 않게 조심스럽게 열쇠고리를 꺼냈다. 그 가운데 사무실 열쇠를 골라내자 나머지를 손바닥에 거머쥔 채 열쇠를 문에 꽂았다. 소리는 나지 않았다. 엄지발가락 아랫부분에 힘을 주어 몸의 균형을 잡고 가슴 깊이 숨을 들이마신 뒤 문을 열고 들어갔다.

에피 페린이 팔베개를 하고 책상에 엎드려 자고 있었다. 그녀는 코트를 입고 스페이드의 코트를 망토처럼 몸에 덮고 있었다.

스페이드는 소리 죽여 웃으며 숨을 내쉬고는 문을 닫고 개인 사무실로 들어갔다. 사무실은 비어 있었다. 그는 에피에게 다가가서 어깨에 손을 얹었다.

에피가 잠시 꿈틀대다 졸린 얼굴로 고개를 들고 눈을 깜빡였다. 이윽고 눈이 둥그레지면서 갑자기 몸을 곧추세우고 앉았다. 스페이드라는 것을 깨닫자 얼굴에 미소를 짓고 의자에 등을 기대며 눈을 비볐다.

"드디어 돌아온 건가요? 지금 몇 시예요?"

"6시야. 여기서 뭐 하고 있어?"

에피가 몸을 부르르 떨더니 스페이드의 코트를 여미고 하품을 하며 말했다.

"나더러 당신이 돌아오거나 연락할 때까지 여기 있으라고 했잖아요."

"오, 자기가 불타는 갑판에 서 있던 소년(영국 시인 Felicia Dorothea Hemans가 1826년에 발표한 시에 나오는 구절. 나폴레옹과 넬슨 제독이 맞붙은 해전에서 전사한 병사를 기리는 글이다. ― 옮긴이)의 누이라도 돼?"

"나도 그러고 싶지 않……"

에피가 말을 끊고 일어나자 스페이드의 코트가 의자에 미끄러져 떨어졌다. 모자 챙 아래 관자놀이를 바라보던 에피가 걱정스럽고 흥분한 얼굴로 소리쳤다.

"어머, 얼굴 좀 봐! 무슨 일이에요?"

스페이드의 오른쪽 관자놀이가 시커멓게 부어 있었다.

"넘어진 건지 얻어맞은 건지 모르겠어. 대단한 것 같지는 않은데 통증이 사람 잡네."

스페이드가 손으로 살짝 만지더니 몸을 움찔하고는 인상을 쓰지 않으려고 애를 쓰며 억지웃음을 웃고 나서 말했다.

"누굴 찾아갔는데 수면제를 먹였나 봐. 열두 시간 뒤에 깨어나 보니 대자로 뻗어 있더라고."

에피가 다가가서 스페이드의 모자를 벗겼다.

"어휴 끔찍해요. 의사를 부르는 게 좋겠어요. 이런 상태로 돌아다니다간 큰일 나요."

"보기처럼 심각하진 않아. 머리만 아플 뿐인데, 그것도 아마 수면제 때문일 거야."

스페이드가 사무실 구석에 있는 세면실로 들어가서 찬물을 틀어 손수건을 적셨다.

"나 나간 뒤로 별일 없었고?"

"오쇼네시 양은 찾았어요, 샘?"

"아직. 나 나간 뒤로 별 일 없었냐니까."

“아까 지방 검사 사무실에서 전화왔어요. 당신을 만나고 싶
대요.”

“지방 검사가 직접 했어?”

“네, 내가 듣기엔 검사 목소리가 맞아요. 또 어떤 청년이 전
언을 갖고 왔었어요. 거트먼 씨가 5시 30분까지 기꺼이 대화
하고 싶어 한대요.”

스페이드가 물을 잠그고 손수건을 짠 다음 관자놀이에 대
고 세면실에서 나왔다.

“그건 알아. 아래층에서 녀석을 만나 거트먼을 보러 갔다가
이렇게 된 거야.”

“전에 전화했던 G가 거트먼 씨예요, 샘?”

“그래.”

“그럼 무슨…….”

스페이드는 에피가 아닌 그 뒤쪽의 뭔가를 보는 듯한 눈으
로 마치 생각을 정리하려는 듯 또박또박 말했다.

“거트먼은 어떤 물건을 얻고 싶어 하는데 내가 그걸 찾아
줄 수 있을 거라고 생각해. 난 5시 30분까지 나와 거래하지 않
으면 그것을 얻지 못하게 내가 방해할 수도 있다는 생각을 그
자에게 심어 줬지. 그리고 으음, 맞아. 그에게 한 이틀 정도 기
다려야 한다고 말한 뒤에 그자가 내게 약을 먹였어. 그걸로 날
죽일 생각은 아니었을 거야. 열 시간에서 열두 시간 정도 지나

면 깨어날 거란 걸 알았겠지. 내가 잠들어서 참견하지 못하는 동안 내 도움 없이도 찾아낼 수 있을 거라고 생각했던 거야." 스페이드가 인상을 쓰며 중얼거렸다. "젠장, 부디 그 생각이 틀려야 하는데." 스페이드가 다시 에피를 똑바로 쳐다보며 말했다. "오쇼네시에게 연락 온 건 없어?"

에피는 고개를 가로젓고 나서 물었다.

"이게 오쇼네시 양과 관련이 있나요?"

"어느 정도는."

"거트먼 씨가 원하는 물건이 오쇼네시의 것인가요?"

"그래, 에스파냐 왕의 것이라고도 할 수 있고. 에피, 자기 아저씨가 대학에서 역사인지 뭔지 강의한다고 했지?"

"사촌이에요. 왜요?"

"우리가 400년 된 비밀스러운 역사 이야기로 자기 사촌을 즐겁게 해주면 그가 비밀을 지켜 줄 수 있을까?"

"어머, 그럼요. 좋은 사람이에요."

"좋아. 종이랑 공책 가져와 봐."

에피가 필기구를 가져와서 자리에 앉았다. 스페이드는 손수건에 찬 물을 더 부어 이마에 댄 채 그녀 앞에 서서 거트먼에게 들은 매 얘기를 구술했다. 카를 5세가 기사단에게 섬을 준 이야기부터, 에나멜로 칠한 매가 카를로스 주의자들이 들어오던 시기에 파리에서 발견되었다는 부분까지만 했다. 그는 거트먼이 언급한 저자와 그들의 작품 이름에서 더듬거렸지만 간신히 비슷하게나마 발음을 말해 줬다. 나머지 역사 얘기는 숙달된 회견 기자처럼 줄줄 읊었다.

스페이드가 이야기를 끝내자 에피는 공책을 덮은 뒤 상기된 얼굴로 그를 향해 미소 지었다.

"오, 짜릿하지 않아요? 이건……"

"그래, 터무니없기도 하고. 이제 그걸 가져다가 사촌에게 읽어 주고 어떻게 생각하는지 물어봐 주겠어? 자기 사촌이 뭔가 이것과 관련된 얘기를 들어본 적이 있을까? 그럴 수도 있지 않아? 조금이라도 그럴 가능성이 있지 않을까? 아니면 이건 완전히 터무니없는 얘기일까? 뭔가 찾아봐야 할 시간이 필요하다면 그건 괜찮지만 우선 의견이라도 받아 와. 절대 어디 가서 떠벌이지 못하게 하고."

"당장 갈게요. 얼굴부터 의사한테 보이세요."

"아침부터 먹자."

"안 돼요. 난 버클리에서 먹을래요. 테드가 뭐라고 할지 정말 궁금해요."

"뭐, 만약 사촌이 비웃더라도 흑흑거리지나 말라고."

펠리스 호텔에서 한가롭게 아침을 먹으며 조간신문 두 부를 다 읽은 뒤에야 스페이드는 집으로 가서 면도와 목욕을 하고 멍든 관자놀이를 얼음주머니로 문지른 다음 옷을 갈아입었다.

스페이드는 코로넷에 있는 브리지드 오쇼네시의 아파트로 갔다. 아파트는 비어 있었다. 그가 마지막으로 갔을 때 모습 그대로였다.

스페이드는 알렉산드리아 호텔로 갔다. 거트먼은 없었다. 거트먼이 머무르던 스위트룸의 다른 투숙객들도 없었다. 스페이드는 그 투숙객들이 뚱보 거트먼의 비서 윌머 쿡과 거트먼의 딸 리아라는 것을 알았다. 리아는 갈색 눈에 금발 머리의 자그마한 열일곱 살 소녀로, 호텔 직원들은 그녀의 미모를 칭송했다. 거트먼 일당은 뉴욕에서 열흘 전에 호텔에 도착했고 아직 체크아웃하지 않았다고 했다.

스페이드가 벨비데레로 갔을 때 호텔 탐정 루크는 카페에서 식사를 하고 있었다.

"잘 지내나, 샘. 와서 같이 좀 들게." 루크가 샘의 관자놀이를 바라보며 말했다. "저런, 어디서 된통 두드려 맞았군!"

"고맙지만 난 먹었네." 스페이드가 자리에 앉아 관자놀이를 가리키며 말했다. "보는 것만큼 나쁘진 않아. 카이로는 어쩌고 있나?"

"어제 자네가 가고 삼십 분도 안 돼서 나간 뒤로 한 번도 못 봤네. 어젯밤에도 들어오지 않았어."

"나쁜 습관이 드는구먼."

"뭐, 대도시에서 그렇게 혼자 있으니 그럴 수밖에. 얼굴은 누가 그런 거야, 샘?"

"카이로는 아냐." 스페이드는 토스트를 덮고 있는 작은 돔 형 은 뚜껑을 주의 깊게 응시했다. "카이로가 없을 때 방 좀 조사해 볼 수 없을까?"

"그야 물론이지. 알다시피 난 자네한테 늘 충성을 다하지 않나."

루크는 커피를 밀어 놓고 탁자에 팔꿈치를 올린 다음 눈살을 찌푸리며 스페이드에게 말했다.

"하지만 자네는 그러지 않는 것 같아. 이 친구 정체가 뭐지, 샘? 나한테까지 숨길 필요는 없잖아. 내가 진짜 사나이라는 거 자네도 알잖아."

스페이드가 은 뚜껑에서 눈을 들었다. 두 눈은 맑고 솔직했다.

"그야 물론이지. 난 숨기는 거 없어. 다 까놓고 얘기했다고. 내가 지금 그 친구 의뢰를 맡았는데, 보니까 그 친구 주변에 이상한 놈들이 있어서 조심하는 거야."

"우리가 어제 내쫓은 녀석도 그들 중 하나였군."

"그래, 루크. 맞아."

"마일스를 보내 버린 것도 그 중 한 놈이었고."

스페이드가 고개를 저었다.

"그건 서스비였어."

“그럼 그자는 누가 죽였지?”

스페이드가 웃었다.

“그건 비밀인데, 하지만 자네한테만 말해 주겠네. 사실은 내가 죽였어. 경찰이 그렇게 얘기하더라고.”

루크가 자리에서 일어나며 툴툴거렸다.

“자넨 알다가도 모르겠다니까, 샘. 어쨌든 가 보자고. 잠깐 들여다보세.”

루크가 데스크에다 ‘카이로가 오면 전화하게끔 처리한’ 다음 두 사람은 카이로의 방으로 올라갔다. 침대는 부드럽고 깔끔했지만 쓰레기통에 쑤셔 박힌 종이와 비뚤비뚤하게 말린 블라인드, 화장실의 구겨진 수건들을 보니 객실 청소부가 그날 아침에 아직 들르지 않은 모양이었다.

카이로의 짐은 네모진 트렁크와 여행용 손가방, 글래드스턴 백이 전부였다. 화장실 수납장에는 갖가지 화장품이 있었다. 파우더와 크림, 연고, 향수, 로션, 화장수 등이 든 상자와 캔, 단지, 병 등이었다. 옷장에는 양복 두 벌과 코트가 걸려 있고 그 아래로 세심하게 구두 골을 끼워 놓은 신발 세 켤레가 놓여 있었다.

여행용 손가방과 더 작은 가방은 잠겨 있지 않았다. 루크가 트렁크 자물쇠를 따는 동안 스페이드는 다른 곳을 뒤졌다.

“이제까진 아무것도 없군.”

그들이 트렁크를 뒤지는 동안 스페이드가 말했다.

거기서도 흥미를 끌 만한 것은 나오지 않았다.

"우리가 찾아야 할 특별한 물건이라도 있나?"

루크가 다시 트렁크를 잠그며 물었다.

"아니. 카이로는 여기 오기 전에 이스탄불에 있었을 걸세. 그게 맞는지 확인해 보고 싶어서. 아직까지는 아니라는 증거는 없었네."

"그 친구 돈줄은 뭐야?"

스페이드가 고개를 저었다.

"그것도 알고 싶은 부분이지."

스페이드가 방을 가로질러 가서 휴지통 속을 들여다보았다.

"자, 이게 마지막이규"

스페이드가 휴지통에서 신문지를 꺼냈다. 그것이 하루 전 발행된 《콜》이라는 것을 알자 두 눈이 반짝였다. 신문은 항목별 광고란이 바깥으로 나오게 접혀 있었다. 그는 신문을 펼치고 광고란을 살펴보았지만 눈에 띄는 것은 아무것도 없었다.

스페이드는 신문을 돌려 안쪽 면을 보았다. 재무와 선박항해 기사, 날씨, 출생, 결혼, 이혼, 사망 기사가 실려 있었다. 왼쪽 아래 모퉁이 두 번째 칼럼 밑에서 약 5센티미터 정도 되는 공간이 잘려 나가고 없었다.

그 바로 위에는 '오늘 도착'이라는 작은 문구가 씌어 있고,

그 아래 다음 문구가 적혀 있었다.

12:20 A.M. — 애스토리아발 캐팩 호
5:05 A.M. — 그린우드발 헬렌 P. 드루 호
5:06 A.M. — 밴던발 알바라도 호

다음 줄은 잘려 나가서 '시드니발'이라는 것만 추측할 수 있었다.

스페이드는 《콜》을 책상에 내려놓고 다시 휴지통을 들여다보았다. 안에는 작은 포장지 조각과 끈, 양말 가격표 두 개, 남성복 매장에서 받은 양말 대여섯 켤레 영수증 그리고 맨 밑바닥에 작은 공 모양의 신문 쪼가리가 깔려 있었다.

스페이드는 신문 쪼가리를 조심스레 펴서 책상에 펼쳐 놓은 다음 《콜》의 잘린 부분에 대 보았다. 잘린 면은 딱 들어맞았는데, 쪼가리의 윗부분과 신문의 잘린 부분 사이에 배 예닐곱 대 도착 안내가 들어갈 만한 공간이 잘려져 나갔다. 그는 쪼가리를 뒤집어 봤지만 무의미한 주식 브로커 광고뿐이었다.

루크는 스페이드의 어깨 너머로 몸을 숙이며 물었다.

"이게 다 뭔가?"

"그 친구, 배에 흥미가 있나 보군."

"뭐, 그러지 말란 법은 없잖나?"

루크가 말하는 동안 스페이드는 잘린 면과 구겨진 쪼가리를 접어서 코트 주머니에 넣었다.

"여기 볼 일은 끝났나?"

루크가 물었다.

"그래. 정말 고맙네, 루크. 카이로가 들어오는 대로 전화해 주겠나?"

"물론이지."

스페이드는 《콜》 영업소에 가서 전날 신문 한 부를 사서 선박항해 기사 면을 펼쳐 카이로의 휴지통에서 가져온 것과 비교해 보았다. 사라진 부분은 다음과 같았다.

5:17 A.M. — 시드니와 파페에테발 타히티 호

6:05 A.M. — 애스토리아발 애드머럴 피플스 호

8:07 A.M. — 산페드로발 캐도피크 호

8:17 A.M. — 홍콩발 라 팔로마 호

9:03 A.M. — 시애틀발 데이지 그레이 호

스페이드는 목록을 천천히 읽은 뒤 '홍콩'에 손톱으로 밑줄을 긋고 주머니칼로 도착 목록을 잘라낸 뒤 남은 신문과 카이로의 신문을 휴지통에 버리고 사무실로 돌아왔다.

스페이드는 책상에 앉아 전화번호부에서 번호 하나를 찾아 전화를 걸었다.

"커니가 하나 넷 영 하나 부탁합니다. ……어제 아침 홍콩서 도착한 '팔로마 호'가 어디 정박해 있죠?"

스페이드가 질문을 다시 한 번 되풀이했다.

"고맙습니다."

스페이드가 엄지로 수화기 걸이를 잠시 누르고 있다가 손을 떼고 말했다.

"대번포트 둘 영 둘 영이오. ……형사국 부탁합니다. ……폴하우스 경사 있습니까? ……감사합니다. ……여보세요. 톰, 샘 스페이드네. ……그래, 어제 오후에 전화했었네. ……물론, 같이 점심이나 하지. ……알았네."

스페이드는 여전히 수화기를 든 채 후크를 눌렀다 떼었다.

"대번포트 다섯 하나 일곱 영 부탁합니다. ……여보세요. 새뮤얼 스페이듭니다. 내 비서가 어제 전화 메시지를 받았는데, 바이런 씨가 날 보자고 하셨다더군요. 언제가 편하신지 여쮜봐 주시겠어요? ……네, 스페이드요. S-p-a-d-e."

긴 침묵.

"네. ……2시 30분이요? 좋습니다. 고맙습니다."

스페이드가 다섯 번째 전화를 걸었다.

"여보세요. 자기, 시드 좀 바꿔 주겠어? ……여보세요. 시드, 샘이야. 오늘 오후 2시 30분에 지방 검사랑 데이트가 잡혔어. 한 4시쯤 여기저기 전화 좀 해주겠나? 혹시 문제 생기지 않도록 말이네. ……토요일 오후에 골프 약속 있다고? 내가 알게 뭔가. 자네 일은 내가 감방에 가지 못하게 하는 거라고. ……좋아, 시드. 끊네.”

스페이드는 전화기를 밀어 놓고 하품을 한 뒤 시원하게 기지개를 켜고 멍든 관자놀이를 한번 만져 보고 시계를 본 뒤 담배를 말아 피웠다. 그가 졸린 눈으로 담배를 피우고 있을 때 에피 페린이 들어왔다.

에피 페린은 밝은 눈과 발그레한 얼굴로 방긋 웃으며 들어왔다.

“테드 말이 그럴 수도 있대요. 그게 사실이면 좋겠대나요. 그 분야의 전문가는 아니지만 이름과 날짜도 맞고 당신이 말해 준 권위자들이나 그들 작품은 터무니없는 엉터리가 아니래요. 엄청 흥분하던데요.”

“그거 잘됐군, 너무 열이 올라서 그게 사기인지 아닌지 파고들지만 않는다면.”

“오, 아니에요. 테드는 그런 사람 아녜요! 그러기에는 자기 분야에서 너무 잘나가고 있다고요.”

“으응, 페린 가문 사람들은 모조리 훌륭하지. 당신과 당신 코에 묻은 검댕 자국까지도.”

"테드는 페린 가문이 아니라 크리스티 가문이에요." 에피가 고개를 숙여 화장 상자 거울에 코를 비춰 보았다. "화재가 났을 때 묻은 게 틀림없어요."

에피가 손수건 한끝으로 검댕 자국을 문질렀다.

"페린 크리스티 가문의 열의 때문에 버클리에 불이라도 났나?"

에피가 핑크색 파우더로 코를 두드리며 스페이드에게 인상을 썼다.

"돌아오는 길에 보니까 웬 배에 불이 났더라고요. 부두 밖으로 예인하고 있었는데, 연기가 우리 여객선으로 죄 날아왔어요."

스페이드는 의자 팔걸이에 손을 얹었다.

"혹시 그 배 이름 봤어?"

"네. 라 팔로마 호였어요. 근데 왜요?"

스페이드가 쓸쓸하게 웃으며 대꾸했다.

"빌어먹을, 나도 왜 그런지 알면 좋겠구먼, 누이."

15장

또라이들

스페이드와 폴하우스 경사는 스테이츠호프브라우에 있는 빅존스 식당에서 저민 돼지다리를 뜯었다.

폴하우스가 연한 살덩어리를 포크로 찍어 입으로 가져가려다가 말했다.

"이봐, 내 얘기 좀 들어 보라고, 샘! 어젯밤 일은 잊어버리게. 분명 경위가 잘못한 거지만, 그런 식으로 놀리면 꼭지 돌기 딱이라는 건 자네도 알잖아."

스페이드는 생각에 잠긴 얼굴로 폴하우스를 바라보았다.

"그런 얘기나 하려고 보자고 한 건가?"

폴하우스가 고개를 끄덕이고 넘치는 살덩어리를 입에 넣어 삼킨 뒤 간신히 한 마디 했다.

"주로."

"던디가 시켰나?"

폴하우스의 입이 역겹다는 듯 일그러졌다.

"아니라는 거 자네도 알잖나. 경위도 자네만큼이나 황소고
집 아닌가."

스페이드가 미소를 지으며 고개를 저었다.

"아니. 그렇지 않아, 톰. 그건 경위 혼자 생각일 뿐이야."

톰은 돼지다리를 노려보며 나이프로 썰었다. 그가 투덜댔다.

"언제까지 애들처럼 그럴 건가? 뭐가 그렇게 못마땅한 건
데? 경위는 자네한테 해를 끼치지 않았어. 이긴 건 자네고. 그
런데 불평할 게 뭐가 있냐고? 자꾸 그래 봐야 불행만 자초할
뿐이야."

스페이드가 나이프와 포크를 접시에 조심스레 내려놓고 접
시 옆에 양손을 얹었다. 희미한 미소에는 온기라곤 찾아볼 수
없었다.

"이 도시의 짭새란 짭새가 모두 한통속이 돼서 야근까지 하
면서 나를 옭아매려 끙끙대고 있는데 조금 더 불행하다고 상
관있겠나. 그 정도는 느끼지도 못할 텐데."

폴하우스의 얼굴이 벌게졌다.

"참 훌륭하신 말씀이로군."

스페이드는 나이프와 포크를 집고 돼지고기를 먹기 시작했
다. 폴하우스도 포크를 집었다.

잠시 후 스페이드가 물었다.

"부두에서 일어난 화재 봤나?"

"연기는 봤지. 제발 성질 좀 죽이게, 샘. 던디 경위도 자기가 틀렸다는 걸 알고 있네. 이제 그쯤에서 그만두는 게 어때?"

"내가 가서 그 친구한테 내 턱을 치느라 당신 주먹이 다치지 않았으면 좋겠다는 소리라도 하라는 건가?"

폴하우스가 돼지다리 고기를 사납게 잘랐다.

"필 아처가 따끈따끈한 정보라도 주던가?"

스페이드가 말했다.

"거, 정말! 던디 경위는 자네가 마일스를 쐈다고 생각하지 않아. 하지만 단서를 추적하는 것 말고 경위가 뭘 할 수 있겠나? 자네가 그 자리에 있었더라도 똑같이 했을 기야. 자네노 알잖아."

"정말 그럴까?" 스페이드의 두 눈에 악의가 번쩍였다. "경위는 왜 내가 범인이 아니라고 생각하게 됐지? 자네는 왜 내가 아니라고 보고? 아니지. 자네가 아닌 건 맞기는 한 건가?"

폴하우스의 벌건 얼굴이 더 벌게졌다.

"마일스는 서스비가 쐈네."

"자네 생각이 그렇단 거겠지."

"서스비가 맞네. 그 웨블리 권총은 그자의 것이었고, 마일스 몸에서 나온 총알은 그 총에서 발사된 걸세."

"확실한가?"

스페이드가 따져 물었다.

"결단코 확실하네. 서스비가 머무르던 호텔의 보이를 찾았는데, 그 녀석이 바로 그날 아침에 서스비 방에서 그 권총을 봤네. 그런 권총은 처음 보는 거라 눈여겨보았다더군. 나도 처음 봤네. 자네도 그게 더 이상 생산되지 않는다고 했잖나. 주변에 그 물건이 더 있을 것 같지는 않아. 어쨌거나 그게 서스비의 권총이 아니라면 그의 권총은 어떻게 됐다는 건가? 마일스 시신에 박힌 총알이 그 권총에서 나온 것인 바에야."

폴하우스가 빵 조각을 입에 가져가다 말고 말했다.

"자네 그거 전에도 본 적 있다고 했지. 그게 어디였나?"

폴하우스가 입에 빵을 넣었다.

"전쟁 전에 영국에서."

"그래, 그렇겠지." 스페이드가 고개를 끄덕이며 말했다. "그렇게 되면 내가 죽인 건 서스비뿐이군."

폴하우스는 의자에 앉아 어쩔 줄 모르며 얼굴이 벌겋게 번들거렸다.

"제길, 언제까지 물고 늘어질 셈인가?" 폴하우스가 진지한 얼굴로 항변했다.

"그건 이제 끝난 일이야. 자네도 나만큼이나 잘 알잖나. 그런 식으로 투정부리는 꼴을 보니 탐정답지 않군. 자네도 우리처럼 다른 사람들한테 속임수를 쓰지 않나?”

“나한테 속임수를 쓰려고 해봤다는 얘기겠지, 톰. 먹혀든 게 아니라.”

폴하우스는 낮은 소리로 욕지거리를 하며 돼지다리의 남은 부분을 공격했다.

스페이드가 다시 입을 열었다.

“좋아. 내 문제가 끝났다는 건 자네도 알고 나도 알지. 그럼 던디는 뭘 알지?”

“던디도 끝났다는 거 알아.”

“뭣 때문에 정신을 차리셨나?”

“아유, 샘, 던디는 정말로 자네가 그랬다고 생각한 적…….” 스페이드가 웃음을 터뜨리는 바람에 폴하우스가 말을 멈췄다. 그는 그 문장을 끝내지 않고 말했다. “서스비의 신원을 파헤쳐 냈네.”

“그래? 뭐 하는 작자였어?”

폴하우스의 작고 기민한 갈색 눈이 스페이드의 얼굴을 살폈다. 스페이드가 짜증스레 소리쳤다.

“이 사건에 대해 똑똑한 자네들이 생각하는 것의 절반만이라도 알았으면 오죽 좋을까!”

폴하우스가 툴툴거렸다.

“그건 나도 마찬가질세. 에, 우리가 처음 들은 바로는 세인트루이스의 총잡이였어. 거기서 이런저런 일로 여러 차례 구속되었지만 갱단 일원이라서 한 번도 제대로 처벌받지 않았더군. 그자가 어떻게 그 보금자리를 떠나게 됐는지는 모르겠지만 뉴욕에서 경찰이 스터스 카드 게임 판을 습격하는 바람에(자기 여자가 경찰에 찔렀지.) 잡혀가 1년 동안 복역하던 중 팰런이 꺼내 줬어. 일이 년 뒤에 졸리엣에서 만난 여자친구 때문에 짜증이 나 권총을 휘둘러서 잠시 감방에 들어갔지만 그 후 딕시 모나헌과 어울리기 시작한 뒤로는 잡혀 들어갈 때마다 속속 빠져나왔어. 딕시가 시카고 도박판의 거물인 그리스인 닉과 맞먹을 정도로 잘나갈 때 얘기지. 서스비는 딕시의 경호원이었는데, 딕시가 다른 녀석들에게 진 빚을 갚을 수 없었는지 일부러 갚지 않았는지 어쨌든 그들의 미움을 사자 딕시랑 같이 달아났네. 그게 두어 해 전으로, 뉴포트 해변의 보트 클럽이 문을 닫았을 무렵이야. 딕시가 그 일과 관련이 있는지 어떤지는 모르겠고. 하여간 그 후로 딕시나 서스비가 모습을 나타낸 건 이번이 처음이야."

"딕시도 나타났나?"

폴하우스가 고개를 저었다.

"아니." 폴하우스가 작은 눈으로 날카롭게 스페이드를 살피며 덧붙였다. "자네가 직접 봤거나 본 사람을 안다면 모르겠지만."

스페이드는 느긋하게 의자에 몸을 기대고 담배를 말기 시작했다. 그가 부드럽게 말했다.

"난 못 봤어. 다 처음 듣는 소리야."

"그런 것 같군."

폴하우스가 코웃음을 쳤다.

"서스비에 관한 정보는 다 어디서 얻었나?"

스페이드가 씩 웃고 나서 물었다.

"몇 가지는 기록에 나와 있었어. 나머지는, 뭐, 여기저기서 구했지."

"이를테면 카이로한테서?"

이제는 스페이드의 눈이 살피는 듯 빛났다.

폴하우스가 커피 잔을 내려놓으며 고개를 저었다.

"하나도 못 건졌어. 자네가 길을 잘못 들여 놔서 우리한텐 입도 뻥끗 안 했다고."

스페이드가 껄껄 웃었다.

"자네나 던디 같은 일류 형사 나리가 밤새 그 은방울꽃을 쥐어짰는데 아무것도 건지지 못했단 말인가?"

폴하우스가 반박했다.

"무슨 소린가, 밤새라니? 고작해야 한두 시간 얘기했는데. 아무것도 나오지 않을 것 같아서 그냥 내보냈단 말일세."

스페이드는 다시 웃음을 터뜨리고 손목시계를 보았다. 그는 가게 주인에게 눈짓으로 계산서를 청했다.

"오늘 오후에 지방 검사와 데이트가 잡혔네."

거스름돈을 기다리는 동안 스페이드가 말했다.

"그쪽에서 만나자고 했나?"

"그래."

폴하우스가 의자를 뒤로 밀고 드럼통 같은 배에 거구의 몸을 일으켰다. 옹골지고 냉담한 얼굴이었다.

"내가 이런 얘기 했다는 거 던디한테 말하면 안 되네."

삐삐 마르고 귀가 툭 불거진 청년이 스페이드를 검사실로 안내했다. 스페이드는 편안하게 웃으며 들어가서 편안하게 이야기했다.

"안녕하십니까, 브라이언 검사님!"

지방 검사 브라이언은 일어나서 책상 너머로 손을 내밀었다. 중키에 금발 머리 사내로, 마흔다섯쯤 되었고 검정 테의 코안경 뒤로 호전적인 파란 눈이 빛났다. 입은 연설가처럼 두툼했고 넓적한 턱은 움푹 꺼져 있었다. 그가 "어서 오게, 스페이드."라고 말하자 그의 잠재된 힘을 보여 주듯 목소리가 강하게 울렸다.

그들은 악수를 나눈 뒤 자리에 앉았다.

지방 검사는 책상 위에 있던 진주 단추 넷 가운데 하나를 손가락으로 누르더니 다시 문을 열고 들어온 빼빼 마른 청년에게 말했다.

"토머스 씨와 힐리 씨 좀 들어오라고 해." 그러고는 의자를 뒤로 눕히고 유쾌한 얼굴로 스페이드에게 말했다. "자네, 경찰이랑 사이가 별로인 것 같더군."

스페이드가 오른손 손가락을 느긋하게 움직이며 가볍게 대꾸했다.

"별 건 없습니다. 던디가 너무 열을 올리는 거죠."

문이 열리고 두 사람이 들어왔다. 스페이드가 "잘 지냈나, 토머스!" 하고 부른 사람은 서른 살의 검게 그을린 다부진 사내로, 옷과 머리가 하나같이 제멋대로였다. 그는 주근깨투성이 손으로 스페이드의 어깨를 두드리며 "재미가 이띠신사?"라고 인사하고는 스페이드 옆에 앉았다. 또 다른 사내는 더 젊고 얼굴에 핏기가 없었다. 그는 나머지 둘과 조금 떨어진 곳에 자리를 잡은 뒤 초록색 연필을 쥐고 무릎에 속기사 공책을 올려놓았다.

스페이드는 그쪽을 흘끗 보고 킥킥거리더니 브라이언에게 물었다.

"내 말이 내게 불리한 증거로 사용될 거란 얘깁니까?"

지방 검사가 웃었다.

"그야 늘 그렇지."

지방 검사가 안경을 벗어서 쳐다보고는 다시 코에 걸었다. 그가 안경알을 통해 스페이드를 보며 물었다.

"서스비는 누가 죽였나?"

"모릅니다." 스페이드가 말했다.

브라이언은 엄지와 다른 손가락으로 검은 안경테를 문지르며 다 안다는 듯이 말했다.

"아마도 모른다는 건 맞겠지만 추측은 할 수 있을 텐데."

"아마 그렇겠지만, 안 하렵니다." 지방 검사가 눈썹을 치켜떴다. "안 하겠다고요." 스페이드가 되풀이했다. 목소리가 차분하게 가라앉았다. "제 추측은 훌륭할 수도 있고 형편없을 수도 있지만, 제 어머니는 지방 검사와 지방 검사보와 속기사 앞에서 추측을 얘기할 정도로 자식들을 어벙하게 키우지 않았거든요."

"숨길 게 없다면 말 안 하는 이유가 뭔가?"

"누구나 숨길 건 있습니다."

스페이드가 부드럽게 대답했다.

"그럼 자네가 숨길 건?"

"우선 제 추측이 그렇죠."

지방 검사는 책상을 내려다보다가 다시 스페이드를 쏘아보았다. 그는 안경을 코에 좀 더 잘 걸었다.

"속기사가 없는 게 좋다면 내보낼 수도 있네. 그를 들어오게 한 건 편의를 위해서였을 뿐이네.”

“저 친구는 아무래도 상관없습니다. 뭐든 스스로 내뱉은 말이라면 기록으로 남기고 서명할 용의가 있습니다.”

“우린 자네한테 서명시킬 생각이 없는데.” 브라이언이 스페이드를 안심시켰다. “이걸 공식 취조로 받아들이지 않았으면 하네. 경찰이 지어낸 듯한 그 가설을 내가 믿는다고(확신은 고사하고) 생각하지도 말았으면 하네.”

“안 믿는다고요?”

“조금도 안 믿네.”

스페이드가 한숨을 쉬며 다리를 꼬았다.

“그거 반가운 말씀이네요.”

주머니에 손을 넣어 담배와 종이를 찾으며 스페이드가 물었다.

“그럼 검사님의 가설은 뭡니까?”

브라이언은 의자에서 몸을 앞으로 숙였고 두 눈은 안경 렌즈처럼 단단하고 반짝거렸다.

“아처더러 서스비를 미행하라고 시킨 게 누군지 말해 주면 누가 서스비를 죽였는지 말해 줌세.”

스페이드는 조소하듯 짧게 웃었다.

“던디만큼이나 헛짚으셨습니다.”

“오해하지 말게, 스페이드.” 브라이언이 주먹으로 책상을 두드리며 말했다. "내 말은 자네 의뢰인이 서스비를 죽였다거나 죽이라고 사주했다는 이야기가 아니라, 누가 의뢰인인지 아니면 의뢰인이었는지 알면 누가 서스비를 죽였는지 단번에 알게 된다는 뜻일세."

스페이드는 담배에 불을 붙여 한 모금 빤 뒤 연기를 힘껏 뿜어내며 어리둥절한 얼굴로 말했다.

"무슨 말씀인지 잘 모르겠는데요."

"그런가? 그럼 이렇게 말해 보지. 딕시 모나헌은 어디 있나?"

스페이드는 여전히 어리둥절해 보였다.

"그렇게 말씀하셔도 마찬가진데요. 무슨 소린지 잘 모르겠습니다."

지방 검사는 안경을 벗어 들고 강조하듯 흔들었다.

"우린 서스비가 모나헌의 경호원이었다는 것과 모나헌이 시카고에서 빠져나가기로 마음먹고 서스비와 함께 떠났다는 것을 알고 있네. 모나헌이 약 20만 달러에 해당하는 빚을 떼어먹고 사라졌다는 것도 알지. 그렇지만 채권자가 누군지는 아직 모르네." 지방 검사는 안경을 도로 끼고 험상궂게 웃었다. "하지만 빚을 떼먹고 도망친 도박꾼과 그 경호원을 채권자들이 발견했을 때 두 사람에게 어떤 일이 벌어질지는 누구라도 알수 있지. 전례도 있고."

스페이드는 혀로 입술을 빨며 흉측한 웃음을 지었다. 찌푸린 눈썹 아래서 두 눈이 반짝였다. 벌게진 목덜미가 칼라 밖으로 불거져 나올 만큼 부풀었다. 그가 쉰 듯한 목소리로 낮지만 격한 어조로 말했다.

"그래서 무슨 말을 하고 싶으신 겁니까? 제가 채권자들 대신 서스비를 죽였다는 건가요? 아니면 제가 그들이 서스비를 죽이도록 그를 찾아 주기라도 했단 건가요?"

지방 검사가 항변했다.

"아니야, 그런 말이 아니라고! 내 말을 오해했군."

"부디 오해였으면 좋겠습니다."

"그런 말씀이 아니시네."

토머스가 끼어들었다.

"그럼 무슨 말씀이지?"

브라이언이 손을 흔들며 다시 말했다.

"난 그저, 그게 뭔지도 모르고 자네가 개입됐을지도 모른다는 얘길세. 그러면……."

"이제 알겠군요. 검사님은 제가 나쁜 놈이라고 생각하는 게 아닙니다. 단지 제가 멍청한 놈이라고 생각할 뿐이죠."

스페이드가 비웃듯 말했다.

"그럴 리가 있나. 누가 자네에게 찾아가서 모나헌을 찾아 달라면서 그가 이곳에 있다고 생각할 만한 이유를 자네에게 제

시했다고 해보세. 그렇다면 그자는 자네한테 완전히 날조된 얘기를 들려줄 수도 있어. 열에 하나는 실제로도 그랬을 테고. 아니면 자신이 도망친 채무자라면서 자세한 내용은 말하지 않을 수도 있지. 자네가 그 뒤에 어떤 사연이 숨어 있는지 어떻게 알겠나? 그게 평범한 탐정이 처리할 수 있는 일이 아니라는 걸 어떻게 알겠냐고? 그런 상황이라면 자네가 한 일에 책임을 물을 수는 없을 걸세." 지방 검사가 인상적일 만큼 목소리를 낮추며 또렷또렷하게 말했다. "자네가 스스로 살인자의 정체를 밝히거나 살인범을 체포할 수 있는 정보를 숨겨서 공범이 되지 않는 이상 말일세."

스페이드의 얼굴에서 분노가 사라졌다. 그가 질문할 때도 더 이상 분노가 어려 있지 않았다.

"그런 말씀이었습니까?"

"그렇네."

"좋습니다. 그럼 화낼 필요는 없군요. 하지만 검사님은 틀렸습니다."

"증명해 보게."

스페이드는 고개를 가로저었다.

"지금은 입증할 수 없습니다. 말씀은 드릴 수 있지만요."

"그럼 말해 보게."

"딕시 모나헌을 어떻게 해달라고 저에게 의뢰한 사람은 없습니다."

브라이언과 토머스가 시선을 교환했다. 브라이언이 다시 스페이드를 바라보며 물었다.

"하지만 자네도 인정했다시피 누군가 모나헌의 경호원 서스비에 관해 뭔가 해달라고 한 것은 맞지 않나?"

"네, 모나헌의 옛 경호원 서스비죠."

"옛 경호원이라고?"

"네."

"서스비가 모나헌과 더 이상 관련이 없다는 게 사실인가? 확실해?"

스페이드는 손을 뻗어 책상 위에 있는 재떨이에 담배꽁초를 버렸다. 그가 무심하게 말했다.

"제 의뢰인이 모나헌에게 관심이 없었다는 것, 아니 관심을 아예 보이지도 않았다는 것 외에 확실한 건 없습니다. 듣자 하니 서스비가 모나헌을 동양으로 데려갔는데 거기서 모나헌이 사라졌다더군요."

브라이언과 토머스가 다시 눈길을 주고받았다.

토머스가 사무적인 말투로도 흥분을 감추지 못하고 말했다.

"그렇다면 또 다른 가능성이 열리는군. 모나헌의 친구들이 모나헌을 버렸다는 이유로 서스비를 없애 버렸을 수도 있겠어."

"죽은 도박꾼한테 친구는 무슨."

스페이드가 중얼거렸다.

"이로써 두 가지 길이 열리는군."

브라이언이 말했다. 그는 의자에 등을 기댄 채 몇 초 동안 천장을 응시하다가 재빠르게 몸을 일으켰다. 연설가 같은 그의 얼굴이 환하게 빛났다.

"세 가지로 좁혀지네. 첫째, 서스비는 시카고에서 모나헌한테 돈을 떼먹힌 도박꾼들이 죽였네. 서스비가 모나헌을 버렸다는 걸 모르고 혹은 믿지 않고 서스비를 죽인 거지. 그가 모나헌의 경호원이었기 때문일 수도 있고, 혹은 서스비를 처치하고 모나헌에게 접근하려고 했을 수도 있고, 혹은 서스비가 그들을 모나헌에게 인도하지 않으려 했기 때문일 수도 있지. 둘째, 서스비는 모나헌의 친구들이 죽였네. 셋째, 서스비는 모나헌을 그의 적들에게 넘겨준 뒤 그들과 사이가 틀어져서 살해됐네."

스페이드가 즐거워 죽겠다는 듯 미소를 지으며 말했다.

"아니면 넷째, 늙어서 죽었죠. 설마 진짜로 그렇게 생각하시는 건 아니겠죠?"

두 사내는 스페이드를 응시할 뿐 말이 없었다. 스페이드는 두 사람을 번갈아 보며 웃은 뒤 짐짓 딱하다는 듯 고개를 내저었다.

"아놀드 로스스틴(도박꾼. 1919년 메이저리그 월드시리즈 조작극의 배후 인물로, 1928년 뉴욕 파크센트럴 호텔에서 벌어진 포커 게임 도중 총에 맞아 죽었다. — 옮긴이)이라도 생각났나 보군요."

브라이언이 왼쪽 손등으로 오른쪽 손바닥을 내리쳤다.

"이 셋 가운데 해결책이 있네."

더 이상 잠재된 힘을 숨기는 목소리가 아니었다. 브라이언이 검지만 똑바로 펴고 주먹을 꽉 쥔 오른손을 위로 올렸다 내리면서 손가락으로 스페이드 가슴팍을 정면으로 가리켰다.

"셋 중 어느 쪽이 정답인지 결정할 수 있는 정보는 자네가 쥐고 있네."

그 목소리는 브라이언의 잠재된 힘을 보여 주듯 강하게 울렸다.

스페이드는 "그래요?"라며 느른하게 대꾸했다. 침울한 얼굴이었다. 그는 손가락으로 아랫입술을 만지고 다시 그 손가락을 들여다보더니 그것으로 뒷목을 긁었다. 짜증스러운 듯 이마에 실주름이 잡혔다. 그는 크게 콧김을 내뿜고 기분 나쁜 목소리로 으르렁댔다.

"브라이언 검사님, 당신한테는 제가 줄 수 있는 종류의 정보는 필요 없을 겁니다. 당신은 어차피 그걸 써 먹을 수가 없습니다. 그렇게 되면 도박꾼의 복수에 관한 시나리오는 물 건너가게 되거든요."

브라이언은 자세를 고쳐 똑바로 앉아 어깨를 폈다. 목청을 높이지는 않았지만 근엄한 목소리였다.

"그건 자네가 판단할 일이 아닐세. 옳든 그르든, 여하간 지방 검사는 나니까."

스페이드의 입술이 올라가며 송곳니가 드러났다.

"이거 비공식 대화인 줄 알았는데요."

"난 스물네 시간 내내 법을 집행하는 공무원이네. 공식적이든 비공식적이든 범죄의 증거를 내게 숨기는 건 정당화될 수 없어." 브라이언이 의미심장하게 고개를 끄덕였다. "물론 예외는 있지. 헌법에 보장된 근거가 있다면 말일세."

"자신에게 불리한 진술을 하지 않을 수 있다는 근거 말인가요?" 스페이드가 물었다. 목소리는 평온하고 거의 재미있어 하는 듯했지만 얼굴은 그렇지 못했다. "음, 저는 그보다 나은 근거, 아니 저에게 더 맞는 근거가 있지요. 제 의뢰인은 비밀을 유지할 정당한 권리가 있습니다. 저를 대배심이나 심지어 검시 배심에 불러다 놓고 진술을 하게 할 수도 있겠지만, 전 아직 어느 쪽에서도 소환되지 않았고, 어쩔 수 없는 상황이 아닌 이상 절대로 의뢰인이 무엇을 의뢰했는지 떠벌리고 다니지 않을 겁니다. 또 검사님과 경찰 양쪽 다 저한테 지난번 살인 사건에 대한 혐의를 제기했지요. 제가 아는 한 당신들이 내게 덮어씌우려는 문제에서 벗어날 최선의 방법은 살인범을 데려오는 겁니다. 꽁꽁 묶어서요. 그리고 그들을 잡아올 수 있는 유일한 길은 검찰이나 경찰과 거리를 두는 겁니다. 둘 다 지금 뭔 일이 일어나는지 감도 못 잡고 있거든요." 스페이드가 일어나서 어깨 너머로 고개를 돌리며 속기사에게 말했다. "제대로 적었나, 애송이? 내 말이 너무 빨랐나?"

속기사는 놀란 눈으로 스페이드를 보더니 대답했다.

"아닙니다, 선생. 제대로 적었습니다."

"잘했군." 스페이드가 다시 브라이언에게 고개를 돌렸다. "자, 위원회에 가서 내가 정의에 장애가 되므로 내 면허를 취소하라고 요청하고 싶으시다면, 어서 가시죠. 전에도 그렇게 했다가 동네방네 웃음거리만 된 적이 있었던가요."

스페이드가 모자를 들었다.

"하지만 이보게……" 브라이언이 급히 말했다.

"이런 비공식적인 대화는 이제 사절입니다. 당신에게든 경찰에게든 할 말 없을뿐더러 공직에 있는 또라이란 또라이는 다 날 이러쿵저러쿵 짓씹는 것도 질렸소이다. 날 보고 싶으면 체포하든지 소환하든지 하시죠. 변호사랑 같이 올 테니."

스페이드는 모자를 쓰고 "사인 심리 때 만납시다."라고 던지듯 말하고는 휙 나가 버렸다.

16장

세 번째 살인

스페이드는 수터 호텔로 들어가 알렉산드리아 호텔로 전화를 걸었다. 거트먼은 없었다. 다른 일당도 없었다. 이번에는 벨비데레 호텔로 전화했다. 카이로는 그날 내내 안 들어왔다고 했다.

스페이드는 사무실로 돌아갔다.

눈에 띄는 옷을 입고 기름이 줄줄 흐르는 거무튀튀한 사내가 바깥 사무실에서 기다리고 있었다. 에피 페린이 사내를 가리키며 말했다.

"이 신사 분께서 뵙고 싶으시데요, 스페이드 탐정님."

스페이드가 미소를 지으며 고개를 숙여 인사한 뒤 개인 사무실 문을 열었다.

"들어오시지요."

사내를 따라 들어가기 전에 스페이드가 에피 페린에게 말했다.

"그 문제에 관해 소식 없고?"

"네, 탐정님."

거무튀튀한 남자는 마켓가에 있는 극장의 소유주였다. 한 출납원과 수위가 손을 잡고 자기에게 사기를 치려는 것 같다는 얘기였다. 스페이드는 서둘러 그의 사정 얘기를 들은 뒤 "처리해 주겠다."고 약속한 뒤 착수금으로 오십 달러를 받고 삼십 분도 못 되어 그를 내보냈다.

극장 사장이 나가고 바깥 사무실 문이 닫히자 에피 페린이 개인 사무실로 들어왔다. 햇볕에 검게 그을린 그녀의 얼굴이 수심과 의혹으로 그늘져 있었다.

"아직 못 찾았어요?"

스페이드는 고개를 가로젓고 손끝으로 멍든 관자놀이를 가볍게 문질렀다.

"좀 어때요?"

"다른 건 괜찮은데 머리가 깨질 것 같아."

에피가 스페이드의 뒤로 돌아가서 그의 손을 내리고 가녀린 손가락으로 그의 관자놀이를 쓰다듬어 주었다. 스페이드가 머리를 그녀의 가슴에 기댔다.

"자기는 천사야."

에피가 스페이드의 머리 위로 고개를 숙이고 그의 얼굴을
쳐다보았다.

"오쇼네시 양을 찾아야 해요, 샘. 하루가 넘었는데 그녀
는……"

스페이드가 진저리를 치며 짜증스레 말을 끊었다.

"딱히 방법도 없지만, 이 빌어먹을 머리를 일이 분만 쉬게
해주면 나가서 찾을게."

에피는 "우리 불쌍한 머리." 하고 웅얼거리고 잠시 말없이
쓰다듬었다. 그러고는 물었다.

"어디 있는지 알아요? 짐작 가는 데라도 없나요?"

전화벨이 울렸다. 스페이드가 전화를 받았다.

"여보세요. 그래, 시드. 잘 끝났네. 고마워. ……아니. ……물
론이지. 검사가 거만하게 나오기에 나도 배짱 좀 튀겼지. ……그
는 '도박꾼들의 전쟁'이라는 몽상을 품고 있더군. ……뭐, 헤어
질 때 키스는 하지 않았어. 멋대로 해보라고 하고 그냥 나와
버렸네. ……그건 자네가 신경 좀 써 주게. ……그래, 끊어."

스페이드는 전화기를 내려놓고 다시 의자에 기댔다.

에피 페린이 스페이드의 옆으로 다가섰다. 그녀가 따지듯
캐물었다.

"오쇼네시 양이 어디 있는지 알겠냐고요, 샘."

"어디로 갔는지는 알지."

스페이드가 마지못해 대답했다.

"어딘데요?"

에피가 흥분한 얼굴로 물었다.

"자기가 불이 났다고 했던 배야."

에피의 눈이 둥그레지면서 갈색 눈동자를 둘러싼 흰자위가 커졌다.

"당신 거기 갔었군요."

그것은 질문이 아니었다.

"아니."

"샘, 오쇼네시 양은 어쩌면……."

에피가 화난 목소리로 외쳤다.

스페이드가 퉁명스럽게 대꾸했다.

"오쇼네시는 제 발로 배에 탄 거야. 납치된 게 아니라고. 에피 집에 가지 않고 배에 탄 거야. 배가 항구에 들어왔다는 걸 알았던 거지. 뭐, 아무렴 어때? 내가 의뢰인들마다 쫓아다니며 '당신을 도와주게 해달라.'고 빌기라도 해야 하나?"

"하지만 샘, 내가 말했잖아요. 그 배는 불이 났었다고요."

"그땐 점심시간이었고, 난 폴하우스랑 브라이언과 약속이 겹쳤었다고."

에피는 눈을 찡그리며 노려보았다.

"샘 스페이드, 당신은 자신이 필요할 때면 언제든 신의 피조

물 중 누구보다 더 비열해질 수 있는 사람이었군요. 오쇼네시 양이 뭔가를 숨기고 마음대로 행동했다는 이유로, 당신은 그녀가 위험해 빠져 큰일을 당할지도 모른다는 걸 뻔히 알면서도 가만히 앉아서 모른 체하다니. 당신도 그녀가 혹시……."

스페이드의 얼굴이 벌게졌다. 그가 고집스레 말했다.

"그 여자는 자기 몸 정도는 제대로 건사할 줄 알고, 자기가 필요하다고 생각하면, 또 그게 편리하다고 생각하면 어디에 도움을 청해야 하는지 너무 잘 안다고."

"심술궂기는! 당신이 삐진 건 오쇼네시 양이 당신한테 숨기고 혼자 행동했기 때문이에요. 그러면 왜 안 되죠? 당신은 딱히 정직한 사람도 아니고, 그녀가 당신을 완벽히 신뢰할 정도로 솔직하지도 않았는데."

"그만 해."

스페이드의 어조에 눌려 에피의 이글거리는 눈에 잠시 불안한 빛이 스쳤지만 머리를 한번 흔들자 불안한 기색도 사라졌다. 작은 입은 파르르 떨고 있었다.

"샘, 당신이 지금 당장 가 보지 않는다면 내가 가겠어요. 내가 경찰을 데리고 갈 거라고요."

떨리고 갈라진 에피의 목소리는 너무 가냘파서 금방이라도 울음을 터뜨릴 것 같았다.

"오, 샘, 제발 좀 가 보세요!"

스페이드가 에피에게 성질을 부리며 벌떡 일어났다. 그러고는 소리쳤다.

"젠장! 그 꽥꽥거리는 소리 듣고 골치를 앓느니 나가는 게 차라리 낫겠다." 스페이드는 시계를 보았다. "에피는 문 잠그고 그만 집에 가봐."

"안 가요. 당신이 돌아올 때까지 여기서 기다릴 거예요." 에피가 말했다.

스페이드는 "좋을 대로 하시죠." 하고 모자를 썼다가 아픈 듯 몸을 움칠하고는 모자를 도로 벗어 손에 들고 밖으로 나갔다.

한 시간 반 뒤인 5시 20분에 스페이드가 돌아왔다. 쾌활해 보였다. 그가 들어오며 물었다

"요즘 이렇게 까다로워진 이유가 뭐지, 자기?"

"나요?"

"그래, 자기 말이야."

스페이드가 에피 페린의 콧잔등을 손가락으로 꾹 눌렀다. 그는 그녀의 팔꿈치 아래로 양손을 넣어 그녀를 일으켜 세운 뒤 턱에 키스했다. 그가 다시 그녀를 의자에 앉힌 뒤 물었다.

"나 없는 동안 별 일 없었고?"

"루크였나요? 벨비데레 호텔에서 전화해서 카이로가 돌아왔다고 말했어요. 삼십 분 전에요."

스페이드는 입을 다문 채 성큼 뒤로 돌아 다시 문을 향해 걸어갔다.

"그 여자 찾았어요?"

에피 페린이 외쳤다.

"돌아와서 얘기해 줄게."

스페이드가 서둘러 나가며 말했다.

사무실에서 나온 지 십 분 뒤 스페이드는 벨비데레 호텔 앞에서 택시를 내렸다. 그는 로비에서 루크를 발견했다. 루크가 다가오며 안타까운 얼굴로 고개를 가로저었다.

"십오 분 늦으셨네. 자네 새는 날아가 버렸어." 스페이드는 운도 더럽게 나쁘다며 투덜거렸다. 이어 루크가 말했다. "체크아웃도 했네. 가방과 짐도 가져갔고."

그는 조끼 주머니에서 낡은 메모장을 꺼내더니 엄지에 침을 발라 넘겨 한 페이지를 스페이드에게 보여 주었다.

"카이로를 태우고 간 택시 번호야. 필요할 것 같아서."

"고마워."

스페이드는 봉투 뒤에 번호를 적었다.

"새 주소는 모르고?"

"응. 그 자식 커다란 여행 가방을 끌고 와선 위층으로 올라가 짐을 싸서 내려왔어. 숙박료를 계산하곤 택시를 잡아타고

횡 하니 가 버렸어. 택시 기사더러 뭐라고 하는지 들을 겨를도
없었네."

"트렁크는 어떻게 됐지?"

루크가 입을 헤 벌렸다.

"저런, 그걸 잊었군! 얼른 가 보세."

그들은 카이로의 방에 올라갔다. 트렁크는 그대로 있었다.
닫혀 있었지만 잠기지는 않았다. 뚜껑을 열었다. 트렁크는 텅
비어 있었다.

루크가 외쳤다.

"이게 어떻게 된 일이지!"

스페이드는 아무 말이 없었다.

스페이드는 사무실로 돌아왔다. 에피 페린이 그를 취조라도
할 듯 쏘아보았다.

"놓쳤어."

스페이드가 투덜거리며 자기 방으로 들어갔다.

에피가 따라 들어갔다. 스페이드는 의자에 앉아 담배를 말
기 시작했다. 그녀는 스페이드 앞에 놓인 책상에 앉아 그의 의
자 시트 한구석에 발을 올렸다.

"오쇼네시 양은요?"

에피가 물었다.

“그 여자도 놓쳤어. 하지만 거기 갔었더군.”

“그 라(La) 팔로마 호에요?”

“‘그 라’라니, 말 좀 똑바로 하지.”

“너무해요. 그러지 말고 얘기해 줘요, 샘.”

스페이드는 담배에 불을 붙이고는 주머니에 라이터를 넣고 에피의 정강이를 톡톡 두드린 뒤 입을 열었다.

“확실히 해. 라 팔로마(비둘기라는 뜻 — 옮긴이) 호가 맞아. 그 여자는 어제 정오 조금 지나서 그 배에 탔어.”

스페이드가 눈썹에 힘을 주며 말했다.

“그 말은 오쇼네시가 페리 빌딩에서 택시를 내린 다음 곧장 그 배로 갔다는 뜻이지. 부두 몇 개만 지나가면 되니까. 선장은 아직 승선하지 않았어. 자코비라는 사람인데, 그 여자는 그의 이름을 대면서 선장을 찾았지. 그는 일이 있어서 도시 외곽에 나가 있었어. 그러니까 그가 그녀를 기다리고 있지 않았거나, 적어도 그 시간에는 아니었거나 뭐 그런 뜻이지. 그 여자는 4시에 선장이 돌아올 때까지 배에서 기다렸어. 그들은 줄곧 선장실에 있다가 식사 시간이 되자 같이 밥을 먹었어.”

스페이드는 담배를 깊이 빨아들였다 내쉬고는 고개를 옆으로 돌려 입술에 붙은 노란 담뱃가루를 뱉어낸 뒤 말을 계속했다.

“식사 후에 자코비 선장을 방문한 사람이 세 명 더 있었어.

하나는 거트먼이었고 또 하나는 카이로였고 다른 하나는 어제 거트먼의 전언을 자기에게 전해 준 녀석이었어. 세 사람은 브리지드가 거기 있는 동안 방문했고, 결국 다섯이서 선장실에서 한참 동안 떠들었지. 선원들에게 자세히 알아내기는 어려웠지만 여하간 그들 사이에 다툼이 벌어졌고, 11시쯤 선장실에서 총이 발사됐어. 경비원이 서둘러 가 봤더니 선장이 나와서 아무 일 아니라고 했다는군. 선장실 한쪽 구석에 막 총에 맞아 뚫린 구멍이 나 있었는데, 제법 높은 곳이라서 사람을 맞추고 박혔을 것 같지는 않았대. 내가 들은 바로는 한 발만 발사되었어. 하지만 내가 들은 건 별거 없어."

스페이드는 인상을 쓰고 다시 담배를 피웠다.

"음, 그 다섯은 자정이 다 되어서야 흩어졌어, 선장과 방문자 넷 모두. 다들 제대로 걸어가는 것 같았지. 이 얘기는 경비원에게 들은 거야. 그때 배에서 일하던 세관 직원들이 있었다는데 아직 만나 보지 못했어. 그게 다야. 선장은 그 후로 배로 돌아오지 않았어. 오늘 해운업자 몇 명과 정오에 약속이 있었는데 그것도 지키지 않았어. 화재 사건에 대해 보고해야 하는데 찾을 수가 없었대."

"그럼 화재는 어떻게 된 거죠?"

스페이드가 어깨를 으쓱했다.

"모르겠어. 불이 난 걸 처음 발견한 것은 오늘 오전 늦게 배

뒤쪽인 고물쪽 지하 화물창에서였어. 불이 처음 붙은 건 아무래도 어제 같아. 다행히 불은 껐지만 피해가 심각한 것 같더군. 선장이 없으니 아무도 자세한 말을 하려고 하질 않더라고. 그건……."

그때 바깥 사무실 문이 열렸다. 스페이드는 입을 다물었다. 에피 페린이 책상에서 펄쩍 일어나 나갔지만 그녀가 문 앞에 이르기 전에 한 사내가 문을 열었다.

"스페이드 있소?"

사내가 물었다.

사내의 목소리를 듣자 스페이드는 긴장한 듯 의자에서 자세를 고쳐 앉았다. 귀에 거슬리는 거친 목소리로, 말하는 중간중간 목에서 부글부글 끓어오르는 액체 때문에 목이 막힐까봐 긴장한 나머지 이 말을 내뱉는 데도 무척 고통스러워했다.

에피 페린은 질겁하여 사내 앞에서 몸을 비켰다.

사내는 중절모를 쓴 머리를 문틀에 기댄 채 문 앞에 서 있었다. 키가 2미터가 넘었다. 칼집처럼 길고 쪽 뻗은 검정색 코트를 목에서 무릎까지 단추를 채워 입어서 가뜩이나 마른 몸이 두드러져 보였다. 살이 거의 없는 각 진 어깨는 높이 솟아 있었다. 젖은 모래색의 앙상한 얼굴은 비바람에 시달려 거칠어지고 세월의 주름이 깊이 잡혀 있었으며 뺨과 턱은 땀으로 흠뻑 젖어 있었다. 핏발이 선 검은 눈은 살빛 속살이 나올 만큼 축 처진 아래쪽 눈꺼풀 위로 광기를 내뿜고 있었다. 그가 검정색 소매에서 삐져나온 노란색 갈고리로 왼쪽 가슴에 바싹 껴안고 있는 것은 가는 줄로 묶은 갈색 꾸러미였다. 축구공보다 조금 큰 타원형이었다.

사내는 출입구에 서 있었는데 스페이드를 보고 있는 것 같지는 않았다. 그가 "알다시피……"라고 말하자 목에서 액체가 부글부글 끓어오르며 나머지 말을 집어삼켰다. 그는 오른손으로 꾸러미를 쥐고 있는 손을 잡았다. 뻣뻣하게 선 채로, 손을 뻗어 넘어지는 몸을 가누지도 않고 나무토막처럼 앞으로 쓰러졌다.

멍하니 바라보던 스페이드가 민첩하게 의자에서 튀어 일어나 쓰러지는 사내를 붙잡았다. 그때 그의 입이 벌어지면서 피가 조금 뿜어져 나오고, 갈색 꾸러미가 손에서 빠져나와 책상다리 앞으로 굴러갔다. 곧이어 사내의 무릎과 허리가 꺾이고 마른 몸이 칼집 같은 코트 안에서 늘어지며 스페이드의 팔에 축 안기자, 스페이드도 더 이상 붙잡고 있을 수가 없었다.

스페이드는 사내를 조심스레 내려서 왼쪽이 바닥에 닿게 눕혔다. 그의 눈은(검은색에 핏발이 서 있었지만 더 이상 광기는 보이지 않았다.) 크게 열린 채 움직이지 않았다. 입도 피가 묻은 채로 벌어져 있었지만 피는 더 이상 나오지 않았으며 긴 몸은 전체가 그가 누워 있는 바닥처럼 움직임이 없었다.

스페이드가 말했다.

"문 잠가."

에피 페린이 이를 딱딱 부닥치며 복도 문을 잠그느라 허둥거리는 동안 스페이드는 사내 옆에 무릎을 꿇고 그를 똑바로 눕힌 다음 코트 안쪽에 손을 넣었다. 잠시 후 손을 꺼내자 손이 피로 얼룩져 있었다. 피로 범벅된 손을 보고도 스페이드의 얼굴은 한순간도 흔들림이 없었다. 아무것도 건드리지 않도록 그 손을 높이 들어 올린 채 다른 손으로 주머니에서 라이터를 꺼냈다. 불을 켜서 사내의 두 눈을 번갈아 비춰 보았다. 그의 눈은 눈꺼풀과 안구, 홍채, 동공까지 모두 얼어붙은 것처럼 꼼짝하지 않았다.

스페이드는 라이터를 꺼서 주머니에 넣었다. 무릎걸음으로 죽은 사내의 옆으로 가서 피가 묻지 않은 손으로 튜브 모양의 코트 단추를 풀었다. 코트 안은 피로 축축했고 그 안에 입고 있던 파란 더블버튼 재킷 역시 푹 젖어 있었다. 가슴에 포개져 있던 재킷 옷깃과 코트에는 비슷비슷한 부위에 피에 젖은 구멍들이 너덜너덜하게 뚫려 있었다.

스페이드는 일어나서 바깥 사무실의 세면실로 갔다.

에피 페린이 창백한 얼굴로 몸을 덜덜 떨면서 한 손으로 복도문 손잡이를 잡고 문 유리에 등을 기댄 채 속삭였다.

"저, 저 사람……?"

"그래. 가슴에 총을 맞았어. 대여섯 발은 되겠군."

스페이드가 손을 씻기 시작했다.

"의사 불러야 하……?"

에피가 말을 마치기도 전에 스페이드가 뚝 잘라 버렸다.

"의사를 부르기엔 이미 너무 늦었고 뭘 하든 먼저 생각부터 해보자고." 손을 다 씻은 스페이드가 세면대를 헹구기 시작했다. "저런 상태로 멀리서 왔을 리는 없어. 만약 그가……빌어먹을, 좀 더 버텨서 몇 마디라도 할 것이지." 스페이드는 에피를 보며 인상을 쓰고 나서 다시 손을 헹구고는 수건을 집어 들었다. "정신 차려. 젠장, 이럴 때 약해지면 안 돼!" 스페이드는 수건을 내던지고 머리카락을 쓸어내렸다. "저 꾸러미나 보자."

스페이드는 개인 사무실로 다시 들어가 죽은 사내의 다리를 타고 넘어 갈색 꾸러미를 집어 들었다. 그 무게가 느껴지자 그의 눈이 빛났다. 그는 꾸러미를 책상에 내려놓고 매듭이 있는 부분이 위로 올라가게 뒤집었다. 매듭은 단단하게 묶여 있었다. 그는 주머니칼을 꺼내 줄을 끊었다.

에피 페린이 문에서 떨어져 고개를 돌린 채 죽은 사내 옆을 돌아 스페이드 곁으로 왔다. 책상 모서리에 손을 짚고 스페이드가 줄을 풀고 갈색 종이를 벗기는 모습을 보는 동안 그녀의 얼굴에서 매스꺼움이 사라지고 흥분이 그 자리를 차지하기 시작했다.

"이게 그거일까요?"

에피가 속삭였다.

"곧 알게 될 거야."

스페이드가 말했다.

스페이드의 커다란 손가락은 갈색 종이를 벗기자 모습을 드러낸 세 겹의 조야한 회색 종이를 벗겨내느라 바빴다. 얼굴은 딱딱하고 무감각했다. 두 눈은 강렬하게 빛났다. 회색 종이를 벗겨내자 달걀 모양으로 단단하게 뭉친 대팻밥 덩어리가 나왔다. 손가락으로 덩어리를 부서뜨리자 대팻밥 덩어리가 묻지 않은 부분이 석탄처럼 검게 빛나는 30센티미터 높이의 새 조각이 모습을 드러냈다.

스페이드가 소리 내어 웃었다. 그는 한 손을 새 위에 올려놓았다. 손가락을 넓게 펴서 그 새를 움켜쥐었다. 다른 팔로는 에피 페린을 으스러져라 끌어안았다.

"망할 물건을 찾았어, 천사."

"아야, 이것 좀 놓으세요. 너무 아파요."

스페이드는 에피의 몸에서 팔을 풀고 양손으로 검은 새를 높이 받쳐 들고 대팻밥을 흔들어 떨어뜨렸다. 그러고는 조각상을 든 채 한 걸음 뒤로 물러나 입으로 먼지를 훅 분 뒤 의기양양하게 조각상을 바라보았다.

에피 페린이 공포에 질린 얼굴로 스페이드의 발을 가리키며 비명을 질렀다.

스페이드는 발을 내려다보았다. 마지막 걸음을 디딜 때 왼쪽 발꿈치가 죽은 사내의 손바닥 한쪽을 살짝 밟았던 것이다. 그는 재빨리 발을 치웠다.

전화벨이 울렸다.

스페이드가 에피에게 고개를 끄덕였다. 그녀는 책상으로 돌아가 수화기를 들었다.

"여보세요. ……네. ……누구시라고요? ……오, 그럼요!" 에피의 눈이 둥그레졌다. "네. ……네. ……기다리세요……." 에피가 갑자기 입을 벌리며 겁에 질린 목소리로 외쳤다. "여보세요! 여보세요! 여보세요!"

에피는 걸쇠를 두드리며 "여보세요!"를 두 번 더 외쳤다. 그러고는 흐느끼며 스페이드에게 고개를 돌렸다. 그는 그녀 곁에 다가와 있었다. 그녀가 격한 어조로 말했다.

"오쇼네시 양이에요. 당신을 찾아요. 알렉산드리아에 있대요. 위험해요. 목소리가, 오, 끔찍했어요, 샘! 게다가 통화를 끝내기 전에 무슨 일이 일어난 거예요. 가서 도와줘요, 샘!"

스페이드는 매를 책상에 내려놓은 뒤 음울한 얼굴로 노려보았다.

"이 친구부터 먼저 처리해야지."

스페이드가 엄지로 바닥에 누운 시신을 가리켰다.

에피가 두 주먹으로 가슴을 치며 외쳤다.

"안 돼요, 안 돼. 어서 가야 해요. 모르겠어요, 샘? 이 사람은 오쇼네시 양의 물건을 갖고 있었고 그걸 이리로 가져왔어요. 모르겠어요? 이 사람이 그녀를 돕다가 살해당했으니 이제 그녀가…… 오, 지금 가야 돼요!"

"좋아."

스페이드는 에피를 밀치고 책상 위로 몸을 숙여 검은 새를 대팻밥 덩어리 안에 도로 넣고 신속하게 종이로 둘러서 더 크고 엉성한 꾸러미를 만들었다.

"내가 나가면 곧바로 경찰에 신고해. 어떻게 된 건지 말해주되, 누구의 이름도 말해선 안 돼. 자기는 아무것도 모르는 거야. 내가 전화를 받고 나갔는데 어디로 가는지는 말 안 했다고 하면 돼."

스페이드는 엉킨 줄을 푸느라 씨름을 하며 한바탕 욕지거리를 하더니 확 잡아당겨 풀고는 꾸러미를 묶기 시작했다.

"이건 잊어버려. 이 꾸러미를 가지고 왔다는 것은 말하면 안 돼." 스페이드가 아랫입술을 깨물었다. "어쩔 수 없는 경우가 아니면 말이야. 경찰이 이것에 관해 아는 것 같으면 얘기해야 될 거야. 하지만 그럴 가능성은 거의 없어. 경찰이 알고 있다면 내가 꾸러미를 풀어 보지 않고 그냥 가져갔다고 해."

매듭을 마무리 짓자 스페이드가 왼팔로 꾸러미를 든 채 몸을 펴고 일어났다.

"이제 정리하자. 모든 건 일어난 그대로 이야기하되 경찰이 이미 알고 있는 경우가 아니면 거시기 이야기는 빼. 부인하라는 얘기가 아니고, 그냥 말을 하지 말라는 거야. 어, 전화도 자기가 아니라 내가 받은 거야. 이 친구랑 알 만한 사람은 전혀 모른다고 해. 이 친구에 관해서도 아무것도 모르고. 내가 무슨 일을 하고 있는지는 나랑 만나기 전에는 말할 수 없다고 잡아떼. 잘 할 수 있지?"

"알았어요, 샘. 이, 이 사람 누군지 알아요?"

스페이드는 늑대처럼 씩 웃었다.

"아니, 하지만 아마도 자코비 선장 같군. 라 팔로마 호의."

스페이드가 모자를 집어 썼다. 죽은 사내를 생각에 잠긴 듯 바라보더니 방을 둘러보았다.

"서둘러요, 샘."

에피가 칭얼거렸다.

"아무렴. 서둘러야지. 바닥에 떨어진 저 대팻밥 부스러기 좀 치워 줘. 경찰이 오기 전에. 시드에게도 연락해 보는 게 좋을 거야. 아니다."

스페이드가 멍한 얼굴로 말했다.

스페이드가 턱을 문지르며 잠시 생각한 뒤 말을 이었다.

“시드는 잠시 내버려 두자. 그게 낫겠어. 경찰 올 때까지 문 잠가 두고 있어.”

스페이드가 턱에서 손을 떼고 에피의 볼을 쓰다듬었다.

“자기는 정말 좋은 사람이야, 누이.”

이 말을 끝으로 스페이드는 사무실을 나갔다.

17장

토요일 밤

사무실에서 나온 스페이드는 눈동자만 쉴 새 없이 굴리며 주위를 경계할 뿐 예사롭게 꾸러미를 들고 경쾌하게 걸으며 골목과 좁은 뜰을 따라 키어니가와 포스트가가 만나는 곳으로 가서 지나가는 택시를 잡아탔다.

택시는 5번가에 있는 피크윅 역마차 역에서 스페이드를 내려 줬다. 스페이드는 거기서 물품 보관함에 매를 맡기고 물품 보관증을 받아 봉투에 넣어 우표를 붙인 뒤 'M. F. 홀랜드'라는 이름과 샌프란시스코 우체국 사서함 번호를 적어 봉투를 봉한 다음 우편함에 넣었다. 역마차 역을 나온 그는 다른 택시를 타고 알렉산드리아 호텔로 갔다.

스페이드는 스위트룸 12-C호로 올라가 문을 두드렸다. 그가 두 번째로 문을 두드리자 아른거리는 노란 가운을 입은 작

은 금발 머리 소녀가 문을 열었다. 새하얀 얼굴에 그늘이 가득
드리워진 소녀는 절망적으로 문고리를 잡고 매달리며 헉 하고
숨을 몰아쉬었다.

"스페이드 씨세요?"

스페이드는 "그래." 하고 비틀거리는 소녀를 잡아 주었다.

스페이드가 팔로 받쳐 주자 소녀의 몸이 활처럼 휘며 머리
가 뒤로 젖혀졌고 짧은 금발 머리가 바닥으로 향했다. 가느다
란 목이 턱에서 가슴까지 뚜렷한 곡선을 그렸다.

스페이드가 소녀를 받치고 있던 팔을 위쪽으로 올리고 몸
을 숙여 다른 팔로 소녀의 다리를 받쳤지만, 소녀는 진저리를
치며 저항하더니 겨우겨우 움직이는 두 입술로 알아듣기 어려
운 말을 내질렀다.

"아니! 거게 해조!"

스페이드는 소녀를 걷게 했다. 발로 문을 닫고 초록색 카펫
이 깔린 방을 이쪽 벽에서 저쪽 벽으로 이리저리 걷게 했다.
한 팔은 겨드랑이 아래를 받치고 다른 팔은 소녀의 팔을 붙잡
은 채 소녀가 고꾸라지면 작은 몸을 똑바로 세우고 옆으로 휘
청거리면 부축하면서 계속 앞으로 걸어가도록 재촉하면서 휘
청대는 소녀의 다리에 최대한 힘을 주게 했다. 두 사람이 방을
가로지르는 동안 소녀는 계속 비척거렸지만 스페이드는 엄지
발가락 아랫부분에 힘을 주어 균형을 잡고 있었다. 소녀의 얼

굴은 핏기라곤 찾아볼 수 없었으며 눈도 감겨져 있었다. 스페이드의 얼굴은 언짢아 보였고 사방을 한눈에 볼 수 있도록 눈에 힘을 주고 있었다.

스페이드가 단조롭게 말했다.

"그렇지. 왼발, 오른발, 왼발, 오른발. 좋아. 하나, 둘, 셋, 넷, 하나, 둘, 셋, 이제 돌자."

스페이드는 한쪽 벽에 닿자 방향을 바꾸어 소녀의 몸을 뒤로 돌렸다.

"이제 다시 시작. 하나, 둘, 셋, 넷. 고개 들고. 그렇지. 좋아. 왼발, 오른발, 왼발, 오른발. 이제 다시 돌자."

스페이드가 다시 소녀의 몸을 돌렸다.

"잘하는구나. 걷자, 걷자, 걷자, 걷자. 하나, 둘, 셋, 넷. 이제 돌자."

스페이드는 소녀를 좀 더 거칠게 돌렸고 속도를 높였다.

"그렇지. 왼발, 오른발, 왼발, 오른발. 조금 빨리. 한, 둘, 셋……."

소녀가 몸을 부르르 떨더니 꿀꺽 소리 내어 침을 삼켰다. 스페이드는 소녀의 팔과 몸을 비벼 주고 귀에 대고 속삭였다.

"잘했어. 잘하고 있어. 하나, 둘, 셋, 넷. 더 빨리, 더 빨리, 더 빨리, 더 빨리. 그렇지. 딛고, 딛고, 딛고, 딛고. 다리를 들었다 내려 봐. 좋았어. 이제 돈다. 왼발, 오른발, 왼발, 오른발. 그들이

무슨 짓을 했지? 약이라도 먹였나? 나한테 먹인 것과 같은 건
가?"

그 순간 소녀의 눈꺼풀이 확 올라가며 잠시 멍한 금갈색 눈
이 드러났다. 소녀는 간신히 "그래요."라고 말했으나 마지막 음
절은 뭉개져 나왔다.

그들은 계속 걸었다. 소녀는 이제 거의 총총걸음으로 스페
이드를 따라왔고, 그는 딱딱하고 냉정한 눈으로 주위를 경계
하며 양손으로 노란 실크 가운 위로 소녀의 살을 주무르는 한
편 찰싹찰싹 치기도 하며 쉬지 않고 말을 걸었다.

"왼발, 오른발, 왼발, 오른발, 왼발, 오른발, 돌고. 착하다. 하
나, 둘, 셋, 넷, 하나, 둘, 셋, 넷. 턱 들고. 그렇지. 하나, 둘……."

소녀의 눈꺼풀이 다시 살짝 올라가고 그 아래로 두 눈이 힘
없이 양옆으로 움직였다.

"잘했어."

스페이드가 그때까지의 단조로움을 깨고 큰 소리로 외쳤다.

"계속 눈을 뜨고 있어. 크게 떠, 크게!"

스페이드가 소녀를 흔들었다.

소녀는 항의하듯 신음 소리를 냈지만 눈꺼풀은 더 많이 올
라갔다. 아직 두 눈은 탁했다. 스페이드가 손을 들어 대여섯
번 뺨을 찰싹찰싹 때렸다. 소녀는 다시 신음 소리를 내며 스페
이드를 피하려 했다. 그는 소녀를 붙잡고 이쪽 벽에서 저쪽 벽

으로 계속 끌고 다녔다.

"계속 걸어." 스페이드가 엄한 목소리로 명령하고 나서 물었다. "넌 누구지?"

"리아 거트먼."

잠긴 목소리였지만 알아들을 수는 있었다.

"딸인가?"

"그래요."

이제 소녀는 마지막 음절도 제법 잘 발음했다.

"브리지드는 어디 있지?"

소녀는 스페이드의 팔에서 벗어나려는 듯 발작하듯 몸을 뒤채며 양손으로 그의 손을 움켜쥐었다. 그는 재빨리 손을 빼내어 쳐다보았다. 손등에 빨갛게 긁힌 가는 상처가 3~4센티미터 정도 나 있었다.

"무슨 짓이야?"

스페이드가 으르렁거리며 소녀의 손을 살펴봤다. 왼손은 비어 있었다. 오른손을 강제로 펼쳐 보니 옥이 박힌 7센티미터 정도의 강철 부케 핀이 들려 있었다.

"뭐야 이건?"

스페이드가 다시 으르렁대면서 핀을 들어 소녀의 눈앞에 쳐들었다.

소녀는 핀을 보자 훌쩍이며 가운 앞깃을 벌렸다. 그러고는 안에 입은 미색 파자마 코트를 젖히고 왼쪽 가슴 아래를 스페이드에게 보여 주었다. 흰 살에 십자 모양으로 가늘고 빨간 줄이 나 있었는데, 아주 작은 빨간 점이 점점이 박힌 것으로 보아 핀에 긁히고 구멍이 난 듯했다.

"깨어 있으려고…… 당신 올 때까지…… 걷고……. 그녀가 당신이 올 거라고…… 너무 늦었어."

소녀가 비틀거렸다.

스페이드가 소녀를 감싼 팔에 힘을 주며 말했다.

"어서 걸어."

소녀는 스페이드의 팔에서 벗어나려 안간힘쓰다가는 다시 그의 얼굴을 보려고 몸을 뒤챘다.

"아니…… 잠들…… 당신에게 말해……. 그녀를 구해……"

"브리지드 말이야?"

스페이드가 대답을 요구했다.

"그래…… 데려갔……. 버, 벌링게임…… 앤초 26번지 …… 서둘러……. 너무 늦어……."

소녀가 스페이드의 어깨 위로 머리를 떨궜다.

스페이드가 소녀의 머리를 거칠게 들어 올렸다.

"누가 데려갔지? 네 아버지?"

"그래…… 윌머…… 카이로." 소녀는 몸을 비틀며 눈을 뜨려고 애를 썼지만 실패했다. "……죽일 거야."

소녀의 머리가 다시 떨어졌고 스페이드가 다시 들어 올렸다.

"자코비는 누가 쐈지?"

소녀는 질문을 듣지 못한 듯했다. 머리를 들고 눈을 뜨려고 애쓰는 모습이 안쓰러웠다. 소녀가 웅얼거렸다.

"가…… 그녀…….."

스페이드는 소녀를 사정없이 흔들었다.

"의사 올 때까지 잠들지 마."

두려움에 소녀의 눈이 떠지고 얼굴을 뒤덮고 있던 구름이 잠시 사라졌다. 소녀가 잠긴 목소리로 외쳤다.

"안 돼, 안 돼. 아버지…… 날 죽이지…… 맹세해……. 아버지는 내가…… 그녀에게…… 알 거야……. 약속해…… 자고 나면…… 아침…… 괜찮을…….."

스페이드가 다시 소녀를 흔들었다.

"자고 일어나면 괜찮은 거야? 확실해?"

"그래."

소녀의 머리가 다시 떨어졌다.

"침실이 어디야?"

소녀는 손을 들려고 애썼지만 채 버티지 못하고 카펫만 가리키고 말았다. 지친 아이처럼 한숨을 내쉰 소녀는 온 몸의 힘이 쑥 빠져 버린 듯 그대로 허물어졌다.

스페이드는 무너져 내리는 소녀를 재빨리 받아 안고 방 셋 중 가장 가까운 곳으로 갔다. 그는 문고리를 완전히 돌린 뒤 발로 문을 열고 통로로 들어섰다. 열린 화장실 문을 지나자 침실이 나왔다. 그는 화장실이 빈 것을 확인한 뒤 소녀를 침실로 데려갔다. 침실에는 아무도 없었다. 큰 서랍장에 놓인 옷과 물건들을 보니 남자의 방이었다.

스페이드는 소녀를 도로 초록색 카펫이 깔린 방으로 데리고 나와 반대편 문으로 향했다. 문을 열고 통로를 거쳐 빈 화장실을 지나니 여자 방처럼 장식된 침실이 나왔다. 그는 이불을 걷고 소녀를 침대에 눕힌 뒤 신발을 벗겼다. 그러고는 소녀를 살짝 들어 노란 실내 가운을 벗긴 뒤 머리에 베개를 받쳐주고 이불을 덮었다.

그런 뒤 창문 두 개를 모두 열고 창가에 서서 잠자는 소녀를 바라보았다. 소녀의 숨소리는 거칠기는 했지만 이상은 없어 보였다. 그는 입을 꾹 다문 채 인상을 쓰며 주위를 둘러보았다. 땅거미가 지고 있어서 방은 어둑어둑했다. 그는 빛이 완전히 사라질 때까지 한 오 분 동안 그대로 서 있었다. 그러고는 마침내 구부정한 우람한 어깨를 초조하게 흔들며 문을 잠그지 않은 채 밖으로 나갔다.

스페이드는 파월가에 있는 '퍼시픽 전화 전신 회사'역으로 가서 대번포트 2020으로 전화했다.

"응급실 부탁합니다……. 여보세요, 알렉산드리아 호텔 스위트룸 12-C호에 약을 먹은 소녀가 있습니다……. 그래요. 사람을 보내 살펴봐 주십시오……. 전 알렉산드리아의 후퍼라고 합니다."

스페이드는 수화기를 내려놓고 씩 웃었다. 그는 또 다른 번호로 전화했다.

"잘 지냈나, 프랭크. 샘 스페이드네. ……자동차랑 입 무거운 운전기사 한 명 붙여 줄 수 있겠나? ……당장 샌프란시스코에서 벗어나려고. ……그냥 한두 시간이면 돼. ……좋아. 엘리스가의 존스그릴에서 기다릴게. 최대한 서둘러야 하네."

스페이드는 자기 사무실에도 전화해서 한동안 말없이 수화기를 귀에 대고 있다가 그냥 내려놓았다.

스페이드는 존스그릴로 가서 웨이터에게 갈비와 구운 감자, 잘게 썬 토마토를 급히 주문해서 허겁지겁 먹고 나서 커피를 마시며 담배를 태웠다. 그때 체크무늬 모자를 비스듬히 쓴 땅딸한 파란 눈의 청년이 억세고 쾌활한 얼굴로 가게에 들어와 스페이드 옆자리에 앉았다.

"준비 다 됐습니다, 스페이드 씨. 기름도 가득 채웠으니 달리기만 하면 됩니다."

"좋았어."

스페이드는 잔을 비우고 땅딸한 청년과 식당을 나왔다.

"벌링게임에 있는 앤초로 시작하는 거리 혹시 아나?"

"아뇨, 하지만 가면 찾을 수 있을 겁니다."

"그럼 한번 가 보세." 스페이드가 검정 캐딜락 세단의 운전석 옆자리에 앉으며 말했다. "번지수는 26이고, 빠르면 빠를수록 좋지만 정문으로 가진 말게."

"알아 모시겠습니다."

그들은 말없이 대여섯 블록을 달렸다.

"파트너가 당했다지요, 스페이드 씨?" 청년이 말했다.

"으응."

청년이 혀를 찼다.

"힘든 직업이군요. 탐정님 같은 분이니까 하지 저 같으면 죽어도 못 합니다."

"뭐, 택시 기사라고 영원히 살진 않지."

땅딸한 청년이 수긍했다.

"그 말도 맞긴 하죠. 그래도 제가 죽는다는 것은 상상도 못 하겠어요."

스페이드는 물끄러미 앞만 바라보았고 그 뒤로는 청년이 제 풀에 지쳐 입을 다물 때까지 무심하게 '그래'와 '아니'로만 말을 받았다.

벌링게임의 한 약국에서 기사는 앤초 거리로 가는 길을 알아냈다. 십 분 뒤 청년은 후미진 골목 구석에 세단을 세우고

라이트를 끈 뒤 앞쪽 블록을 가리켰다.

"여기네요. 아마 반대편으로 서너 번째 집일 겁니다."

스페이드는 "그렇군." 하고 차에서 내렸다.

"시동 끄지 말게. 급히 출발해야 할지도 모르니까."

스페이드는 길을 건너 반대편 거리를 따라 걸었다. 저 멀리 가로등 하나가 동그마니 거리를 비추고 있었다. 거리 양쪽에 대여섯 채의 집이 늘어서 있어 창문으로 흘러나오는 따스한 불빛이 점점이 밤거리를 밝혀 주었다. 하늘 높이 걸려 있는 가녀린 달이 아득히 먼 곳에 있는 가로등처럼 차갑고 희미하게 빛났다. 길 건너편에 있는 집 창문이 열려 있어 라디오 소리가 흘러나왔다.

모퉁이를 지나 두 번째 집이 나타나자 스페이드는 발을 멈췄다. 울타리에 비해 유난히 커 보이는 문기둥 한쪽에 금속판으로 만든 숫자 2와 6이 희미한 불빛에 드러났다. 그 위에는 네모난 흰색 카드가 못박혀 있었다. 가까이 가서 쳐다보니 '매매 또는 임대'라고 씌어 있었다. 문기둥 사이에 문은 없었다. 스페이드는 시멘트로 바른 길을 따라 집으로 다가갔다. 그는 현관 앞에서 한참 동안 꼼짝 않고 서 있었다. 집에서는 아무 소리도 들려오지 않았다. 집은 컴컴했다. 현관문에는 네모난 카드가 하나 더 붙어 있었다.

스페이드는 계단을 올라가 문으로 다가가서 귀를 대 보았다. 아무 소리도 들리지 않았다. 그는 문유리를 통해 안을 들여다보았다. 시선을 가로막는 커튼 따위는 없었지만 안은 암흑뿐이었다. 그는 한쪽 창문으로 살금살금 다가갔다가 또 다른 창문으로 가 보았다. 창문은 문과 마찬가지로 커튼은 없었으나 굴속처럼 컴컴했다. 양쪽 창문을 다 열어 보았지만 모두 잠겨 있었다. 마지막으로 문을 열어 보았다. 역시 잠겨 있었다.

스페이드는 현관문에서 내려와 낯설고 어두운 땅바닥을 천천히 더듬으며 집 주변에 난 잡초 사이로 돌아다녔다. 집 옆쪽에 난 창문은 너무 높아서 올라갈 수가 없었다. 손이 닿는 창문은 모두 잠겨 있었고 뒷문도 마찬가지였다.

스페이드는 다시 문기둥으로 돌아가서 '매매 또는 임대'라고 쓴 카드를 라이터 불로 비춰 보았다. 거기에는 샌머테이오 부동산 중개소의 이름과 주소가 인쇄되어 있고, 파란색 연필로 글자가 씌어 있었다.

'열쇠는 31번지에.'

스페이드는 세단으로 돌아가 청년에게 물었다.

"손전등 있나?"

"그럼요."

청년은 손전등을 스페이드에게 주었다.

"뭐 도와드릴 일 없습니까?"

"필요하면 말하겠네."

스페이드는 세단에 올라탔다.

"31번지로 가지. 라이트는 켜도 좋아."

31번지는 길 건너편에 있는 정방형의 회색 집이었는데, 26번지보다 조금 위쪽에 있었다. 스페이드는 현관으로 올라가서 초인종을 눌렀다. 열네다섯 살쯤으로 보이는 검은 머리 소녀가 문을 열었다. 스페이드가 인사를 하고 웃으며 말했다.

"26번지의 열쇠를 받고 싶구나."

"아빠 부를게요." 소녀는 말하고 집으로 들어가며 외쳤다. "아빠!"

대머리에 통통하고 얼굴이 불그레한 근육질의 사내가 신문을 들고 나타났다.

"26번지의 열쇠를 받고 싶소." 스페이드가 말했다.

"전기가 나갔소. 아무것도 안 보일 거요."

뚱보 사내가 의심스러운 듯 말했다.

스페이드는 주머니를 두드렸다.

"손전등이 있소."

뚱보 사내는 더 의심스러운 듯한 얼굴이었다. 그가 어색하게 헛기침을 하는 바람에 손에 쥔 신문이 구겨졌다.

스페이드는 사내에게 명함을 보여 준 뒤 도로 주머니에 넣고 낮은 소리로 말했다.

"저 집에 뭔가 숨겨져 있다는 정보가 들어왔소."

뚱보 사내의 얼굴과 목소리가 달아올랐다.

"잠시만 기다리세요. 내가 같이 가죠."

잠시 후 사내가 검정색과 빨강색 태그가 달린 놋쇠 열쇠를 들고 돌아왔다. 두 사람이 자동차 옆을 지나갈 때 스페이드가 청년에게 손짓하자 그도 따라왔다.

"요즘 그 집 보러 온 사람 있소?"

스페이드가 물었다.

"내가 알기론 없습니다. 두어 달 동안 열쇠 달라고 온 사람은 하나도 없었으니까요."

뚱보 사내는 현관에 이를 때까지 씩씩하게 앞장서서 걸었다. 그러고는 스페이드의 손에 열쇠를 찔러 주며 "여기 있습니다."라고 어물거리고는 옆으로 물러섰다.

스페이드는 열쇠로 문을 열고 밀어젖혔다. 정적과 어둠뿐이었다. 왼손에 손전등을 들고 스페이드가 안으로 들어갔다. 청년이 그 뒤를 따랐고 조금 뒤에 뚱보 사내가 들어갔다.

그들은 처음에는 조심스럽게 바닥에서 꼭대기까지 집을 살펴봤지만 아무것도 찾지 못하자 다음에는 대담하게 뒤졌다. 집은 틀림없이 비어 있었고 몇 주간 누군가 찾아온 흔적은 전혀 없었다.

"고맙네. 이제 됐어."

스페이드는 알렉산드리아 호텔 앞에서 세단을 세웠다. 그는 호텔로 들어가 데스크로 갔다. 진지한 검은 얼굴의 키 큰 청년이 말을 걸었다.

"안녕하십니까, 스페이드 씨."

"잘 지냈나." 스페이드는 청년을 데스크 한쪽 끝으로 데려갔다. "거트먼 가족들, 그러니까 12-C호실 사람들 위에 있나?"

청년은 "아니요."라고 대답하며 스페이드를 재빠르게 훑어보았다. 그러고는 먼 산을 보며 머뭇거리다가 다시 스페이드를 보고 말했다.

"오늘 저녁에 그 사람들 때문에 재밌는 일이 있었습니다, 스페이드 씨. 누군가 응급실로 전화해서 거기에 아픈 소녀가 있다고 말했다더군요."

"그런데 없었나?"

"네, 맞아요. 아무도 없었어요. 오늘 저녁 일찍 나갔거든요."

스페이드가 말했다.

"음, 그 장난꾼들도 재미는 보고 살아야지. 고맙네."

스페이드는 전화 부스로 가서 전화를 걸었다.

"여보세요. ……페린 부인? ……에피 있습니까? ……네, 부탁합니다. ……감사합니다. …… 여보세요, 천사! 좋은 소식 없어? ……좋아, 좋아! 기다려. 이십 분이면 갈 거야. ……그래."

삼십 분 후에 스페이드는 9번로에 있는 2층짜리 벽돌 건물의 초인종을 눌렀다. 에피 페린이 문을 열었다. 소녀 같은 얼굴이 지친 표정으로 웃고 있었다.

"안녕, 보스. 들어와요." 에피가 낮은 소리로 말했다. "엄마가 뭐라고 하거든 얌전히 구세요, 샘. 잔뜩 뿔이 나셨거든요."

스페이드는 안심시키듯 씩 웃고는 에피의 어깨를 두드렸다.

에피가 스페이드의 팔에 손을 얹었다.

"오쇼네시 양은요?"

스페이드가 으르렁거렸다.

"없었어. 함정이었어. 그 여자 목소리 맞아? 확실해?"

"그래요."

스페이드는 불쾌한 표정을 지었다.

"근데 개수작이었어."

에피는 스페이드를 밝은 거실로 안내한 뒤 한숨을 쉬며 체스터필드 소파 한쪽 끝에 털썩 주저앉았다. 많이 지쳐 보였지만 그에게 밝게 웃어 보였다.

스페이드가 에피 옆에 앉으며 물었다.

"다 잘 됐어? 꾸러미에 관해서는 아무 말 없었고?"

"없었어요. 당신이 말해 준 대로 전화가 그 일과 뭔가 관련이 있고 당신이 그 때문에 달려 나갔다고 얘기했더니 곧이곧대로 믿는 눈치던데요."

"던디도 왔고?"

"아뇨. 호프랑 오가가 낯 모르는 경찰 몇 명하고 같이 왔어요. 서장이랑도 얘기했고요."

"자기를 시청으로 데려갔단 말이야?"

"그럼요. 한바탕 나한테 질문 공세를 퍼부었지만 알다시피 다 뻔한 거였어요."

스페이드는 손바닥을 비볐다.

"잘했군." 그러고는 인상을 썼다. "덕분에 나한테 질문할 거리를 잔뜩 생각해내기는 하겠지만. 다른 사람은 몰라도 그 망할 던디랑 브라이언은……."

스페이드가 어깨를 으쓱했다.

"경찰 말고 알 만한 다른 사람은 없었고?"

"있었어요." 에피가 몸을 똑바로 하고 앉았다. "그 청년이 있었어요. 거트먼의 얘기를 전하러 왔던 사람 말이에요. 들어오지는 않았지만요. 경찰이 왔을 때 복도 문을 열어 뒀는데 그때 밖에 서 있는 걸 봤어요."

"자긴 아무 말도 안 했고?"

"당연하죠. 말하지 말라고 했잖아요. 그래서 못 본 척하고 있었더니 어느새 사라졌더라고요."

스페이드가 씩 웃었다.

"운도 겁나게 좋으세요, 누이. 짭새들이 먼저 도착했다니."

“왜요?”

“그 자식은 망나니야. 그 애송이 말이야. 독약이라고. 시신은 자코비가 맞았고?”

“네.”

스페이드가 에피의 손을 꼭 누르고 일어났다.

“가야겠어. 에피도 자 두는 게 좋겠어. 진이 다 빠졌잖아.”

에피가 일어났다.

“샘, 그럼……?”

스페이드는 손으로 에피의 입을 막았다.

“월요일에 얘기해. 당신의 어린 양을 시궁창으로 끌어들였다고 어머니한테 야단맞기 전에 도망쳐야겠어.”

스페이드는 자정이 조금 못 미쳐 집에 도착했다. 그는 정문에 열쇠를 꽂았다. 뒤쪽 거리에서 빠르게 달려오는 힐 소리가 들려왔다. 그는 열쇠를 놓고 휙 돌아섰다. 브리지드 오쇼네시가 계단으로 달려 올라왔다. 그녀는 양팔로 스페이드를 꼭 껴안고 헉헉댔다.

“오, 영영 안 돌아오는 줄 알았어요!”

브리지드는 초췌하고 심난한 얼굴로 머리에서 발끝까지 떨고 있었다.

스페이드는 한 손으로 브리지드를 부축하고 다른 손으로

문을 열어 그녀를 안다시피 해서 안으로 들였다.

"날 기다렸어?"

"네. 저 위에 (있는) 출입문에서."

브리지드는 헉헉거리며 띄엄띄엄 말했다.

"걸을 수 있겠어? 내가 안고 갈까?"

브리지드가 스페이드의 어깨에 기댄 채 고개를 가로저었다.

"괜찮을 (거예요.) 앉을 수 (있는 데) 가면."

그들은 엘리베이터를 타고 스페이드의 아파트로 올라갔다. 브리지드는 그의 팔을 놓고 옆에 서 있었고(헉헉거리며 양손을 가슴에 대고) 그는 문을 열었다. 그가 통로 불을 켰다. 그들은 들어갔다. 그는 문을 닫고 팔로 그녀를 안고 거실로 안내했다. 거실 문 안으로 한 걸음도 내딛기 전에 거실 불이 나갔다.

브리지드는 소리를 지르며 스페이드에게 매달렸다.

거실 문 바로 안쪽에 뚱보 거트먼이 서서 그들을 향해 자애롭게 웃고 있었다. 윌머는 그들 뒤의 부엌에서 나왔다. 작은 손에 들린 검은 권총들이 한결 더 커 보였다.

거트먼이 말했다.

"자, 선생, 보시다시피 다 모였군요. 이제 들어와서 편하게 앉아 얘기나 해봅시다."

18장

희생양

스페이드는 양팔로 브리지드 오쇼네시를 껴안은 채 그녀의 머리 위로 메마른 미소를 지으며 말했다.

"그거 좋지."

거트먼이 뒤뚱거리며 문에서 물러나자 살덩어리들이 출렁였다.

스페이드는 브리지드와 함께 들어갔다. 청년과 카이로가 그들을 뒤따랐다. 카이로는 문 앞에서 멈춰 섰다. 청년은 권총 한 자루를 내려놓고 스페이드 뒤로 바짝 붙었다.

스페이드가 고개를 휙 돌려 어깨 아래로 청년을 내려다보며 말했다.

"꺼져. 내 몸에 손대지 말고."

"가만히 있어. 입 다물고."

청년이 응수했다.

스페이드의 콧구멍이 숨을 쉴 때마다 벌름거렸다. 목소리는 차분했다.

"꺼지라고 했지. 내 몸에 손끝 하나라도 대면 총을 쓰게 만들어 주마. 얘기 끝나기 전에 총질을 해도 되는지는 네 보스한테 물어봐."

"그냥 둬라, 윌머." 뚱보 거트먼이 말했다. 그가 스페이드를 보며 살짝 얼굴을 찌푸렸다. "선생은 확실히 대단한 고집불통이시군요. 자, 앉으십시다."

스페이드는 "저 호모 자식 마음에 안 든다고 했을 텐데." 하고는 브리지드 오쇼네시를 데리고 창가 옆에 있는 소파로 갔다. 그들은 바싹 붙어 앉았다. 브리지드는 스페이드의 어깨에 머리를 기댔고 스페이드는 왼팔로 그녀의 어깨를 감쌌다. 그녀는 더 이상 떨지도 않고 헉헉대지도 않았다. 거트먼과 그 패거리의 등장으로 브리지드는 그녀를 동물처럼 살아 숨 쉬게 하고 깨어 있게 하는, 행동과 감정의 자유를 잃고 식물처럼 마비된 것 같았다.

거트먼은 쿠션을 받친 흔들의자에 자리를 잡았다. 카이로는 탁자 근처에 있는 안락의자를 택했다. 윌머는 앉지 않았다. 그는 카이로가 서 있던 출입구에 서서 권총을 든 손을 내려뜨린 채 둥근 속눈썹 아래로 스페이드를 노려보고 있었다. 카이로는 옆에 있는 탁자에 총을 내려놓았다.

스페이드는 소파 한쪽에 모자를 벗어 던졌다. 그는 거트먼을 보고 씩 웃었다. 늘어진 아랫입술과 처진 눈꺼풀이 얼굴의 V자들과 결합되어 사티로스(반인 반수의 숲의 신. 술과 여자를 몹시 좋아함)처럼 외설적인 웃음이 되었다.

"당신 딸 속살이 끝내주던데. 핀으로 긁어 놓기엔 아까울 정도였소."

거트먼의 웃음은 다소 느끼했지만 상냥했다.

출입구에 있던 윌머가 한 걸음 앞으로 나서며 권총을 허리께까지 들어올렸다. 방에 있던 사람들의 눈이 모두 그에게 쏠렸다. 브리지드 오쇼네시와 조엘 카이로가 윌머를 바라보는 눈빛은 저마다 달랐지만 기이하게도 꾸짖는 듯하다는 점에서는 똑같았다. 윌머는 얼굴을 붉히며 다시 발을 뒤로 빼고 권총을 내린 다음 방금 전처럼 속눈썹 아래로 스페이드의 가슴팍을 쏘아보았다. 윌머는 아주 살짝 얼굴을 붉혔고 그것도 아주 짧은 동안이었지만 언제나 차갑고 차분하던 얼굴에 나타난 것이라 놀라웠다.

거트먼은 환하게 웃으며 윤기 흐르는 눈으로 스페이드를 바라보았다. 목소리는 낮고 부드러웠다.

"그렇습니다, 선생. 부끄러운 일이었지요. 하지만 덕분에 소기의 목적을 달성했다는 건 인정하셔야 할 겁니다."

스페이드의 눈썹이 꿈틀거렸다.

"다른 방법으로도 얼마든지 할 수 있었소. 난 매를 손에 넣자마자 당연히 당신부터 생각했거든. 현금 고객이니 왜 안 그렇겠소? 난 이런 자리를 기대하고 벌링게임으로 간 거요. 당신이 나를 따돌리려고 수를 쓸 줄은 몰랐소. 내가 당신보다 삼십 분 전에 먼저 자코비를 만난 것도 모르고 말이오."

거트먼이 킬킬거렸다. 지극히 흡족해 보이는 웃음이었다.

"자, 선생, 어쨌거나 이제 조출한 자리가 마련됐잖습니까. 선생이 바라던 대로 된 건지는 모르겠지만."

"내가 바라던 바요. 언제쯤 내게 계약금을 치르고 매를 가져갈 수 있겠소?"

브리지드 오쇼네시가 벌떡 일어나 푸른 눈을 둥그렇게 뜨고 스페이드를 쳐다보았다. 그는 건성으로 그녀의 어깨를 토닥였다. 두 눈은 거트먼의 눈을 응시하고 있었다. 그 눈은 통통한 살점 사이로 즐겁다는 듯 반짝였다.

"자 선생, 그 문제에 관해서라면……."

여기까지 말하고 거트먼은 코트 안쪽에 손을 넣었다.

카이로는 허벅지에 손을 올려놓은 채 헤 벌어진 말랑한 입술 사이로 숨을 몰아쉬며 몸을 바싹 앞으로 숙였다. 검은 눈은 래커 칠을 한 듯했다. 그 눈은 스페이드의 얼굴에서 거트먼의 얼굴로, 다시 거트먼의 얼굴에서 스페이드의 얼굴로 조심스레 초점을 옮겼다.

거트먼은 다시 "자 선생, 그 문제에 관해서라면" 하고 말하며 주머니에서 흰 봉투를 꺼냈다. 열 개의 눈동자(윌머의 눈도 이제까지보다는 커졌다.)가 봉투를 향했다. 두툼한 손으로 봉투를 뒤집으며 거트먼은 잠시 봉투의 앞뒤를 살펴보았다. 봉투 뒷면의 덮개는 접기만 하고 풀로 붙이지는 않은 상태였다. 그는 기분 좋게 웃으며 봉투를 스페이드의 무릎 위로 던졌다.

봉투는 두툼하지는 않았지만 똑바로 날아올 만큼 무거웠다. 봉투는 스페이드의 배에 부딪친 뒤 허벅지 위에 떨어졌다. 그는 브리지드의 몸에 두르고 있던 왼손을 천천히 풀어 조심스레 봉투를 집어 양손으로 열어 보았다. 봉투에 든 것은 1000달러짜리 지폐로, 부드럽고 빳빳한 새 돈이었다. 스페이드는 돈을 꺼내 세어 보았다. 열 장이었다. 그는 웃으며 눈을 들고 부드럽게 말했다.

"전에 얘기한 액수는 이것보다 많았을 텐데."

"그렇지요, 선생. 맞는 말씀입니다. 하지만 그때는 말이 그렇다는 것이었지요. 이건 시중에서 유통되는 진짜 돈입니다. 이 돈 1달러면 말뿐인 10달러보다 훨씬 많은 걸 살 수 있지요."

소리를 죽여 웃느라 살덩어리들이 출렁거렸다. 웃음이 가라앉자 거트먼이 조금 진지하지만 아주 진지하지는 않은 얼굴로 말했다.

"이제 전보다 이 일에 관련된 사람도 늘었습니다." 거트먼은 반짝이는 눈알을 굴리며 살찐 머리로 카이로를 가리켰다. "자, 선생, 한마디로 말하면 상황이 바뀌었다는 얘기죠."

거트먼이 말하는 동안 스페이드는 지폐 열 장의 모서리를 탁탁 두드려 가지런히 해서 도로 봉투에 넣고 봉투 덮개를 접었다. 그러고는 몸을 굽혀 두 팔을 무릎 위에 올려놓고 엄지와 검지로 가볍게 봉투를 잡은 채 손을 다리 안쪽에 걸쳤다. 그는 아무렇지도 않게 거트먼에게 대답했다.

"그러시겠지. 당신네들이 이젠 손을 잡은 모양이지만 매를 갖고 있는 건 바로 나요."

조엘 카이로가 끼어들었다. 몸을 숙여 보기 흉한 두 손으로 의자 팔걸이를 붙잡은 채 높고 가느다란 목소리로 점잔을 빼며 말했다.

"굳이 상기시켜 드릴 필요가 있을까 싶지만, 스페이드 씨, 당신은 매를 갖고 있을진 몰라도 지금은 우리한테 잡혀 있는 신세지요."

스페이드가 씩 웃었다.

"그런 걱정일랑 하지 않을 생각이오." 스페이드가 자세를 고쳐 앉아 봉투를 소파 옆자리에 놓고 거트먼에게 말했다. "돈 얘기는 나중에 합시다. 먼저 처리할 일이 있소. 희생양이 필요하오." 뚱보는 이해하지 못하겠다는 듯 인상을 썼지만 그가 뭐라고 하기도 전에 스페이드가 설명했다. "경찰에겐 희생양이 필요하오. 누가 되든 세 사람을 살해한 혐의를 몽땅 뒤집어씌울 사람이 있어야 한단 말이오. 우린……"

카이로가 흥분한 나머지 다소 거슬리는 목소리로 스페이드의 말을 끊었다.

"둘입니다, 살인 사건은. 셋이 아니에요, 스페이드 씨. 당신 파트너를 죽인 건 틀림없이 서스비니까요."

"좋아, 둘이라고 하지. 그게 무슨 차이가 있지? 요점은 우리가 경찰에게 뭔가……"

이번에는 거트먼이 끼어들어 자신만만한 얼굴에 미소를 띠며 온화하고 확신에 찬 어조로 말했다.

"자, 선생, 우리가 지금까지 보고 들은바 그 문제는 걱정할 필요가 없을 것 같습니다. 경찰을 다루는 것은 선생에게 맡기면 되겠지요. 선생이라면 비전문가인 우리의 도움 따윈 필요 없으실 테니까요."

"그렇게 생각한다면 제대로 보고 들은 게 아니시로군."

"왜 그러십니까, 스페이드 씨. 이런 지경까지 와서 선생이 경찰을 털끝만큼이라도 겁낸다거나 잘 요리하지 못할 거라는 말을 믿을 거라고 생각했다면……"

스페이드는 코웃음 쳤다. 그는 몸을 숙여 다시 다리에 팔을 얹어 놓고 짜증스레 거트먼의 말을 잘랐다.

"난 손톱만큼도 경찰을 겁내지 않고, 그들을 다루는 방법

도 잘 알고 있소. 그래서 하는 말이오. 그들을 처리하는 방법
은 혐의를 뒤집어씌울 희생양을 던져 주는 거요."

"음 선생, 그것도 한 가지 방법이 되겠지요. 하지만……"

"'하지만'은 집어치우시오! 방법은 그것밖에 없단 말이오."

스페이드의 이마가 벌게지며 그 아래서 눈이 뜨겁게 빛났
다. 관자놀이에 난 상처가 검붉어졌다.

"그냥 하는 말이 아니오. 난 지금껏 이런 일을 숱하게 헤쳐
나왔고 이번에도 그럴 거요. 한번은 대법원에서 판사들더러 엿
이나 먹으라고 욕을 하고도 벗어난 적이 있지. 그럴 수 있었
던 건 심판의 날이 온다는 걸 한시도 잊은 적이 없었기 때문
이오. 준비를 다 마치고 있다가 심판의 날이 오면 경찰 본부로
들이닥쳐 희생양은 들이밀고 소리치는 거요. '자, 이 얼간이들
아, 이자가 범인이야.' 그렇게만 되면 육법전서를 다 가지고 나
와서 온갖 법률을 들이대도 코웃음 쳐 줄 수 있소. 하지만 실
패하는 순간 나는 끝장이오. 아직은 그런 적 없었소. 이번에도
실패하지 않을 거요. 내 얘긴 여기까지요."

거트먼의 눈이 깜빡이며 반신반의하는 기색이 스치고 지나
갔지만 살덩이들이 출렁거리는 핑크빛 얼굴에는 여전히 만족
스러운 미소를 띠고 있었고 목소리에만 불안한 기색이 살짝
비쳤다.

"그거 아주 좋은 방법이군요, 선생. 정말이오! 이번에도 할

수만 있다면 누구보다 먼저 제가 말했을 겁니다. '무슨 수를 써서라도 그렇게 하십시오, 선생.' 하고 말입니다. 하지만 이번 일은 그럴 수가 없게 되어 버렸어요. 아무리 훌륭한 방법이라도 마찬가집니다. 모든 일에는 예외가 있게 마련이고, 현명한 사람이라면 예외를 인정할 줄 아는 법이지요. 자, 선생, 이번 경우가 바로 그렇습니다. 만일 선생이 예외를 인정하면 상당한 대가를 드릴 생각입니다. 경찰에 희생양을 넘기는 것보다는 선생이 좀 더 골치를 앓을지도 모르겠지만" 거트먼이 껄껄 웃으며 손바닥을 쫙 펼쳤다. "선생은 그 정도 골칫거리를 겁낼 사람이 아니지요. 선생은 분명 일을 어떻게 처리해야 하는지도 알고 무슨 일이 생겨도 결국 헤치고 나아갈 겁니다."

거트먼이 입술을 오므리며 한쪽 눈을 찡긋했다.

"선생은 반드시 해낼 겁니다."

스페이드의 눈에서 온기가 사라졌다. 얼굴도 음울하고 생기가 없었다. 그가 간신히 참는 듯한 낮은 어조로 말했다.

"이 일은 내가 전문가요. 여긴 내 도시고 이건 내 문제요. 이번이야 당연히 잘 헤치고 나갈 테지만 다음에 또 속임수를 쓰면 그자들은 단숨에 날 망쳐 버릴 거요. 그렇겐 안 되지. 당신들이야 뉴욕이든 이스탄불이든 어디 멀리 날아가 있을 거 아니오. 난 여기서 먹고살아야 하거든."

거트먼이 말을 받았다.

"하지만 선생이라면 분명히……"

"못 하오. 아니, 안 하오. 농담 아니오."

스페이드가 심각한 얼굴로 내뱉었다.

스페이드가 몸을 고쳐 앉았다. 얼굴에 유쾌한 미소가 떠오르며 음울한 빛이 사라졌다. 그는 쾌활한 어조로 빠르게 설득하기 시작했다.

"내 말 들어 보시오, 거트먼. 난 지금 우리가 할 수 있는 최선의 방법을 말하는 거요. 만약 경찰에 희생양을 넘기지 않으면 십중팔구 그들은 곧 매에 관한 정보를 입수할 거요. 그럼 당신은 (어디에 있든지) 몸을 숨겨야 할 테고 일확천금을 놓칠 수도 있소. 하지만 일단 경찰에 희생양을 넘기면 거기서 일단락된단 말이오."

"음, 선생, 바로 그게 문제입니다." 거트먼이 대답했다. 여전히 다소 불편한 눈초리였다. "경찰이 거기서 사건을 마무리 지을까요? 아니면 그 희생양이 될 자가 새로운 단서가 돼서 매에 관한 정보를 얻게 되지는 않을까요? 또 경찰은 이미 추적을 멈췄으니 우리에게 최선의 방법은 그냥 내버려 두는 거 아닐까요?"

스페이드의 이마에 정맥 두 줄기가 불끈 솟아올랐다.

"젠장! 일이 어떻게 돌아가는지 통 모르시는구먼." 스페이드가 화를 억누르며 말했다. "경찰은 잠자고 있는 게 아니오,

거트먼. 그들은 납작 엎드려서 기다리고 있는 거요. 생각해 보시오. 난 이 일에 깊이 개입돼 있고 그들도 그걸 알고 있소. 급할 때 내가 대처할 방법이 있는 동안은 상관없소. 하지만 그러지 못한다면 얘기는 다르지." 스페이드의 목소리가 어느새 설득조로 바뀌었다. "잘 들으시오, 거트먼, 반드시 희생양을 넘겨야 하오. 그 밖에 다른 방법은 없소이다. 저 애송이를 넘깁시다."

스페이드는 출입구에 서 있는 청년을 향해 유쾌한 얼굴로 고개를 까딱거렸다.

"저 친구는 실제로 서스비와 자코비, 두 사람을 쐈소, 안 그렇소? 좌우간 그 일에는 안성맞춤이오. 필요한 증거를 꾸며서 저 친구를 경찰한테 넘깁시다."

출입구에 있던 윌머는 입가에 힘을 주며 보일락 말락 미소를 지었다. 스페이드의 제안이 그에게 다른 영향을 미치지는 않은 듯했다. 조엘 카이로는 깜짝 놀란 듯 입이 벌어지고 눈이 둥그레지고 검은 얼굴이 샛노래졌다. 그는 숨조차 쉬기 힘든 듯 둥글고 여성스러운 가슴을 가쁘게 오르내리며 입을 쩍 벌린 채 스페이드를 바라보았다. 브리지드 오쇼네시는 스페이드에게서 몸을 떼더니 소파에서 몸을 틀어 그를 응시했다. 놀라고 혼란스러운 얼굴에는 금방이라도 발작을 일으킬 듯 기묘한 웃음이 묻어났다.

거트먼은 꽤 오랫동안 무표정한 얼굴로 가만히 앉아 있었다. 그러더니 웃기로 작정한 모양이었다. 그는 오래도록 실컷 웃었다. 윤기 있는 눈에 유쾌함이 번질 때까지 계속 웃어 댔다. 이윽고 웃음이 멈추자 그가 말했다.

"이런, 선생, 정말 괴짜시군요, 괴짜!" 거트먼이 주머니에서 흰색 손수건을 꺼내 눈을 닦았다. "맞는 말이오, 선생. 선생이 다음에 무슨 말을 할지 도무지 종잡을 수가 없군요. 단지 그게 놀랄 만한 것이라는 점만 빼면 도무지 짐작할 수가 없구려."

"이건 웃을 일이 아니오."

스페이드는 뚱보의 웃음에 언짢아하거나 동요하는 것 같지는 않았다. 그는 고집은 세지만 분별력은 있는 친구를 타이르듯 말을 계속했다.

"그게 최선의 방법이오. 저 친구를 넘겨주면, 경찰은……"

"하지만 친애하는 선생, 아직도 모르시겠습니까? 내가 한순간이나마 그런 생각을 했다 쳐도…… 그래도 말이 안 됩니다. 윌머는 제 친아들이나 다름없습니다. 진심입니다. 하지만 설령 한순간 동안이라도 선생의 제안을 생각해 본다 해도 윌머가 경찰에게 매와 우리에 관해 다 불지 않을 거라는 보장이 도대체 어디에 있다는 말씀입니까?"

스페이드는 굳어진 입술로 씩 웃었다. 그가 부드럽게 설명했다.

"필요하다면 체포에 저항하다가 죽은 걸로 할 수도 있소. 하지만 그럴 필요까지도 없소. 신나게 지껄이라고 하시오. 장담하건대 아무도 신경 쓰지 않을 거요. 그쯤이야 간단히 처리할 수 있소."

거트먼이 인상을 쓰자 이마에 매달린 핑크색 살덩어리들이 꿈틀거렸다. 그는 고개를 숙여 양쪽 턱으로 칼라를 짓뭉개며 물었다.

"어떻게요?" 그러고는 피둥피둥한 살덩어리가 흔들려 서로 부딪칠 만큼 갑작스레 고개를 쳐들고는 몸을 틀어 윌머를 보고 요절복통하며 물었다. "넌 어떻게 생각하느냐, 윌머? 우습지 않냐, 응?"

청년의 눈이 눈썹 아래서 차가운 개암나무처럼 빛났다. 그가 낮은 목소리로 또박또박 말했다.

"네, 우습군요. 저 개새끼가."

스페이드가 브리지드 오쇼네시에게 말했다.

"기분 어때, 천사? 좀 나아?"

"네, 한결 나아졌어요. 다만" 브리지드가 한 걸음만 떨어져도 알아들을 수 없을 만큼 낮은 소리로 말했다. "너무 무서워요."

"겁내지 마." 스페이드가 무심하게 말하고서 회색 스타킹을

신은 브리지드의 무릎에 손을 올렸다. "별일 없을 테니까. 한 잔 하겠어?"

"지금은 싫어요. 고마워요." 브리지드의 목소리가 다시 가라앉았다. "조심해요, 샘."

스페이드는 씩 웃고 나서 자기를 바라보고 있던 거트먼을 마주 쳐다보았다. 뚱보는 다정하게 웃으며 잠시 말이 없더니 이윽고 다시 물었다.

"어떻게요?"

"뭘 어떻게?"

스페이드가 멍한 얼굴로 물었다.

뚱보는 다시 웃을 필요성을 느꼈는지 한참 더 웃다가 설명을 덧붙였다.

"자, 선생, 그게 정말 진지한 얘기라면, 진정 진지한 제안이라면 적어도 선생의 얘기를 끝까지 들어 보는 게 기본적인 예의겠지요. 자, 일을 어떻게 처리할 계획인가요?" 거트먼은 여기서 다시 웃음이 터져서 말을 멈췄다. "어떻게 윌머가 우리에게 해를 끼치지 못하게 할 생각이냐고요."

스페이드가 고개를 흔들었다.

"됐소. 난 예의 같은 건 필요 없소. 아무리 기본적이라고 해도. 집어치우시오."

뚱보는 얼굴의 덩어리들을 일그러뜨렸다.

"아아, 그러지 마십시오. 정말 난처하게 만드시는군요. 웃지 말았어야 하는 건데. 진심으로 심심한 사의를 표합니다. 선생의 제안을 비웃는 것처럼 보였다면 정말 미안합니다, 스페이드 씨. 제가 아무리 선생과 의견이 다르다 해도 아시다시피 전 누구보다 빈틈없는 선생의 솜씨를 존경하고 경탄하고 있습니다. 음, 뭐랄까요. 저는 선생의 제안을 어떻게 실천에 옮길 수 있을지 모르겠군요. 윌머가 제게 혈육이나 다름없다는 사실을 논외로 하고라도 말이지요. 어쨌건 선생, 제 사과와 호의를 받아 주시는 뜻으로 나머지 이야기를 계속해 주신다면 감사하겠습니다."

"좋소. 브라이언은 대다수의 지방 검사와 비슷하오. 그는 다른 무엇보다도 자신의 기록을 중시하는 인간이지. 불확실한 사건에 손을 댔다가 안 좋은 기록을 남기느니 차라리 중도에서 손을 털어 버릴 거요. 그가 무고한 사람에게 덫을 놓은 적이 있는지는 모르겠지만 누군가가 유죄라는 증거가 확실한데 그자가 무고하다고 생각할 리는 결단코 없소. 마찬가지로 용의자 한 명의 유죄를 확증할 수만 있다면 공범이 아무리 많아도 다 눈감아 줄 거요. 그들을 모두 기소하는 게 오히려 일에 혼선을 줄 수 있다면 말이지.

우리가 하려는 일이 바로 그것이고, 그러면 브라이언은 미끼를 덥석 물 거요. 그러면 매에 관해 알고 싶어 하지도 않을 테고. 이 호모 자식이 아무리 떠들어 봐야 다 자기를 혼란에 빠지게 하려는 개수작이라고 생각할 거요. 그 일은 나에게 맡기시오. 죄다 체포하려고 여기저기 쑤시고 다니면 어떤 배심원도 종잡을 수 없도록 사건이 뒤엉키게 되겠지만, 반대로 저 애송이만 잡으려고 하면 물구나무를 서고도 유죄 판결을 얻어 낼 수 있다는 걸 그에게 가르쳐 줄 거요."

거트먼이 온화하게 웃으며 부인하듯 고개를 느리게 저었다.

"아니지요, 선생. 그걸로는 안 될 것 같은데요. 전 이 지방 검사가 어떻게 서스비와 자코비랑 윌머를 엮을 수 있을지……."

"그건 지방 검사가 어떤 자들인지 몰라서 하는 말이오. 서스비 건은 간단하오. 그는 총잡이고 당신의 애송이도 마찬가지요. 브라이언한테 그런 건 식은 죽 먹기요. 아무 문제도 없을 거요. 제길! 저 애송이를 두 번 목매달 수는 없지 않소! 서스비 살해 혐의로 이미 유죄 판결을 받은 자를 자코비 살해 혐의로 또 재판할 수는 없소. 그들은 그냥 애송이한테 불리한 진술만 기록해 버리고 그걸로 끝낼 거요. 만약, 실제로도 가능성 있는 얘긴데, 애송이가 두 사람을 같은 총으로 쐈다면 총알이 일치할 거요. 그럼 다들 만족하겠지."

"그렇군요. 하지만……."

거트먼이 입을 열었다가 잠시 멈추고 윌머를 쳐다보았다.

문 앞에 있던 윌머가 뻣뻣한 걸음으로 거의 방 한가운데인 거트먼과 카이로 사이까지 어정어정 걸어왔다. 거기서 걸음을 멈추고 상체를 살짝 숙이자 어깨가 앞으로 솟아올랐다. 손에 든 권총은 다리 옆에 내려져 있었지만 주먹이 하얘질 만큼 꽉 움켜쥐고 있었다. 다른 손도 단단하게 주먹을 쥐고 있었다. 앳된 모습이 채 가시지 않은 얼굴이 이글거리는 증오와 차가운 적의로 새하얗게 질리며 형언할 수 없이 사악하고 무자비한 모습으로 변했다. 그는 분을 참지 못하고 떨리는 목소리로 스페이드에게 소리쳤다.

"이 개자식, 일어나서 총 잡아!"

스페이드는 청년을 향해 미소 지었다. 큰 웃음은 아니었지만 진정으로 즐기는 듯했다.

"이 개자식아, 너도 사내자식이면 일어나서 끝장을 보자고. 참을 만큼 참았다. 하지만 더 이상은 못 참아."

청년이 말했다.

스페이드가 더욱 즐거운 얼굴로 미소 지었다. 그러고는 거트먼을 보고 말했다.

"현대판 서부극이구먼." 스페이드의 목소리는 미소에 걸맞게 부드러웠다. "매를 손에 넣기 전에 날 쏘면 사업에 지장이 생긴다고 저 친구한테 말해 줘야 할 것 같소만."

거트먼도 미소를 지으려고 했으나 뜻대로 되지 않자 붉으락푸르락한 얼굴로 인상만 찡그리고 있었다. 그는 메마른 입술을 메마른 혀로 핥았다. 그는 아버지처럼 훈계하고 싶었지만 그러기엔 목소리가 너무 쉬고 갈라져 버렸다.

"자, 자, 윌머, 그러면 안 된다. 그딴 소리에 신경 쓸 거 없다. 너⋯⋯."

청년은 스페이드에게서 눈을 떼지 않고 목 멘 소리로 내뱉었다.

"그럼 날 가만 내버려 두라고 하세요. 계속 저러면 배때기에 구멍을 내줄 테니까. 더 이상은 못 참겠다고요."

"자자, 윌머."

거트먼은 윌머를 제지하며 스페이드를 쳐다보았다. 거트먼의 얼굴과 목소리는 이제 침착성을 되찾았다.

"그 계획은 선생, 처음에도 말했듯이 전혀 현실적이지가 않습니다. 그 얘기는 이제 관둡시다."

스페이드는 두 사람을 번갈아 쳐다보았다. 그러자 미소가 사라졌다. 얼굴에는 아무 표정도 없었다.

"난 내가 하고 싶은 걸 말하오."

거트먼이 재빨리 말을 받았다.

"물론 그러시겠지요. 바로 그 점 때문에 제가 선생을 존경하는 거고요. 하지만 앞서 말했듯이 그 문제는 현실성이 없으니 이쯤에서 그만두는 게 좋겠소이다. 아시잖습니까."

"난 모르겠는데. 게다가 당신도 그게 왜 현실성이 없는지 알려 주지 않았잖소. 알려 줄 수 있으리라고는 생각도 안 했소만."

스페이드는 거트먼을 보며 인상을 찌푸렸다. "확실히 해둡시다. 내가 지금 시간 낭비하고 있는 거요? 난 이 쇼의 주인공이 당신이라고 생각했는데. 내가 저 호모 자식이랑 얘기해야 하는 거요? 그것도 괜찮소만."

"아닙니다, 선생. 저와 얘기하시는 게 맞습니다."

"좋소. 그럼 다른 제안을 하지. 처음 것만은 못하지만 없는 것보다는 나으니까. 들어 보시겠소?"

스페이드가 대꾸했다.

"들어 보다마다요."

"카이로를 넘기시오."

카이로는 옆에 놓인 탁자에서 황급히 권총을 집어 들었다. 그는 양손으로 총을 꽉 움켜쥐었다. 총구는 소파 가운데서 한쪽으로 약간 치우친 바닥을 향하고 있었다. 얼굴은 다시 싯누레졌다. 검은 눈은 이 얼굴 저 얼굴로 시선을 휙휙 돌렸다. 눈동자에 윤기가 사라지면서 맥없고 평면적인 느낌마저 들었다.

거트먼은 방금 무슨 말을 들었는지 모르겠다는 듯 재우쳐 물었다.

"지금 뭐라고 하셨지요?"

"카이로를 경찰에 넘기시오."

거트먼은 웃음이 나오는 듯했지만 웃지는 않았다. 마침내 그는 분명치 않은 어조로 중얼거렸다.

"이런, 선생도 참!"

"애송이를 보내는 것만은 못할 거요. 카이로는 총잡이도 아니고 서스비와 자코비를 쏜 총보다 작은 총을 가지고 다니지. 카이로한테 뒤집어씌우려면 좀 더 성가시기는 하겠지만 아무도 넘기지 않는 것보다는 나을 거요."

스페이드가 말했다.

카이로가 분을 못 이기고 날카로운 목소리로 외쳤다.

"경찰한테 당신이나 오쇼네시 양을 넘기면 어떨까요? 누군가를 꼭 넘겨야만 한다면 그것도 좋지 않나요?"

스페이드는 카이로를 향해 미소 지으며 침착하게 대답했다.

"당신들이 원하는 건 매야. 그건 나한네 있어. 희생양은 내가 요구하는 대가 가운데 하나야. 오쇼네시 양에 관해서라면" 스페이드가 냉혹한 눈길로 당황한 여인의 해쓱한 얼굴을 보았다가 다시 카이로에게 시선을 돌리고 어깨를 조금 으쓱했다. "그 역에 맞출 수만 있다면 얼마든지 논의할 의향이 있소."

브리지드는 양손으로 목을 감싸며 단말마의 비명을 지르고는 스페이드에게서 멀찌감치 떨어져 앉았다.

카이로가 흥분한 나머지 얼굴은 물론 온몸을 부르르 떨며 외쳤다.

"당신은 자신이 이러쿵저러쿵 주장할 만한 처지가 아니라는 걸 잊어버린 것 같군요.”

스페이드는 조롱하듯 거칠게 콧방귀를 뀌며 웃었다.

거트먼은 험악해진 공기를 부드럽게 하기 위해 비위 맞추는 듯한 어조로 말했다.

“자, 자, 여러분, 좀 사이좋게 논의해 나갑시다. 하지만 카이로 씨의 말에는” 거트먼은 스페이드에게 말하고 있었다. “분명 뼈가 있군요. 선생은 반드시 고려해 봐야……”

“고려는 얼어죽을.” 스페이드가 잔혹할 정도로 무신경하게 말을 씹어 뱉자 가식적으로 과장하거나 큰 소리로 말하는 것보다 더 큰 무게감이 느껴졌다. “날 죽이면 새는 어떻게 할 셈이지? 새를 손에 넣을 때까지는 결코 날 죽일 수 없다는 걸 뻔히 아는데 아무리 겁을 준다고 내가 순순히 넘겨줄 것 같나?”

거트먼은 고개를 왼쪽으로 갸우뚱하고 스페이드의 의도를 생각해 보았다. 두 눈이 자글자글한 눈꺼풀 아래서 반짝였다. 잠시 후 그가 상냥하게 말했다.

“자, 선생, 꼭 죽이겠다고 위협하는 것 말고도 설득할 방법은 얼마든지 있지요.”

“물론이지. 하지만 그것은 죽음의 위협이 바로 뒤에 도사리고서 희생자를 굴복시킬 수 있을 때가 아니면 별로 쓸모가 없소. 무슨 소린지 알겠소? 당신이 내 비위를 거스르는 짓을 하려고 하면 난 가만있지 않겠다 이거요. 그딴 짓을 관두든지 날 죽이든지 둘 중 하나를 택하도록 사태를 몰아붙일 거란 말이오. 당신은 날 죽일 수 없을 테니까.”

거트먼이 킬킬거렸다.

“무슨 말인지 알겠습니다. 양쪽 다 아주 세심한 판단이 필요한 일이군요, 선생. 왜냐하면 아시다시피 인간이란 한창 일에 열중하다 보면 감정에 휩쓸려서 뭐가 자신에게 가장 유리한지 따위는 잊어버리기 십상이기 때문이죠.”

스페이드도 건조한 웃음으로 맞받았다.

“그건 내가 자주 쓰는 수법이오. 당신이 이러지도 저러지도 못하게 강수를 쓰되 당신이 아까 말한 그 세심한 판단력을 잃고 나를 제거하지는 못할 만큼 딱 그 정도로 화나게 하는 것 말이오.”

“맙소사, 선생은 정말 대단하십니다!”

거트먼이 다정하게 말했다.

조엘 카이로가 의자에서 벌떡 일어나 윌머의 뒤를 돌아 거트먼의 의자 뒤로 걸어갔다. 카이로는 몸을 숙여 총을 쥐지 않은 손으로 입을 가리고 거트먼의 귀에다 대고 속삭였다. 거트먼은 눈을 감고 주의 깊게 들었다.

스페이드는 브리지드 오쇼네시에게 씩 웃어 주었다. 그녀의 입술은 희미하게 웃었지만 눈은 그대로였다. 여전히 멍한 눈빛이었다. 스페이드가 윌머에게 몸을 돌렸다.

"열에 아홉은 널 팔아넘길 거다, 애송이."

월머는 아무 말도 없었다. 무릎이 와들와들 떨리면서 바지까지 덩달아 흔들렸다.

스페이드가 거트먼에게 말했다.

"저 싸구려 불량배들이 흔들고 있는 총 때문에 판단력을 잃지는 않으시겠지."

거트먼이 눈을 떴다. 카이로가 속삭임을 멈추고 뚱보의 의자 뒤에 버티고 섰다.

"난 이미 저 두 인간한테 총 뺏는 연습도 했으니 문제없을 거요. 호모 자식은……."

스페이드가 말했다.

격분한 나머지 금방이라도 숨이 넘어갈 듯한 목소리로 월머가 "좋아!" 하고 외치며 쏜살같이 권총 든 손을 가슴께로 들어 올렸다.

거트먼이 벌떡 일어나 퉁퉁한 손을 내밀어 월머의 손목을 잡고 내리눌렀다. 조엘 카이로가 빠른 걸음으로 월머의 반대편으로 돌아가 두 팔을 내리누르자 월머는 기를 쓰고 버텼지만 소용없었다. 그러는 동안 세 사람의 목소리가 뒤섞여 들려왔다. 두서없이 토막토막 들려오는 월머의 말 "좋아…… 놔…… 개자식…… 연기", "자, 자, 월머!"만 연신 되뇌는 거트먼의 말, "안 돼. 제발, 그러지 마."와 "그러지 마, 월머."라는 카이로의 말.

굳은 얼굴에 몽환적인 눈으로 스페이드가 소파에서 일어나 그들에게 다가갔다. 윌머는 자기를 내리누르는 무게에 밀려 발버둥을 멈췄다. 카이로는 여전히 윌머의 팔을 붙잡고 그 앞쪽에 비스듬히 서서 그를 달래고 있었다. 스페이드는 카이로를 부드럽게 밀치고 왼쪽 주먹으로 윌머의 턱을 날렸다. 팔이 붙잡힌 윌머는 머리가 완전히 뒤로 젖혀졌다가 다시 돌아왔다. 거트먼이 필사적으로 말했다.

"이보시오, 이게 무슨……?"

스페이드는 이번에는 오른쪽 주먹으로 윌머의 턱을 가격했다.

카이로가 윌머의 팔을 놓자 그는 거트먼의 거대한 둥근 배 위로 무너져 내렸다. 카이로는 스페이드에게 달려들어 날카로운 손톱으로 얼굴을 할퀴었다. 스페이드는 가쁜 숨을 고르며 카이로를 밀쳐냈다. 카이로는 다시 스페이드에게 달려들었다. 카이로의 눈에 눈물이 고여 있었고, 성난 붉은 입술은 뭔가 말하는 듯한 모양이 되었지만 소리는 새어나오지 않았다.

스페이드는 피식 웃으며 "제길, 이 짜증나는 인간!"이라고 투덜대고는 손바닥으로 카이로의 얼굴을 쳐서 탁자 위로 넘어뜨렸다. 카이로는 다시 일어나서 세 번째로 스페이드에게 달려들었다. 스페이드는 팔을 쭉 뻗어 양 손바닥으로 카이로의 얼굴을 밀쳤다. 팔이 짧아 스페이드의 얼굴에 손이 닿지 않자 카이로는 스페이드의 팔을 쳤다.

스페이드가 으르렁댔다.

"그만 해. 그러다 맞는다."

카이로는 "오, 이 덩치만 큰 겁쟁이!" 하고 외치며 뒤로 물러났다.

스페이드는 카이로의 권총을 줍고 다음으로 윌머의 권총을 집어 들었다. 그는 왼손 집게손가락을 방아쇠에 건 채 몸을 일으켰다.

거트먼은 윌머를 흔들의자에 앉히고 조금 찌푸린 얼굴로 걱정스럽게 그를 쳐다보았다. 카이로는 의자 옆에 무릎을 꿇고 앉아 윌머의 늘어진 손을 문지르기 시작했다.

스페이드는 손가락으로 윌머의 턱을 툭 쳤다.

"금 간 곳은 없군. 소파에 눕히지."

스페이드는 오른팔을 윌머의 겨드랑이에 끼어 등을 받치고 왼팔을 무릎 밑으로 넣어 윌머를 들어 별로 힘 들이지 않고 소파로 데려갔다.

브리지드 오쇼네시가 재빨리 일어났다. 스페이드는 윌머를 그 자리에 눕혔다. 스페이드는 오른손으로 윌머의 옷을 더듬어 또 다른 권총을 찾아내 왼손 손가락에 끼우고 나서야 소파에 털썩 앉았다. 카이로는 이미 윌머의 머리맡에 앉아 있었다.

스페이드는 손에 든 권총들을 달그락거리며 거트먼을 향해 쾌활하게 웃었다.

"자, 우리의 희생양이로군."

거트먼의 얼굴은 잿빛이 되었고 눈에는 수심이 가득했다. 그는 스페이드와 눈을 마주치지 않았다. 바닥을 보며 아무 말도 하지 않았다.

"다시는 바보짓하지 마시오. 당신은 카이로의 귀엣말을 들어 주었을 뿐 아니라 내가 애송이를 패 주는 동안 녀석이 꼼짝 못하게 붙잡고 있었소. 그건 그냥 웃어넘길 수 있는 일도 아니거니와 은근슬쩍 넘어가려 했다가는 당신 배에 구멍이 뚫릴 거요."

스페이드가 말했다.

거트먼은 카펫 위에 서서 발을 꼼지락거릴 뿐 아무 말도 없었다.

"한마디 더 하지. 지금 당장 '좋다'고 하시오. 아니면 내가 매와 당신들을 모조리 경찰에 넘겨 버릴 테니."

스페이드가 말했다.

거트먼이 고개를 들고 웅얼거렸다.

"그렇게 할 수야 없지요, 선생."

"그러시겠지. 그래서?"

뚱보는 한숨을 쉬며 일그러진 얼굴로 비통하게 말했다.

"저 아이를 데려가시지요."

"그렇게 나와야지."

19장

러시아인의 솜씨

소파에 누워 있는 윌머는 숨을 쉬고 있다는 사실만 빼면 마치 자그마한 시신처럼 보였다. 조엘 카이로는 윌머 곁에 앉아 몸을 숙인 채 윌머의 뺨과 손목을 문지르고 이마에 내려온 머리카락을 뒤로 쓸어 넘기고 가끔씩 자그맣게 속삭이면서 희고 뻣뻣한 얼굴을 걱정스레 내려다보고 있었다.

브리지드 오쇼네시는 벽 쪽 탁자 뒤에 서 있었다. 한 손으로 탁자를 짚고 다른 손은 가슴에 대고 있었다. 그녀는 아랫입술을 깨문 채 스페이드가 자기를 보지 않을 때면 몰래 그를 흘끔거렸다. 스페이드가 자기를 볼 때는 카이로와 윌머 쪽으로 고개를 돌렸다.

거트먼은 얼굴에서 근심이 사라지고 다시 화색이 돌아왔다. 그는 바지 주머니에 양손을 찔러 넣었다. 스페이드와 마주보고 선 채 무표정한 얼굴로 그를 쳐다보았다.

스페이드는 한손에 가득 든 권총을 하릴없이 달그락거리며 카이로의 둥근 등을 향해 고개를 까딱이고 나서 거트먼에게 말했다.

"저 친구 괜찮겠소?"

"모르겠습니다. 그건 전적으로 당신에게 달렸습니다, 선생."

뚱보가 차분하게 대답했다.

스페이드가 웃자 턱의 V 모양이 더 두드러졌다.

"카이로."

카이로가 어깨 너머로 수심이 가득한 검은 얼굴을 돌렸다.

"잠시 쉬게 내버려 둬. 그 녀석 경찰에 넘기려면 깨어나기 전에 이것저것 입을 맞춰야 하니까."

스페이드가 말했다.

"그렇게까지 안 해도 윌머를 이미 충분히 괴롭힌 거 아닌가요?"

카이로가 비통한 목소리로 말했다.

"아니."

카이로는 소파에서 일어나 뚱보에게 다가갔다.

"제발 이러지 마세요, 거트먼 씨. 그걸 아셔야 해……."

스페이드가 말을 잘랐다.

"그 얘긴 끝났어. 문제는 당신이야. 들어올 건가, 빠질 건가?"

거트먼은 다소 슬프고 심지어 애석한 듯하기까지 하게 웃었지만 결국 고개를 주억거렸다.

"나도 마음에 안 듭니다. 하지만 이젠 달리 방법이 없어요. 어쩔 수 없습니다."

"어쩔 텐가, 카이로? 낄 건가, 빠질 건가?"

스페이드가 말했다.

카이로는 입술을 한번 적시고 스페이드를 향해 천천히 고개를 돌렸다.

"만약에." 카이로가 침을 삼키고 말을 이었다. "나한테……? 내가 선택할 수 있나요?"

스페이드가 진지한 어조로 장담했다.

"할 수 있지. 다만 '빠지겠다'는 쪽이라면 남자친구랑 같이 경찰에 넘길 거야."

"어허, 거, 스페이드 씨, 그건 아니지……."

거트먼이 항의했다.

"저 친구를 그냥 가게 할 순 없소. 이쪽에 끼든지 감방에 들어가든지 둘 중 하나요. 어중간하게 내버려 둘 수는 없소."

스페이드가 거트먼을 노려보며 짜증스럽게 소리쳤다.

"아, 젠장! 남의 물건 처음 훔쳐 봐? 이런 얼치기 군단 같으니! 다음엔 어쩔 셈이지? 앉아서 기도라도 할 셈인가?"

스페이드가 카이로를 노려보았다.

"자, 어느 쪽이야?"

"어쩔 수 없군요." 카이로가 절망적으로 좁은 어깨를 으쓱했다. "저도 끼겠습니다."

"좋아." 스페이드는 이제 거트먼과 브리지드 오쇼네시를 보았다. "앉으시오."

브리지드는 여전히 의식이 없는 윌머의 발치에 조심스레 앉았다. 거트먼은 쿠션을 댄 흔들의자로 돌아갔고 카이로도 안락의자에 앉았다. 스페이드는 권총 세 자루를 탁자에 내려놓고 모서리에 걸터앉았다. 그가 손목시계를 보며 말했다.

"2시군. 매는 내일 오전 8시는 돼야 찾을 수 있소. 만반의 준비를 하기에 충분한 시간이지."

거트먼이 헛기침을 했다.

"물건은 어디에 있습니까?" 거트먼이 황급히 덧붙였다. "그거야 뭐 아무래도 상관없습니다, 선생. 난 그냥 거래가 성사될 때까지는 다들 이 자리를 떠나지 않는 게 좋을 것 같다는 생각입니다." 거트먼은 날카로운 눈초리로 소파를 보고 다시 스페이드를 보며 물었다. "그 봉투는 가지고 계신 거죠?"

스페이드는 물끄러미 소파를 보다가 브리지드를 보면서 고개를 저었다. 스페이드가 눈웃음을 웃으며 말했다.

"그건 오쇼네시 양이 갖고 있소."

"그래요. 제가 가지고 있어요." 브리지드가 웅얼거리며 코트 안쪽에 손을 넣었다. "내가 주웠어요……."

"괜찮아. 계속 가지고 있어." 스페이드가 브리지드에게 말했다. "누구도 이 자리에서 떠나지 않을 거야. 이곳으로 매를 가져오면 되니까."

거트먼이 그르렁거렸다.

"그거 멋지군요. 그럼 선생, 1만 달러와 윌머를 선생한테 넘기는 조건으로 우리에게 매와 한두 시간의 여유를 주시지요. 윌머를 경찰에 넘기기 전에 이 도시에서 벗어날 수 있도록 말입니다."

"숨을 필요 없소. 빈틈없이 처리할 테니."

"물론 그렇겠지요, 선생. 그래도 윌머가 지방 검사에게 심문받는 동안은 이곳에서 벗어나 있는 게 더 안전할 것 같군요."

"좋을 대로. 원한다면 저 녀석 하루 종일이라도 여기서 데리고 있겠소."

스페이드는 담배를 말기 시작했다.

"이제 자세하게 스토리를 짜 봅시다. 저 친구가 서스비를 쏜 이유는 뭐요? 자코비는 또 왜, 어디서, 어떻게 쐈지?"

거트먼은 너그럽게 웃으며 고개를 흔들고는 그르렁거리며 말했다.

"아아, 선생, 그런 것까지 요구하시면 안 되지요. 우린 선생에게 돈과 윌머를 넘겼습니다. 그게 계약 조건이었으니까요."

"그래도 요구해야겠소." 스페이드가 말했다. 그는 라이터를 담배에 가까이 가져갔다. "내가 요구한 건 희생양인데, 유죄 판결이 떨어지기 전까지 저 친구는 희생양이 아니오. 유죄 판결을 받으려면 뭐가 뭔지 알아야 하는 것이고." 스페이드가 눈썹을 찡그리며 말을 이었다. "뭘 그리 투덜대시오? 저 친구한테 빠져나갈 구멍을 만들어 주면 오히려 당신이 불편할 텐데."

거트먼은 몸을 앞으로 숙이고 살찐 손가락으로 탁자 위 스페이드 다리 사이에 있는 권총을 가리켰다.

"유죄를 입증할 증거는 이미 충분합니다, 선생. 두 사람 다 그 권총으로 살해되었지요. 경찰 전문가라면 그 권총에서 나간 총알이 두 사람을 죽였다는 사실을 손쉽게 알아낼 수 있습니다. 선생도 알고 있지요. 이미 스스로도 그렇게 말한 바 있고요. 제가 보기엔 이미 증거는 충분한 것 같은데요."

"그럴지도 모르지. 하지만 그건 그렇게 간단한 문제가 아니거니와 잘 맞아떨어지지 않는 부분도 제대로 맞춰야 하니 뭐가 어떻게 된 건지 기필코 알아야겠소."

카이로의 두 눈이 동그래지며 불이 번쩍했다. 그가 말했다.

"아주 간단하게 처리될 거라고 하지 않으셨는지. 벌써 잊어버리신 모양이군요." 카이로는 흥분을 감추지 못하며 검은 얼굴을 거트먼에게 돌렸다. "보셨죠! 이래서 안 된다고 말씀드린 겁니다. 제 생각엔……."

스페이드가 퉁명스럽게 말을 잘랐다.

"당신네가 무슨 생각을 하든 달라질 건 없어. 이미 물 건너간 얘기요. 게다가 당신들은 너무 깊이 들어왔거든. 저 녀석은 왜 서스비를 죽였지?"

거트먼은 배 위에 각지를 끼고 의자를 흔들었다. 그의 목소리와 웃음에 여실하게 유감이 묻어 나왔다.

"보기 드물게 흥정하기 까다로운 사람이로군요. 애초에 선생을 이 일에 개입시킨 게 실수가 아니었나 싶군요. 맙소사, 정말입니다, 선생!"

스페이드가 무표정한 얼굴로 손을 흔들었다.

"당신네도 성적이 나쁜 건 아니오. 감방에 들어가지도 않고 매도 손에 넣을 텐데, 더 뭘 바라시오?" 스페이드가 담배를 입 꼬리에 문 채 말했다. "좌우간 이제 당신도 자신이 어떤 처지에 있는지 알았겠지. 저 친구가 서스비를 죽인 이유가 뭐요?"

거트먼이 흔들의자를 멈췄다.

"서스비는 악명 높은 살인마이자 오쇼네시 양의 협력자였지요. 우린 그를 제거하면 오쇼네시 양이 결국 우리와 합의하게 될 거라고 믿었습니다. 그뿐 아니라 아주 과격한 보호자에게서 떼어놓을 수도 있었고요. 제가 사실대로 말하고 있다는 건 아시겠지요?"

"그렇소. 계속하시오. 물건이 서스비에게 있을 거란 생각은 안 해봤소?"

거트먼이 고개를 흔들자 둥근 뺨이 함께 흔들렸다.

"한순간도 그런 생각해 본 적 없습니다." 거트먼이 호의적으로 웃었다. "그러기에는 오쇼네시 양을 너무 잘 알았지만, 오쇼네시 양이 홍콩에서 자코비 선장에게 매를 넘겨 '팔로마 호'로 수송하고 자기는 더 빠른 배를 타고 오리라는 건 미처 몰랐습니다. 어쨌거나 두 사람 가운데 매의 소재를 아는 사람이 한 명뿐이라면 그게 서스비일 리 없다는 것은 뻔한 거지요."

스페이드가 생각에 잠긴 듯 고개를 끄덕이고 나서 물었다.

"서스비를 해치우기 전에 그와 거래해 보지는 않았고?"

"당연히 해봤지요, 선생. 제가 그날 밤 직접 얘기해 봤습니다. 윌머가 이틀 전에 서스비의 거처를 알아내서 그를 미행해 오쇼네시 양과 만나는 장소를 알아낼 계획이었지만, 서스비는 설령 자기가 감시받는다는 걸 몰랐더라도 결코 쉽게 미행할 수 없는 아주 교활한 자였지요. 그래서 그날 밤 윌머는 서스비의 호텔에 갔다가 그가 외출 중이라는 얘기를 듣고 밖에서 기다렸습니다. 제 생각에 서스비는 선생의 파트너를 살해하고 곧바로 돌아왔나 봅니다. 아무튼지 윌머는 서스비를 저한테 데려왔습니다. 하지만 아무리 얘기해도 소용없었지요. 그는 오쇼네시 양에게 끔찍이 충직하더군요. 그건 그렇고, 선생, 윌머는 호텔로 돌아가는 서스비를 따라갔고 그 다음은 아시는 대롭니다."

스페이드는 잠시 생각했다.

"그건 알았소. 이제 자코비 얘기를 해보시오."

거트먼은 엄숙한 눈으로 스페이드를 보며 말했다.

"자코비 선장이 죽은 건 전적으로 오쇼네시 양 탓입니다."

브리지드는 "오!" 하고 탄식하며 손으로 입을 막았다.

스페이드의 목소리는 무겁고 차분했다.

"지금 그딴 얘긴 필요 없소. 어떻게 된 건지나 말하시오."

거트먼은 잠시 기민하게 스페이드를 살피더니 웃음을 터뜨
렸다.

"원하시는 대로 해드리지요, 선생. 음, 카이로는 아시다시피
이곳에 온 날 밤, 아니 아침에 경찰 본부에서 나온 뒤 저와 만
났습니다. 제가 사람을 보냈지요. 우리는 협력하는 게 유리하
다는 데 합의했습니다."

거트먼이 카이로를 보고 웃었다.

"카이로 씨는 판단력이 뛰어난 분이지요. '팔로마 호'를 생
각해낸 것도 그였습니다. 그는 그날 조간신문에서 팔로마 호
가 도착한다는 입항 공고를 보고 홍콩에서 자코비와 오쇼네
시 양이 함께 있는 것을 보았다는 소문을 떠올렸지요. 그게
그러니까 카이로 씨가 홍콩에서 오쇼네시 양을 찾고 있을 때
들은 얘기였지요. 그래서 처음에는 오쇼네시 양이 '팔로마 호'

를 타고 떠난 줄 알았지만 나중에야 그렇지 않다는 걸 알았습니다. 자, 선생, 그래서 입항 공고를 본 그는 일이 어떻게 된 것인지 알아냈습니다. 오쇼네시 양이 자코비에게 새를 맡기고 이곳으로 가져오게 했던 거지요. 자코비는 물론 그게 어떤 물건인지 몰랐습니다. 오쇼네시 양은 그런 면에서 매우 주도면밀한 사람이니까요.”

거트먼은 브리지드를 보고 환하게 웃으며 의자를 두 번 흔들고 나서 말을 이었다.

“저는 카이로 씨와 윌머와 함께 자코비 선장을 잠시 방문했는데 운 좋게도 오쇼네시 양이 거기 있더군요. 여러 면에서 아주 힘겨운 회합이었지만 결국 자정 무렵 우리는 오쇼네시 양과 타협하는 데 성공했습니다. 하여간 우리는 그리 생각했습니다. 우리는 배에서 내려 호텔로 가서 오쇼네시 양에게 돈을 지불하고 새를 받을 요량이었습니다. 그런데 선생, 우리같이 비천한 사내들이 오쇼네시 양을 다룰 수 있으리라 생각한 게 큰 오산이었지요. 도중에 그녀와 자코비 선장과 매가 귀신도 모르게 우리 손아귀에서 빠져나가 버린 겁니다.”

거트먼이 즐거워 못 견디겠다는 듯 껄껄 웃었다.

“정말이지, 깨끗이 당했지요.”

스페이드가 브리지드를 쳐다보았다. 애원하듯 바라다보는 그녀의 커다란 검은 눈동자가 그의 눈동자와 마주쳤다.

"배에서 내리기 전에 당신들이 불을 지른 거요?"

그가 거트먼에게 물었다.

"일부러 그런 건 아니었습니다, 선생. 물론 우리가, 적어도 윌머는 책임이 있다고 말씀드려야겠군요. 우리가 선장실에서 이야기하는 동안 윌머는 매를 찾겠다며 바깥에서 돌아다니고 있었는데, 필시 성냥을 잘못 다룬 모양입니다."

거트먼이 대답했다.

"그건 됐소. 혹시라도 실수가 생겨서 자코비 살해 사건으로 재판받게 된다면 윌머에게 방화 혐의도 씌울 수 있겠군. 자, 이제 총격전에 대해 말해 보시오."

"자, 선생, 우리는 진종일 도시를 헤집고 다니면서 두 사람을 찾다가 오늘 오후 늦게 찾아냈습니다. 처음에는 그들이 맞는지 확실치 않았습니다. 확실한 거라곤 오쇼네시 양의 아파트를 찾았다는 사실뿐이었지요. 하지만 문에 대고 귀를 기울여 보니 안에서 누군가 움직이는 소리가 들리기에 이제 잡았구나 거의 확신하고 초인종을 눌렀습니다. 오쇼네시 양이 우리더러 누구냐고 물을 때 문틈으로 창문 올라가는 소리가 들렸지요.

그게 뭘 뜻하는지는 불을 보듯 뻔한 거 아니겠습니까. 그래서 윌머가 건물 뒤로 돌아가 방화 계단을 지키려고 재빨리 아래로 내려갔지요. 윌머가 막 골목길로 접어들었을 때 겨드랑이에 매를 끼고 달아나던 자코비 선장과 정통으로 맞닥뜨리게 된 겁니다. 난감한 상황이었지만 윌머는 최선을 다했습니다. 윌머가 자코비를 여러 방 갈겼지만 그는 워낙 억세서 총을 맞고도 넘어지거나 매를 놓치지 않았습니다. 너무 가까이 있어서 피할 수도 없었고요. 선장은 몸을 부딪쳐 윌머를 쓰러뜨리고 달아났습니다. 더구나 그때는 해가 쨍쨍 내리쬐는 백주대낮이었지요. 윌머가 일어났을 때 경찰이 저만치서 다가오는 게 보였습니다. 그러니 단념할 수밖에요. 윌머는 코로넷 아파트 옆 건물의 뒷문이 열린 것을 보고 재빨리 들어가서 길을 건너 다시 우리가 있는 곳으로 돌아왔습니다. 천만다행으로 아무한테도 들키지 않았지요.

자, 선생, 우린 또 궁지에 빠져 버린 겁니다 오쇼네시 양은 자코비가 내려가자 창문을 닫은 뒤 저와 카이로 씨가 들어오도록 문을 열어 줬고, 또……."

거트먼이 잠시 말을 끊고 생각에 잠겨 미소 지었다.

"아니, 우리가 오쇼네시 양을 설득해서(말 그대로 설득입니다.) 자코비가 당신한테 매를 가져갔다는 걸 알아냈습니다. 도중에 경찰한테 발각되지 않는다 해도 자코비가 살아서 거기까지 갈 리는 만무한 것 같았지만 우리에게 남은 기회는 그것뿐이었지요, 선생. 그래서 한 번 더 우리는 오쇼네시 양을 설득해서 우릴 돕게 했습니다. 우리는, 에, 그녀더러 당신 사무실로 전화해서 자코비가 도착하기 전에 당신을 끌어내고 윌머를 그리로 보낼 계획이었지요. 불행히도 방법을 결정하고 오쇼네시 양을 설득하느라 시간이 너무 지체되는 바람에……”

소파에 누워 있던 윌머가 신음 소리를 내며 옆으로 돌아누웠다. 눈이 몇 차례 떠졌다 감겼다. 브리지드는 일어나서 벽 쪽에 있는 탁자 뒤로 돌아갔다.

거트먼이 서둘러 말을 맺었다.

“늦어져서 우리가 당신한테 가기 전에 당신이 먼저 매를 손에 넣게 된 겁니다.”

윌머는 한쪽 다리를 바닥에 내려놓고 팔꿈치로 괴어 몸을 일으킨 다음 다른 발을 바닥에 내려놓고 똑바로 앉아서 두 눈을 크게 뜨고 주변을 둘러보았다. 두 눈이 스페이드에게 이르자 어리둥절하던 표정이 말끔히 가셨다.

카이로가 안락의자에서 일어나 윌머에게 걸어갔다. 그는 윌머의 어깨에 팔을 두르고 뭔가 속삭이기 시작했다. 윌머는 카이로의 팔을 치우고 재빨리 일어났다. 그는 다시 방을 흘끗거리며 둘러본 뒤 스페이드를 뚫어져라 쏘아보았다. 얼굴은 딱딱하게 굳어 있었고 너무 긴장한 나머지 온몸이 잔뜩 오그라들었다.

스페이드는 탁자 모서리에 걸터앉아 두 다리를 무심하게 흔들며 말했다.

"잘 들어라, 아가. 또 말썽 부리면 이번에는 상판을 걷어차 줄 테니. 입 다물고 얌전히 앉아 있으면 명줄은 보존할 거다."

월머가 거트먼을 보았다.

거트먼이 자애롭게 웃으며 말했다.

"그런데 월머, 널 잃어야 한다니 정말 유감스럽구나. 내 친아들도 그 이상 귀여워하지는 못했을 거야. 하지만 이거 참! 아들이야 잃어도 또 얻을 수 있지만 몰타의 매는 하나뿐이란다."

스페이드가 웃었다.

카이로가 월머에게 다가가 귀에 대고 속삭였다. 월머는 차가운 개암나무빛 눈으로 거트먼의 얼굴을 쏘아보며 다시 소파에 앉았다. 카이로도 옆에 앉았다.

거트먼은 여전히 자애로운 미소를 머금은 채 한숨을 내쉬었다. 그가 스페이드에게 말했다.

"어릴 때는 한마디로 세상이 뭔지 이해하지 못하는 법이지요."

카이로는 다시 월머의 어깨에 팔을 두르고 뭐라고 속삭였다. 스페이드는 거트먼에게 씩 웃고 나서 브리지드 오쇼네시에게 말했다.

"부엌에 가서 먹을 만한 게 있는지 봐 주면 정말 좋겠는걸. 커피도 넉넉히 준비해 주고. 그렇게 해주겠어? 손님들을 놔두고 내가 갈 수는 없잖아."

"알았어요."

브리지드가 문을 향해 걸어갔다.

거트먼이 의자 흔들기를 멈추고 소리쳤다.

"아가씨, 잠깐만." 거트먼이 두툼한 손을 들었다. "봉투는 여기 두고 가는 게 어때요? 기름이라도 묻으면 안 좋을 텐데요."

브리지드의 눈이 스페이드에게 어떻게 해야 할지 묻고 있었다. 스페이드가 무심한 어조로 말했다.

"아직은 거트먼의 돈이야."

브리지드는 코트 주머니에 손을 넣어 봉투를 꺼내 스페이드에게 건넸다. 스페이드는 거트먼의 무릎을 향해 봉투를 던지며 말했다.

"정 잃어버릴까 봐 걱정되면 깔고 앉으시든지."

거트먼이 상냥하게 대답했다.

"오해하셨군요. 그런 게 아닙니다. 사업은 사업답게 처리하자는 얘기지요." 거트먼이 봉투 덮개를 열어 1000달러짜리 지폐를 꺼내 세어 보고는 배가 흔들리도록 웃어 젖혔다. "이를테면 지금도 여기 지폐가 아홉 장밖에 없군요." 거트먼이 뚱뚱한 무릎과 허벅지 위에 지폐를 펼쳐 보였다. "제가 드릴 때는 분명 열 장이었지요. 그건 선생도 잘 아실 겁니다."

거트먼은 더욱 크고 쾌활하고 의기양양하게 껄껄거렸다.

"뭐지?"

스페이드가 브리지드 오쇼네시를 보고 물었다.

브리지드가 강하게 고개를 내저었다. 그녀는 마치 뭔가 말하려는 듯 입술을 살짝 들먹거렸지만 아무 말도 하지 못했다. 겁먹은 얼굴이었다.

스페이드는 거트먼에게 손을 내밀었고 그는 스페이드의 손에 돈을 올려놓았다. 그는 돈을 세고 나서(1000달러짜리 지폐 아홉 장이었다.) 거트먼에게 돌려줬다. 자리에서 일어났을 때 스페이드의 얼굴은 음울하지만 차분했다. 그는 탁자에 놓인 권총 세 자루를 집어 들었다. 사무적인 목소리로 말했다.

"어찌된 건지 알고 싶소. 우린" 스페이드는 브리지드를 쳐다보지도 않고 고개만 까딱했다. "화장실에 들어가겠소. 문을 열어 두고 내가 복도를 지킬 거요. 3층에서 떨어질 생각이 아닌한 여기서 나가려면 화장실을 지나는 수밖에 없지, 쓸데없는 짓은 않는 게 좋을걸."

"선생, 정말이지 이런 식으로 우리를 위협할 필요가 뭐가 있소. 선생답지 않습니다그려. 우린 떠날 의사가 전혀 없습니다."

"두고 보면 알지." 스페이드는 느긋하지만 단호했다. "이딴 시시한 장난 때문에 모든 게 엉망이 됐소. 답을 찾아야겠소. 오래 걸리진 않을 거요." 스페이드는 브리지드의 팔꿈치를 툭 쳤다. "가지."

화장실에 들어가자 브리지드 오쇼네시가 말문을 열었다. 그녀는 스페이드의 가슴에 손바닥을 댄 채 고개를 들고 속삭였다.

"제가 그런 거 아니에요, 샘."

"나도 알지만 확인은 해야 돼. 옷 벗어."

"제 말을 못 믿으시는 건가요?"

"그래. 옷 벗어."

"싫어요."

"좋아. 다른 방으로 가서 내가 벗기지."

브리지드가 한 손으로 입을 막으며 뒤로 물러섰다. 겁에 질려 두 눈이 휘둥그레졌다.

"정말이세요?"

브리지드의 말이 손가락 사이로 새어 나왔다.

"그래. 난 돈이 어디로 갔는지 알아야겠고, 처녀의 정숙함 따위로 지체할 순 없어."

"오, 그런 게 아니에요." 브리지드는 스페이드에게 다가가 다시 가슴에 손을 얹었다. "당신 앞에서 옷을 벗는 게 부끄러운 게 아니에요. 다만, 모르시겠어요? 이런 식은 아니에요. 이런 식으로 옷을 벗으면 제 기분이 어떨지 정말 모르시겠어요?"

스페이드는 목소리를 높이지 않고 조용히 말했다.

"그런 건 모르겠는데. 돈이 어디로 갔는지 알아야겠어. 벗어."

브리지드는 미동도 없는 스페이드의 황회색 눈동자를 보며 얼굴이 빨개졌다가 다시 하얗게 질렸다. 브리지드는 몸을 곧추 세우고 옷을 벗기 시작했다. 스페이드는 욕조 한쪽에 앉아 브리지드와 열린 문을 번갈아 보았다. 거실에서는 아무 소리도 들리지 않았다. 그녀는 더듬거리지도 않고 재빠르게 옷을 벗어 발밑에 하나씩 떨어뜨렸다. 나체가 되자 뒤로 물러나서 스페이드를 쳐다보았다. 브리지드의 태도에는 반항심이나 당혹감은 추호도 없이 자부심으로 가득했다.

스페이드는 변기 뚜껑에 권총을 내려놓고 문을 마주본 채 한쪽 무릎을 꿇었다. 그는 옷가지를 하나씩 들어서 눈과 손가락으로 샅샅이 조사했다. 1000달러짜리 지폐는 없었다. 일을 마치자 브리지드의 옷을 들고 일어났다.

"고마워. 이제 알았어."

브리지드는 스페이드에게서 옷을 받아 들었다. 아무 말도 없었다. 스페이드는 권총을 집어 들고는 화장실 문을 닫고 거실로 돌아갔다.

거트먼이 흔들의자에 앉아 친근한 얼굴로 웃음 지었다.

"찾으셨나요?"

카이로는 윌머 옆 소파에 앉아 묻는 듯한 뿌연 눈으로 스페이드를 보았다. 윌머는 고개를 들지 않았다. 그는 몸을 앞으로 숙이고 양손으로 머리를 감싸고 팔꿈치를 무릎에 괸 채 발 사이의 방바닥만 물끄러미 바라보았다.

스페이드가 거트먼에게 말했다.

"아니, 못 찾았소. 당신이 감췄더군."

뚱보 거트먼이 킬킬거렸다.

"내가 감춰요?"

"그렇소."

스페이드는 손으로 권총을 덜그럭거리며 말했다.

"숨겼다고 자백하겠소, 아니면 몸수색을 받겠소?"

"몸수색을……?"

"인정하시오. 아니면 샅샅이 수색할 테니. 다른 길은 없소."

거트먼은 눈을 들어 스페이드의 굳은 얼굴을 보며 호탕하게 웃어 젖혔다.

"맙소사, 선생, 어련하시겠습니까. 그렇고말고요. 정말 괴짜십니다, 선생. 이렇게 말해도 기분 상하시진 않으시겠지요."

"당신이 숨겼어."

"맞습니다, 선생. 제가 숨겼습니다."

거트먼은 조끼 주머니에서 구겨진 지폐 하나를 꺼내 넓적한 허벅지에 펼치고 나서 지폐 아홉 장이 든 봉투를 코트 주머니에서 꺼내 펼친 지폐를 함께 넣었다.

"저는 때때로 시시한 장난을 쳐야 직성이 풀리는데, 그런 상황에 부딪히면 선생이 어떻게 나올지 궁금했거든요. 시험에 멋지게 통과했다고 할 수밖에 없군요, 선생. 그렇게 단순하고 직접적인 방식으로 진실을 알아내리라고는 생각도 못했습니다."

스페이드는 쓸쓸한 기색도 없이 거트먼에게 비아냥거렸다.

"그런 건 저런 애송이들이나 하는 줄 알았소만."

거트먼이 킬킬거렸다.

브리지드 오쇼네시는 코트와 모자만 빼고 옷을 다 입고 화장실에서 나와 거실로 한 걸음 내딛으려다 다시 몸을 돌려 부엌으로 가서 불을 켰다.

카이로는 소파에서 윌머 쪽으로 다가앉아 다시 귀엣말을 하기 시작했다. 윌머는 짜증이 난 듯 어깨를 으쓱했다.

스페이드는 손에 든 권총을 보다가 거트먼을 보고는 통로로 나가 그곳에 있는 벽장 앞으로 걸어갔다. 문을 열고 그 안에 있던 보관함 제일 위층에 권총을 넣고 문을 닫고 잠근 다음 열쇠를 바지 주머니에 넣고 부엌으로 갔다.

브리지드 오쇼네시가 커피포트에 물을 받고 있었다.

"도와줄 건 없고?"

스페이드가 물었다.

"네."

브리지드가 고개도 들지 않은 채 냉담한 목소리로 대답했다. 그러고는 커피포트를 치우고 문으로 향했다. 발갛게 달아오른 얼굴에서 크고 촉촉한 두 눈이 원망하는 듯했다.

"저한테 그러면 안 되죠, 샘."

브리지드가 부드럽게 말했다.

"사실을 알아야 했거든, 천사."

스페이드는 몸을 숙이고 브리지드의 입술에 가볍게 키스하고 거실로 돌아갔다.

거트먼은 만면에 가득 미소 지으며 스페이드에게 흰 봉투를 내밀면서 말했다.

"곧 선생 것이 될 테니까 지금 받으셔도 되겠지요."

스페이드는 받지 않았다. 그가 안락의자에 앉으며 말했다.

"받을 시간은 차고도 넘치오. 돈 얘기는 아직 충분히 하지도 않았고. 난 더 받아야겠소."

"1만 달러는 상당히 큰 돈입니다." 거트먼이 말했다.

"내 말을 흉내 내는군. 하지만 그게 온 세상의 돈을 다 합한 건 아니지."

"네, 선생, 그렇지는 않지요. 그건 옳습니다. 하지만 며칠 만에 이렇게 간단히 얻기에는 제법 큰 돈이지요."

"그게 그렇게 간단했다고 생각하시오?"

"글쎄, 그럴지도 모르지만 그건 내 문제지."

스페이드가 어깨를 으쓱하고 말을 맺었다.

"그야 그렇지요."

거트먼이 동의했다. 그는 눈에 힘을 주고 고개를 돌려 부엌을 가리키며 낮은 목소리로 물었다.

"오쇼네시 양과 나눌 생각이신가요?"

"그것도 내 문제요."

거트먼은 이번에도 동의했다.

"물론 그렇지요. 하지만" 거트먼이 머뭇거렸다. "조언을 한마디 하고 싶군요."

"하시오."

"어쨌거나 선생은 저 여자에게 돈을 줄 테지만, 그녀 기대에 못 미치는 금액을 주게 되면, 제 조언은 이겁니다, 조심하십시오."

스페이드의 눈에 비웃는 빛이 스쳤다.

"심각하오?" 그가 물었다.

"심각합니다."

스페이드는 씩 웃고서 담배를 말기 시작했다.

카이로는 여전히 윌머의 귀에 대고 중얼거리며 어깨에 다시 팔을 둘렀다. 윌머가 갑자기 카이로의 팔을 밀쳐내고 몸을 돌려 그를 마주보았다. 윌머의 얼굴은 역겨움과 분노로 가득했다. 그는 작은 손으로 주먹을 쥐어 카이로의 입을 먹여쳤다. 카이로는 여자처럼 비명을 지르며 소파 끝으로 물러났다. 그는 주머니에서 실크 손수건을 꺼내 입에 대었다. 손수건에 피가 묻어 나왔다. 그는 다시 한 번 손수건으로 입을 닦고 윌머를 나무라듯 쳐다보았다. 윌머는 "가까이 오지 마."라고 으르렁대고는 양손으로 얼굴을 감쌌다. 카이로의 손수건에서 나는 시프레 향이 온 방에 퍼졌다.

카이로의 비명 소리에 브리지드 오쇼네시가 문으로 달려왔다. 스페이드는 씩 웃으며 소파를 엄지로 가리키고 말했다.

"진정한 사랑에 따르는 결말이야. 음식은 어떻게 됐어?"

"곧 나가요."

브리지드는 다시 부엌으로 돌아갔다.

스페이드는 담배에 불을 붙이고 거트먼에게 말했다.

"이제 돈 얘기 좀 합시다."

"기꺼이 하지요, 선생. 얼마든지 좋습니다. 하지만 1만 달러가 제가 모을 수 있는 전부라는 걸 솔직히 말씀드리는 게 좋겠군요."

스페이드가 연기를 내뿜었다.

"2만은 받아야겠소."

"저도 드리고 싶군요. 돈이 있다면 기꺼이 드리겠지만 1만 달러가 제가 변통할 수 있는 전부입니다. 제 명예를 걸고 맹세할 수 있습니다. 물론 선생, 이것은 계약금입니다. 나중에……"

스페이드가 웃었다.

"나중에는 100만 달러라도 줄 수 있다는 거 나도 알고 있소. 하지만 지금은 계약금만 얘기하지. 1만 5000달러는 어떻소?"

거트먼이 웃음을 지었다 인상을 썼다가 마침내 고개를 저었다.

"스페이드 씨, 제가 솔직하게 까놓고 남자로서 제 명예를 걸고 1만 달러가(동전 하나 빼지 않은) 전부라고 말씀드리지 않았습니까."

"하지만 절대로 안 된다고는 말하지 않았지."

"절대로 안 됩니다."

거트먼이 웃으며 말했다.

"썩 내키지는 않지만 그게 최선이라면 좋소."

스페이드가 음침하게 말했다.

거트먼은 봉투를 스페이드에게 넘겼다. 그는 지폐를 세고 나서 주머니에 넣었다. 그때 브리지드가 쟁반을 들고 나타났다.

윌머는 아무것도 먹지 않았다. 카이로는 커피를 마셨다. 브리지드와 거트먼과 스페이드는 브리지드가 준비한 달걀 프라이와 베이컨, 토스트, 마멀레이드를 먹고 각각 커피 두 잔씩을 마셨다. 그러고는 편히 앉아 밤이 지나기를 기다렸다.

거트먼은 시가를 피우며 『미국의 희대 범죄사건집』을 읽었고, 때때로 재미있는 구절이 나오면 킬킬거리거나 뭔가 논평을 달았다. 카이로는 다친 입을 매만지며 소파 끝에 부루퉁한 얼굴로 앉아 있었다. 윌머는 4시가 조금 지나서까지 양손에 머리를 파묻고 앉아 있었다. 그러더니 카이로 쪽으로 발을 뻗고 고개를 창문 쪽으로 향한 채 잠이 들었다. 브리지드 오쇼네시는 안락의자에 앉아 졸다가 거트먼의 논평을 듣다가 스페이드와 띄엄띄엄 두서없는 대화를 주고받았다.

스페이드는 담배를 말아 피우며 불안하거나 긴장하는 기색 없이 방을 돌아다녔다. 때로는 브리지드가 앉은 의자 팔걸이에 앉았다가, 때로는 탁자 모서리에 앉았다가, 때로는 브리지드 발치께 바닥에 앉았다가 마침내 등받이가 직각인 의자에 앉았다. 스페이드는 여전히 정신이 맑고 쾌활했으며 활력이 넘쳤다.

5시 30분에 스페이드는 부엌으로 가서 커피를 더 만들었다. 삼십 분 후에 윌머가 꿈틀대며 깨어나 하품을 하며 일어나 앉았다. 거트먼이 시계를 보고 스페이드에게 물었다.

"지금 받을 수 있겠습니까?"

"한 시간만 더 주시오."

거트먼은 고개를 끄덕이고 다시 책을 읽었다.

7시 정각에 스페이드는 전화기로 가서 에피 페린에게 전화했다.

"여보세요, 페린 부인? ……스페이드입니다. 에피 좀 바꿔 주시겠습니까? ……네, 그렇습니다. ……감사합니다."

스페이드는 휘파람으로 「엔 쿠바」 두 소절을 작게 불었다.

"여보세요, 천사. 깨워서 미안. ……그래, 아주 좋아. 부탁 좀 들어 줘. 우체국의 홀랜드 함에 가면 내가 휘갈겨 쓴 봉투 하나가 있을 거야. 그 안에 피크윅 역마차 물품 보관증이 있어. 어제 우리가 받은 꾸러미를 보관한 거야. 그거 찾아서 내게 가

저다주겠어? 당장. ……그래, 여기 집이야. ……좋아, 서둘러.
……끊어.”

8시 10분에 정문 초인종이 울렸다. 스페이드는 전화박스로
가서 버튼을 눌러 1층 문을 열었다. 거트먼이 책을 내려놓고
웃으며 일어났다.

“선생, 저도 함께 가도 괜찮겠지요?”

“좋소.”

거트먼은 스페이드를 따라 바깥문으로 갔다. 스페이드가 문
을 열었다. 잠시 후 에피 페린이 갈색 꾸러미를 가지고 엘리베
이터에서 내렸다. 소년 같은 얼굴은 명랑하고 밝았다. 그녀는
종종걸음으로 거의 뛰다시피 다가왔다. 그녀는 거트먼을 흘끗
보기만 했다. 그러고는 스페이드에게 미소 지으며 꾸러미를 건
넸다.

스페이드가 꾸러미를 건네받으며 말했다.

“정말 고마워, 아가씨. 쉬는 날 망쳐서 미안하지만 이건…….”

“망친 날이 어디 하루 이틀인가요 뭐.”

에피 페린이 웃으며 대답하고 스페이드가 들어오라는 소리
를 않자 다시 물었다.

“다른 건요?”

스페이드가 고개를 저었다.

“됐어, 고마워.”

에피 페린은 "잘 있어요." 하고 엘리베이터로 돌아갔다.

스페이드는 문을 닫고 꾸러미를 가지고 거실로 돌아왔다. 거트먼은 얼굴이 벌게지고 볼이 떨렸다. 스페이드가 꾸러미를 가지고 탁자로 향하자 카이로와 브리지드 오쇼네시도 슬금슬금 다가왔다. 그들은 들떠 있었다. 윌머는 창백하고 긴장한 얼굴로 일어났지만 소파 근처에서 둥글게 말린 속눈썹 아래로 사람들을 응시했다.

스페이드가 탁자 뒤로 물러나며 말했다.

"여기 있소."

거트먼의 손가락이 끈과 종이와 대팻밥을 재빠르게 제거했다. 마침내 그는 검은 새를 두 손에 들었다. 그가 쉰 목소리로 말했다.

"아, 이제야. 17년이 지나서야!"

두 눈이 촉촉했다.

카이로는 붉은 입술을 핥고 두 손을 비볐다. 브리지드는 아랫입술을 물고 있었다. 브리지드와 카이로도, 거트먼도, 그리고 스페이드와 윌머도 그 방에 있는 모든 사람들이 거칠게 숨을 몰아쉬고 있었다. 썰렁한 방안은 자욱한 담배 연기로 퀴퀴했다.

거트먼은 새를 도로 탁자에 올려놓고 주머니를 더듬었다.

"맞기는 하지만 확실히 해야겠지요."

땀방울이 둥근 뺨에서 반짝였다. 거트먼이 금박을 입힌 주머니칼을 꺼내어 펼치자 손가락이 경련을 일으켰다.

카이로와 브리지드는 거트먼에게 바싹 다가가 양쪽에 각각 섰다. 스페이드는 윌머와 탁자 근처의 사람들을 볼 수 있는 곳으로 조금 물러섰다.

거트먼은 새를 뒤집어 칼로 바닥을 긁어냈다. 작고 둥근 검정 에나멜 덩어리들이 떨어져 나가며 그 안에 있던 검게 칠한 금속이 나타났다. 거트먼의 칼날이 금속을 얇게 벗겨냈다. 벗겨진 쪽과 떨어져 나온 얇은 면은 모두 연회색 납빛이었다.

거트먼이 이를 갈았다. 얼굴은 뜨거운 피로 부글부글 끓어올랐다. 그는 새를 다시 뒤집고 그 머리를 마구 난도질했다. 이번에도 칼끝에 묻어난 것은 납이었다. 그는 칼과 새를 탁자에 쾅 집어던지고 몸을 빙 돌려 스페이드를 마주보았다.

"이건 가짭니다."

거트먼이 쉰 목소리로 말했다.

스페이드의 얼굴이 침울해졌다. 그는 느릿느릿 고개를 끄덕이더니 재빠르게 손을 뻗어 브리지드 오쇼네시의 손목을 잡았다. 그는 브리지드를 끌어당겨 다른 손으로 턱을 붙잡고 거칠게 고개를 들어올렸다. 그는 브리지드의 얼굴에 대고 으르렁댔다.

"이번엔 당신이 장난 칠 차례였나. 어떻게 된 건지 말해."

브리지드가 외쳤다.

"아녜요, 샘. 아니라고요! 그게 제가 케미도프에게 받아온 거예요. 맹세코……."

조엘 카이로가 스페이드와 거트먼 사이에 몸을 우겨넣고 새된 목소리로 더듬거리며 내뱉었다.

"맞아! 그거야! 그 러시아인이었어! 눈치 챘어야 하는데! 그 작자 완전 바보인 줄 알았더니 도리어 우리를 바보로 만들었군!"

눈물이 카이로의 뺨에 흘러내렸다. 그는 펄쩍펄쩍 뛰며 새된 소리로 거트먼에게 쏘아붙였다.

"당신이 망친 거야! 그걸 그놈한테 사려는 것부터가 바보짓이었다고! 이 뚱뚱한 멍청아! 당신이 그게 귀한 물건이란 걸 알려 준 거나 다름없다고. 그게 값비싼 것임을 알았으니 당연히 우리에게 가짜를 준 거라고! 그렇지 않다면 그렇게 쉽게 훔칠 수가 없었을 거 아냐! 그러니까 내가 물건을 찾아 온 세계를 돌아다닐 거라고 하자 날 기꺼이 보낸 거지! 이 얼간이! 돼지 같은 멍청이!"

카이로가 얼굴을 손에 묻고 엉엉 울었다.

거트먼의 턱이 축 처졌다. 그는 멍한 눈을 깜빡였다. 그러고는 몸을 덜덜 떨었다. 하지만 살덩이들이 출렁거리기를 멈췄을 때쯤에는 다시 유쾌한 뚱보가 되어 있었다. 그가 온화하게 말했다.

"자, 이제 와서 떠들어 본들 무슨 소용 있겠소. 누구나 때로는 실수하기 마련이고, 이 일은 내게도 큰 타격이오. 그것만은 알아 줬으면 하오. 이건 그 러시아인의 솜씨요. 의심할 여지가 없군요. 자, 카이로 선생, 어떻게 할 생각이오? 여기 서서 눈물을 흘리며 서로 욕이나 할까? 아니면" 거트먼이 잠시 말을 멈추고 아기 천사처럼 웃었다. "이스탄불로 같이 가겠소?"

카이로가 얼굴에서 손을 떼자 눈은 퉁퉁 부어 있었다. 그가 더듬더듬 말했다.

"다, 당신도 가, 가실 건가요?"

거트먼의 말을 온전히 이해하고 나자 놀라움에 압도되어 카이로는 말문이 막혔다.

거트먼은 뚱뚱한 두 손을 마주쳤다. 두 눈은 별처럼 반짝였다. 쉰 듯한 목소리는 만족스럽게 그르렁거렸다.

"17년 동안 그 작은 물건을 한시도 잊은 적이 없소. 그걸 찾으려고 별의별 짓을 다했지. 그걸 찾는 데 1년이 더 필요하다 해도, 음 선생, 그건 그리 긴 시간은 아니라오." 거트먼이 소리 없이 입술을 움직이며 암산을 했다. "고작 5와 17분의 15퍼센트 늘어나는군요."

카이로가 키득거리면서 외쳤다.

"같이 가겠습니다!"

스페이드가 갑자기 브리지드의 손목을 놓고 방을 둘러보았다. 월머가 보이지 않았다. 스페이드는 통로로 가 보았다. 바깥 문이 열려 있었다. 그는 불만스럽게 입매를 찡그리더니 문을 닫고 거실로 돌아왔다. 그는 문틀에 기대어 거트먼과 카이로를 쳐다봤다. 거트먼을 심술궂게 한참 쳐다보던 스페이드가 뚱보의 잠긴 듯한 그르렁 소리를 흉내 내어 말했다.

"이거 참, 선생, 정말 대단한 도둑님들이시군요!"

거트먼이 킬킬거렸다.

"뻐길 건 아니지만 그런 것 같군요, 선생. 하지만 아직 누가 죽은 것도 아니고 다소 계획에 차질이 생겼다고 해서 세상이 끝난 것처럼 징징거려 봐야 좋을 게 없지요."

거트먼이 뒤춤에 꽂고 있던 왼손을 빼서 스페이드를 향해 내밀었다. 핑크색의 부드럽고 투실투실한 손바닥이 보였다.

"봉투는 돌려주셔야겠습니다, 선생."

스페이드는 움직이지 않았다. 얼굴이 딱딱하게 굳었다.

"난 할 일을 다 했소. 당신에게 거시기를 줬잖소. 그게 당신이 원하는 물건이 아닌 건 내가 아니라 당신 불찰이지."

거트먼이 설득조로 말했다.

"아아, 선생, 다 같이 실패한 것이니 누구 한 사람한테만 책임을 지울 까닭은 없지요. 그리고……."

거트먼이 등 뒤로 돌렸던 오른손을 앞으로 내밀었다. 손에는 금은과 자개로 화려하게 장식한 작은 권총이 들려 있었다.

"한마디로 1만 달러를 돌려주셔야겠다는 말씀이외다, 선생."

스페이드의 표정은 변하지 않았다. 그는 어깨를 으쓱하고 주머니에서 봉투를 꺼냈다. 거트먼에게 봉투를 내밀려다가 잠시 머뭇거리더니 봉투를 열어 1000달러짜리 지폐 하나를 꺼냈다. 그것을 바지 주머니에 넣었다. 그런 다음 봉투 덮개를 접어 봉투를 거트먼에게 내밀었다.

"내가 들인 시간과 지출에 대한 보수요."

거트먼은 잠시 그대로 있다가 스페이드가 하듯 어깨를 으쓱하고 봉투를 받았다.

"자, 선생, 이제 작별을 고해야겠군요."

눈 주위의 통통한 살덩이에 주름이 생겼다.

"혹시 우리와 함께 이스탄불로 가실 게 아니라면 말이지요. 안 가시겠습니까? 뭐 선생, 솔직히 저는 선생이 같이 가셨으면 합니다. 선생은 제 맘에 들고 수완도 좋은 데다 판단력도 있습니다. 그렇기 때문에 우린 안심하고 작별할 수 있는 거지요. 선생이라면 이 자그마한 모험에 대해 굳게 입을 다물 거라고 믿기 때문이지요. 일이 이렇게 되었으니 지난 며칠 동안 일어난 일과 관련해서 우리에게 법적인 문제가 생긴다면 선생과 이 아름다운 오쇼네시 양 역시 빠져나가기 어렵다는 점은 잘 이해하고 계시리라 믿습니다. 현명한 분이니 제 말을 알아들었을 테지요, 선생. 암 그렇고말고요."

"알아들었소."

"그러실 줄 알았습니다. 또 하나, 이제 선택할 여지도 없어
졌으니 희생양 없이 어떻게든 경찰에 대처하셔야 할 겁니다."

"알아서 잘 하겠소."

"그러시겠지요. 자, 선생, 작별인사는 짧을수록 좋은 법이지
요. 아듀." 거트먼이 뚱뚱한 몸을 숙였다. "오쇼네시 양, 당신도
아듀. 탁자에 있는 진귀한 물건은 당신에게 작은 기념품으로
드리지요."

20장

당신이 고수형을 당한다 해도

캐스퍼 거트먼과 조엘 카이로가 나가고 문이 닫힌 뒤 오 분 동안 스페이드는 꼼짝도 않고 열린 거실문 손잡이를 응시하고 있었다. 찡그린 이마 아래서 두 눈은 침울해 보였다. 양미간에 깊고 붉은 주름이 잡혔다. 입술을 삐죽 내밀어서 뿌루퉁해 보였다. 그는 입술을 꽉 다물어 단단한 V 모양을 만든 뒤 전화기로 다가갔다. 탁자 옆에서 그를 불안한 눈으로 쳐다보던 브리지드 오쇼네시는 쳐다보지도 않았다.

스페이드는 전화기를 들었다가 다시 내려놓고 몸을 숙여 선반 구석에 매달려 있는 전화번호부를 들여다보았다. 빠르게 페이지를 넘겨 손가락으로 내리훑으며 원하는 것을 찾던 그는 마침내 번호를 찾자 몸을 펴고 다시 전화기를 들었다.

"여보세요. 폴하우스 경사 있습니까? ……좀 불러 주시겠습니까? 새뮤얼 스페이듭니다……."

스페이드가 먼 산을 바라보며 기다렸다.

"여보세요, 톰. 자네한테 알려 줄 게 있어……. 그래, 많지. 잘 듣게. 서스비와 자코비를 쏜 건 윌머 쿡이라는 애송이야."

스페이드가 윌머의 인상착의를 상세히 설명했다.

"녀석은 캐스퍼 거트먼이라는 자의 수하네."

이번에는 거트먼의 생김새를 자세히 설명했다.

"자네가 여기서 만난 카이로라는 자도 한 패거리야……. 그렇지. 바로 그걸세……. 거트먼은 알렉산드리아 호텔 스위트룸 12-C호에 있네. 지금은 없을지도 몰라. 그놈들 막 여기서 나갔는데 도시를 뜰 생각이니까 서둘러야 할 거야. 경찰이 들이닥칠 거라고는 생각지 않을 테지만……. 여자애도 하나 있네. 거트먼의 딸이야."

스페이드는 리아 거트먼의 모습을 설명해 주었다.

"윌머라는 애송이랑 맞붙을 때는 조심하게. 총 솜씨가 제법 쓸 만한 모양이야……. 그래, 톰. 여기 물건도 좀 있네. 애송이 녀석이 쓰던 총 같은데……. 그렇지. 서두르라고. 행운을 비네!"

스페이드는 천천히 수화기를 내려놓고 전화기를 선반에 올려놓았다. 혀로 입술을 적시고 두 손을 내려다보았다. 손바닥이 축축했다. 그는 숨을 깊이 들이마셨다. 가늘게 뜬 두 눈이 반짝거렸다. 그는 몸을 홱 돌려 성큼성큼 세 걸음을 내디뎌 거실로 돌아갔다.

브리지드 오쇼네시가 스페이드의 갑작스러운 움직임에 놀라 숨을 헉떨이며 웃음 비슷한 소리를 냈다.

스페이드는 브리지드의 코앞에 얼굴을 들이밀고(크고 굵은 뼈대에 근육질의 몸집으로) 냉정하게 웃으며 눈과 턱에 힘을 주어 말했다.

"그 작자들 경찰에 붙잡히면 다 불 거야. 우리에 관해서. 우린 지금 다이너마이트를 깔고 앉은 거나 다름없고, 몇 분 뒤면 경찰이 들이닥칠 거야. 전부 말해. 빨리. 거트먼이 당신과 카이로를 이스탄불로 보냈나?"

브리지드는 말을 꺼내려다 머뭇거리며 입술을 깨물었다.

스페이드가 브리지드의 어깨에 손을 얹었다.

"젠장, 말을 하라니까! 우린 지금 한 배를 탔으니 허튼짓은 꿈도 꾸지 마. 말해. 거트먼이 당신을 이스탄불로 보냈나?"

"그, 그래요. 거트먼이 보냈어요. 전 거기서 조를 만났고, 그에게 도와달라고 부탁했어요. 그런 다음 우린……"

"잠깐. 카이로한테 케미도프에게서 물건을 빼내도록 도와달라고 부탁했다고?"

"그래요."

"거트먼에게 주려고?"

브리지드는 다시 주저하다가 스페이드의 매섭고 성난 눈길을 보곤 잠시 꼼지락거리다 침을 꿀꺽 삼키고 나서 말했다.

"아뇨, 그땐 이미 그럴 마음 없었어요. 그냥 우리가 가질 생각이었어요."

"좋아. 그 다음은?"

"응, 그 다음엔 조가 날 배신할까 봐 걱정이 들기 시작했어요. 그래서, 그래서 플로이드 서스비한테 도움을 청했죠."

"서스비는 부탁을 들어 줬고. 그런 다음엔?"

"저, 물건을 손에 넣어 홍콩으로 갔어요."

"카이로와 함께? 아니면 그 전에 따돌렸나?"

"네. 우린 이스탄불에 카이로를 남겨 두고 갔어요. 그는 감옥에 들어갔거든요. 무슨 수표 건으로 붙잡혀서요."

"당신이 카이로를 떼어 버리려고 일을 꾸몄군?"

브리지드는 창피한 듯한 얼굴로 스페이드를 보며 속삭였다.

"네."

"좋아. 이제 당신과 서스비는 매를 가지고 홍콩에 있었고."

"네, 그런데 그때는 서스비를 잘 몰랐어요.(믿을 수 있을지 어떨지. 그래서 안전을 기하려고) 여하간 전 자코비 선장을 만났고, 그의 배가 여기로 온다는 걸 알고 물건 하나를 이리로 가져다 달라고 부탁했어요. 그 물건이 매였고요. 서스비를 믿어도 될지도 알 수 없었고, 거트먼이 보낸 사람이나 조가 우리 배에 타지 않으리라는 보장도 없었으니까요. 그러니 그게 가장 안전한 계획 같았죠."

"그렇군. 그러고 나서 당신과 서스비는 더 빠른 배를 타고 여기로 왔지. 그 다음엔?"

"그 다음엔, 다음엔 거트먼이 무서워졌어요. 전 그에게 사방 팔방에 연줄이 있다는 것도 알았고, 우리가 무슨 짓을 했는지 그가 곧 알아내리란 것도 알았어요. 우리가 홍콩을 떠나 샌프란시스코로 왔다는 것을 알까 봐도 무서웠고요. 그는 그때 뉴욕에 있었는데 그 소식을 전보로 들으면 우리보다 먼저 도착할 가능성도 무시할 수 없었어요. 실제로도 그랬고요. 그때는 그걸 몰랐지만 만일을 위해 자코비 선장의 배가 도착할 때까지 여기서 기다리기로 한 거죠. 거트먼이 절 발견하거나 아니면 서스비를 찾아내 매수할까 봐 무서웠어요. 그래서 당신에게 와서 감시해 달라고 부탁했던……"

"거짓말. 서스비는 당신에게 폭 빠져 있었고 그건 당신도 알고 있었어. 그는 여자라면 사족을 못 쓰지. 전과에도 그렇게 나와. 감방에 들어간 게 전부 여자 때문이었거든. 한번 얼간이는 영원히 얼간이지. 당신은 그자의 전과는 몰랐을지 모르지만 그자를 걱정하지 않아도 된다는 건 알았지." 브리지드는 얼굴을 붉히고 겁에 질린 얼굴로 스페이드를 바라보았다. "당신은 자코비가 전리품을 가지고 도착하기 전에 서스비를 떼어버리고 싶었건 거야. 어떻게 할 계획이었지?"

"전, 전 서스비가 무슨 일인가를 저지르고 한 도박꾼과 함께 미국을 떠났다는 걸 알았어요. 정확히 무슨 일인지는 몰랐지만, 그게 심각한 일이라면 그래서 탐정이 자길 감시하는 걸 알면 예전 사건 때문이라고 지레 짐작해서 겁을 먹고 달아날 줄 알았어요. 전 그 때문에……"

스페이드가 자신만만하게 말했다.

"당신은 서스비에게 미행당하고 있다는 사실을 말해 줬어. 마일스는 그리 똑똑하진 않지만 첫날부터 눈에 띌 만큼 어설프진 않았지."

"제가 말해 줬어요. 맞아요. 그날 밤 산책하러 나갔을 때 전 아처 씨가 우릴 미행하는 걸 처음 알아차린 척하면서 서스비에게 알려 줬어요." 브리지드가 흐느끼기 시작했다. "하지만 제발 믿어 줘요, 샘. 서스비가 아처 씨를 죽일 줄 알았다면 절대 그러진 않았을 거예요. 전 서스비가 겁을 먹고 도시를 떠날 줄 알았어요. 아처 씨를 쏴 버릴 줄은 꿈에도 몰랐다고요."

스페이드의 입술은 늑대처럼 웃고 있었지만 눈은 전혀 웃지 않았다.

"서스비가 죽이지 않을 거라고 생각했다면 당신이 옳았어, 천사."

스페이드를 올려다보던 브리지드가 소스라치게 놀랐다.

"서스비는 마일스를 쏘지 않았거든."

스페이드가 말했다.

브리지드의 얼굴에 이제 놀라움과 의혹이 동시에 나타났다.

"마일스가 그리 똑똑하진 않았지만, 제길! 탐정 경력이 얼만데 그런 식으로 미행하던 자에게 잡혔겠어. 총은 엉덩이에 쑤셔 넣고 코트는 단추를 다 채운 채로 막다른 골목에 몰린다고? 천만에. 마일스는 여느 인간이나 다름없이 멍청하기는 했지만 그 정도로 멍청하진 않았어. 스톡턴 터널 위, 그러니까 부시가 끝에 있으면 그 골목에서 빠져나오는 유일한 통로 두 곳을 모두 볼 수 있지. 당신은 우리한테 서스비가 형편없는 배우라고 했어. 그런데 마일스를 속여 골목으로 끌어들였을 리도 없고, 그렇다고 마일스를 그리로 몰아넣었을 리도 없어. 마일스는 영리하진 않았지만 그 정도로 멍청하진 않았다고,"

스페이드가 입술 안쪽을 혀로 핥고 애정을 가득 담아 브리지드에게 미소 지었다.

"하지만 골목에 아무도 없는 게 분명했다면 당신과 함께 갔을 거야, 천사. 당신은 마일스의 의뢰인이었으니 당신이 요구하면 미행을 그만두는 게 당연하지. 그래서 당신이 그를 뒤쫓아가서 골목으로 가자고 하면 당연히 그렇게 했겠지. 딱 그 만큼만 멍청했거든. 마일스는 당신을 위아래로 훑어보고 입술을 핥은 다음 입이 귀에 걸리도록 씩 웃었을 거야. 그런 다음 당신은 어둠 속에서 그에게 바싹 다가가 그날 저녁 서스비에게 받은 총으로 마일스에게 구멍을 내준 거지."

브리지드 오쇼네시는 스페이드를 피해 뒷걸음질하다가 탁자 모서리에 걸렸다. 그녀는 공포에 휩싸인 눈으로 그를 보면서 외쳤다.

"그러지 마요. 저한테 그런 말 하지 마요, 샘! 안 그랬다는 거 알잖아요! 당신도……"

"그만해." 스페이드는 손목시계를 봤다. "당장이라도 경찰이 들이닥칠지 몰라. 지금 우린 다이너마이트 위에 앉아 있다니까. 어서 말해!"

브리지드는 손등을 이마에 갖다 댔다.

"오, 왜 제가 그런 끔찍한 짓을 했다고……?"

"그만두지 못하겠어?" 스페이드가 낮고 짜증스러운 목소리로 다그쳤다. "이건 학예회 연극 무대가 아니야. 내 말 잘 들어. 교수대가 코앞에 있다고." 스페이드가 브리지드의 손목을 붙잡고 똑바로 세웠다.

"말해!"

"전, 전, 그가, 그가 입술을 핥고 위아래로 절 훑어봤다는 걸 어떻게…… ?"

스페이드가 거칠게 웃었다.

"마일스야 내가 잘 알지. 그건 됐고. 그를 왜 쐈지?"

브리지드는 스페이드의 손에서 손목을 빼내어 양손으로 그의 뒷목을 감싸고 머리를 끌어당겨 입술로 그의 입술을 덮었다. 그녀의 몸이 무릎에서 가슴까지 그의 몸에 밀착되었다. 그는 브리지드에게 팔을 두르고 꽉 끌어안았다. 짙은 속눈썹이 벨벳 같은 눈동자를 반쯤 가렸다. 그녀는 숨을 죽인 채 떨리는 목소리로 말했다.

“처음부터 그럴 생각은 아니었어요. 정말이에요. 아까 얘기한 대로 할 생각이었는데, 서스비가 겁을 먹지 않는다는 걸 알고……”

스페이드가 브리지드의 어깨를 찰싹 때렸다.

“거짓말하지 마. 당신은 마일스와 나더러 직접 해달라고 했어. 자기가 아는 사람이 미행하길 바랐기 때문이지. 그래야 당신이 시키는 대로 따라갈 테니까. 당신은 그날 밤 서스비에게 총을 받았어. 코로넷에 이미 아파트를 빌려 둔 상태였고. 트렁크도 거기다 옮겨 놓아서 호텔에는 아무것도 없었지. 당신 아파트를 조사하러 갔더니 당신이 빌렸다고 한 날짜보다 대엿새 일찍 임대한 영수증이 나오더군.”

브리지드가 힘겹게 침을 삼키고 연약한 목소리로 말했다.

“맞아요. 거짓말이에요, 샘. 전 서스비가, 당신을, 당신 얼굴을 보면서 이런 말을 할 수는 없어요, 샘.” 브리지드는 스페이드의 머리를 끌어당겨서 자기 뺨을 그의 뺨에 대고 귀에다 입술을 갖다 대고 속삭였다. “전 서스비가 쉽게 겁먹지 않으리란 걸 알았지만, 누군가 자기를 미행한다는 걸 알면 둘 중 하나는…… 오, 못하겠어요, 샘!"

브리지드는 스페이드에게 매달리며 흐느꼈다.

"당신은 서스비가 마일스에게 달려들 테고 그럼 둘 중 하나는 없어질 거라고 생각했겠지. 서스비가 죽으면 당신은 그자를 떼어 버릴 수 있고, 마일스가 죽으면 서스비가 체포될 테니 마찬가지로 그자를 떼어 버리게 되는 거야. 맞지?"

"그, 비슷해요."

"서스비가 마일스와 싸울 생각이 없다는 걸 알고는 총을 빌려 직접 처리한 거야. 맞아?"

"네, 정확하진 않지만."

"그 정도면 정확하지. 당신은 애초부터 그럴 계획이었어. 서스비가 죄를 뒤집어쓸 거라고 생각했겠지."

"전, 전 적어도 자코비 선장이 매를 가지고 도착할 때까지는 경찰이 서스비를 붙잡아 둘 거라고 생각했고……"

"당신은 아직 거트먼이 여기 와서 당신을 추적하고 있다는 건 몰랐어. 그걸 알았다면 총잡이 서스비를 해치울 생각은 안 했겠지. 당신은 그가 죽은 직후 거트먼이 여기 와 있다는 걸 알았어. 그래서 또 다른 보호자가 필요해서 곧바로 내게 돌아왔지. 안 그래?"

"네, 하지만(오, 내 사랑!) 그게 전부는 아니에요. 조만간 당신에게 돌아가려고 했다고요. 당신을 처음 본 순간부터 전 알았어요……”

“우리 천사! 글쎄, 운이 좋으면 20년 뒤에는 샌퀜틴 교도소에서 나오게 될 거야. 그때 내게 돌아오면 돼.”

스페이드가 부드럽게 말했다.

브리지드는 스페이드에게서 뺨을 떼고 머리를 뒤로 빼서 이해하지 못하겠다는 눈으로 그를 응시했다.

스페이드가 창백한 얼굴로 부드럽게 말했다.

“사랑스러운 당신을, 이 달콤한 목을 교수대에 매달지 않았으면 정말 좋겠군.”

스페이드는 손으로 브리지드의 목을 어루만졌다.

브리지드는 곧바로 몸을 빼내어 탁자에 등을 기댄 채 몸을 웅크리고 양손으로 목을 감쌌다. 눈은 분노로 이글거렸고 얼굴은 초췌했다. 메마른 입술을 벌렸다 다시 다물었다. 그녀는 목이 타는 듯 작은 목소리로 말했다.

“설마 당신이 절…….”

브리지드는 말을 잇지 못했다.

스페이드는 이제 얼굴이 황백색이 되었다. 입은 웃고 있었고 반짝이는 눈가에도 미소로 주름이 잡혔다.

“난 당신 넘길 거야. 아마 사형은 면할 거야. 앞으로 20년 뒤면 나올 수 있다는 얘기지. 당신은 천사야. 기다릴게.” 스페이드는 헛기침을 하고 말을 이었다. "혹시 당신을 교수형에 처한다 해도 영원히 잊지 않을게."

브리지드는 두 손을 내리고 똑바로 섰다. 두 눈에 어린 미심쩍은 눈빛만 빼면 부드럽고 침착한 얼굴이었다. 그녀는 스페이드에게 부드럽게 미소 지었다.

"그러지 마요, 샘. 장난이라도 그런 소리 마요. 오, 잠시 동안이지만 정말 겁났다고요! 전 정말로 당신이…… 자기가 무모하고 예측 불가능한 사람이라는 건 당신 자신도……."

브리지드는 말을 끊었다. 얼굴을 가까이 대고 스페이드의 눈을 깊이 들여다보았다. 볼과 입 주위의 살이 떨렸고 두 눈이 공포에 질렸다.

"뭐예요……? 샘!"

브리지드는 다시 양손으로 목을 감쌌다. 온몸에 힘이 풀렸다.

스페이드가 소리 내어 웃었다. 누런 얼굴은 땀으로 축축했고, 여전히 미소를 짓고 있었지만 목소리에는 부드러움이 사라졌다. 그가 쉰 목소리로 말했다.

"바보 같은 소리 하지 마. 당신은 경찰서에 가야 해. 우리 둘 중 하나는 대가를 치러야 돼. 그 자식들이 재잘재잘 떠들 테니까. 나라면 백발백중 교수형이겠지. 당신이라면 아마 그보단 나을 거야. 그렇지?"

"하지만, 하지만 샘, 그럴 순 없어요! 우리가 어떤 사인데.

그럴 순……"

"그럴 수 있고말고."

브리지드는 떨리는 숨을 길게 내쉬었다.

"그럼 절 가지고 논 거예요? 절 아끼는 척하다가 이렇게 함정에 빠뜨리려고? 전혀, 상관없었던 건가요? 저를 사, 사랑하지 않았, 않나요?"

"당신을 사랑하는 것 같아. 그게 뭐?" 스페이드의 미소를 지탱해 주던 근육들이 울퉁불퉁 불거졌다. "난 서스비가 아니야. 자코비도 아니고. 당신의 봉이 되지는 않아."

"너무해요." 브리지드가 외쳤다. 두 눈에 눈물이 차 올랐다. "정말 너무해요. 당신은 비열해요. 사실이 아니란 거 알잖아요. 그런 식으로 말할 순 없어요."

"못하긴 왜 못해. 당신은 내 질문을 막으려고 내 침대로 들어왔어. 어제는 그 거짓 전화로 도와 달라면서 날 끌어냈어. 어젯밤에는 그들과 함께 여기로 와 놓고 밖에서 날 기다리다가 나와 함께 들어왔지. 덫이 철컥 내려올 때 당신은 내 품에 있었어. 그러니 총이 있어도 꺼낼 수 없었고, 싸우고 싶어도 싸울 수 없었지. 마지막에 그자들이 당신을 데려가지 않은 건 거트먼이 눈치가 빨라서 필요할 때 말고는 당신을 믿으면 안 된다는 걸 알았기 때문이고, 내가 당신의 봉이 될 테니 당신을 해치기 싫어서 거트먼도 해치지 못할 거라고 생각한 거지."

브리지드 오쇼네시가 눈을 깜빡거리자 눈물이 흘러내렸다. 그녀는 스페이드에게 한 발 다가서서 자랑스러운 얼굴로 두 눈을 똑바로 쳐다보았다.

"당신은 저더러 거짓말쟁이라고 했어요. 이젠 당신이 거짓말하고 있군요. 제가 아무리 나쁜 짓을 저질렀어도 가슴 깊이 당신을 사랑한단 걸 모른다면 그건 거짓말이에요."

스페이드는 잠시 고개를 숙였다. 눈은 점점 붉어졌지만, 누런 얼굴은 여전히 축축했고 미소 띤 표정도 변함없었다.

"그럴지도 모르지. 그래서 뭐? 내가 당신을 믿어야 하나? 그 얼간이 서스비에게 귀엽고 멋진 속임수를 쓴 당신을? 서스비를 배신하기 위해 아무 사심도 없는 마일스를 피도 눈물도 없이 파리 죽이듯 해치운 당신을? 거트먼과 카이로와 서스비를 한 번, 두 번, 세 번 배신한 당신을? 날 만난 후로 삼십 분도 정직해 본 적이 없는 당신을? 내가 당신을 믿어야 해? 아니, 아니, 자기. 비록 믿을 수 있다 해도 난 그러지 않을 거야. 왜 그래야 하지?"

브리지드는 눈빛에 흔들림이 없었고 숨죽인 목소리도 안정되었다.

"왜냐고요? 당신이 절 데리고 놀았고 저를 사랑하지 않는다면 답은 없겠죠. 절 사랑했다면 답은 필요 없을 거고요."

이제 스페이드의 두 눈에 핏발이 섰고, 오랫동안 미소 짓고 있던 얼굴은 끔찍한 형상으로 변했다. 그는 목이 쉰 듯 헛기침을 한번 하고 말했다.

"이제 와서 연설해 봐야 아무 짝에도 소용없어." 스페이드가 브리지드의 어깨에 손을 얹었다. 손이 떨리고 경련을 일으켰다. "누가 누굴 사랑하든 상관없어. 난 당신의 봉이 되지 않아. 난 서스비처럼 되지 않을 거고, 다른 사람의 전철도 절대 밟지 않아. 당신은 마일스를 죽였고, 그 대가로 체포될 거야. 다른 녀석들에게 뒤집어씌우고 모든 수단을 동원해 경찰을 막았다면 당신을 도울 수도 있었겠지. 하지만 그러기엔 너무 늦었어. 이젠 도와줄 수 없어. 할 수 있더라도 하지 않을 거야."

브리지드는 어깨에 얹은 스페이드의 손 위에 자기 손을 얹었다.

"그럼 도와주지 마세요. 대신 괴롭히지도 마세요. 그냥 도망치게 놔줘요."

"그건 안 돼. 경찰이 왔을 때 당신을 넘겨주지 않으면 난 끝장이야. 다른 녀석들이랑 얽혀 들어가지 않으려면 그 방법밖에 없어."

"절 위해 제발 그렇게 해주세요, 네?"

"난 당신의 봉이 아니야."

"그런 말 마세요, 제발." 브리지드는 어깨에서 스페이드의 손을 떼어 자기 얼굴에 대었다. "왜 저한테 이러는 거죠, 샘?

아처 씨가 당신한테 별 의미 없었다는 거……"

스페이드가 쉰 목소리로 외쳤다.

"마일스는 개새끼였어. 동업한 지 일주일도 안 돼서 그걸 알고, 난 1년이 지나면 곧바로 차 버릴 생각이었어. 그를 죽였다고 해서 나한테 해가 된 건 털끝만큼도 없어."

"그럼 뭐죠?"

스페이드는 브리지드의 손에서 손을 뺐다. 더 이상 웃지도 찡그리지도 않았다. 축축해진 누런 얼굴은 딱딱하게 굳었고 주름이 깊게 패었다. 두 눈은 미친 듯이 타올랐다.

"잘 들어. 전혀 도움은 안 될 거야. 당신은 절대 이해하지 못하겠지만 그래도 한번 얘기나 해보지. 잘 들으라고. 첫째, 파트너가 살해되면 사내라면 가만히 있으면 안 돼. 파트너를 어떻게 생각하느냐는 아무 상관없어. 파트너였으면 뭔가 해야 하는 거지. 둘째, 그런데 우리는 하필 탐정 일을 하고 있었어. 자, 조직의 일원이 살해되었는데 살인자를 놓치게 되면 사업에 지장이 생겨. 다 안 좋지. 그 조직에도 안 좋고, 탐정 업계 전체에도 안 좋아. 셋째, 난 탐정이야. 나더러 범죄자를 잡았다가 그냥 놔주라는 건 개더러 토끼를 잡았다가 놔주라는 것과 똑같아. 뭐 그럴 수도 있고 실제로 그런 일도 있지만 그건 도리에 어긋나는 거야. 내가 당신을 놔줄 수 있는 유일한 방법은 거트먼과 카이로와 윌머를 놔주는 거였어. 그게……"

"진심일 리가 없어요. 지금 고작 그런 이유로 저를 경찰에 넘기겠다는 얘길 저더러 받아들이라라니……"

"내 말 끝까지 들어. 넷째, 내 마음이 어떻든 간에 지금은 내가 그 자식들과 함께 교수대에 올라가지 않는 이상 당신을 놔줄 방법이 전혀 없어. 다음, 나로선 당신을 믿을 하등의 이유가 없는데, 내가 당신을 놔주고도 이 일에서 벗어난다면, 당신은 마음 내킬 때마다 써먹을 수 있는 좋은 증거를 거머쥐게 되는 거야. 이걸로 다섯 가지야. 여섯째, 나에게도 당신을 잡아넣을 증거가 있으니 당신이 내게도 구멍을 뚫지 말라는 법이 없지. 일곱째, 만에 하나라도 당신이 날 봉으로 여길 거란 생각만 해도 치가 떨려. 여덟째, 더 얘기할 필요도 없겠군. 그게 전부 저울 한쪽에 올라가 있는 거야. 별로 중요하지 않은 것도 있겠지만 숫자를 보라고. 그럼 이제 저울 반대편엔 뭐가 있나 볼까? 어쩌면 당신이 날 사랑할지도 모르고 내가 당신을 사랑할지도 모른다는 사실 말곤 쥐뿔도 없어."

"절 사랑하는 거 알잖아요."

브리지드가 속삭였다.

"몰라. 누가 되든 당신한테 넋을 잃는 건 일도 아니니까."

스페이드는 브리지드를 머리카락에서 발끝까지 굶주린 듯한 눈으로 훑어 내렸다가 다시 눈으로 올라왔다.

"하지만 난 그게 무슨 가치가 있는지 모르겠어. 대체 그딴 걸 누가 알지? 좋아, 사랑이라고 해보자. 그게 뭐 어쨌다고? 어차피 한 달 뒤면 끝날지도 모르는 거잖아. 전에도 그런 적이 있었어. 그전에 내가 차일 수도 있지. 그 다음엔 어떻게 되지? 내가 봉이었구나 생각하겠지. 내가 봉이 되어 당신 대신 끌려가면 그땐 내가 봉이었다는 걸 뼈저리게 느끼겠지. 뭐, 당신을 넘기고 나면 미칠 듯 안타깝고 끔찍스러운 밤을 보내야겠지만 그건 곧 지나갈 거야. 잘 들어."

스페이드가 브리지드의 어깨를 잡고 그녀의 허리를 뒤로 눕히며 몸을 그녀 위로 숙였다.

"이제까지 한 얘기가 당신한테 아무 의미도 없다면, 이렇게 얘기해 보지. 내가 결과 따위는 될 대로 되라며 온몸으로 당신을 원하기 때문에, 그리고 (망할 여자) 당신이 다른 놈들에게 기대한 만큼 나에게도 똑같은 걸 기대하기 때문에 그렇겐 못해."

스페이드는 브리지드의 어깨에서 손을 내렸다.

브리지드는 스페이드의 뺨에 두 손을 대고 또다시 그의 얼굴을 끌어당겼다.

"내 눈을 보면서 진실을 말해 줘요. 매가 진짜였고 돈을 받았더라도 저에게 이렇게 했을까요?"

"그런다고 이제 와서 뭐가 달라지지? 나도 세상에서 말하는 것처럼 지독한 악당은 아니야. 그런 명성이 있다면 사업에는 좋겠지. 보수 좋은 일거리도 굴러 들어오고 적을 다루기도 쉬워질 테니까."

브리지드는 스페이드를 보기만 할 뿐 아무 말도 하지 않았다.

스페이드가 어깨를 으쓱하고 말했다.

"뭐, 어마어마한 돈이 있다면 반대편에 올려놓을 만하겠군."

브리지드는 자기 얼굴을 스페이드의 얼굴 가까이 가져갔다. 입이 살짝 벌어지고 입술이 조금 튀어나와 있었다. 그녀가 속삭였다.

"절 사랑했다면 그쪽에 다른 걸 올릴 필요는 없었을 거예요."

스페이드는 이를 앙다물고 이 사이로 말했다.

"난 당신 봉이 되진 않아."

브리지드는 천천히 스페이드에게 입을 맞추며 그를 팔로 안고 그의 품에 안겼다. 그때 초인종이 울렸다.

스페이드는 왼팔을 브리지드 오쇼네시에게 두른 채 복도 문을 열었다. 던디 경위와 톰 폴하우스 경사, 다른 형사 두 명이 와 있었다.

스페이드가 말했다.

"안녕하신가, 톰. 그자들은 잡았나?"

폴하우스가 대답했다.

"잡았지."

"잘됐군. 들어와. 여기 한 명 더 있네."

스페이드는 브리지드를 앞으로 밀었다.

"이 여자가 마일스를 죽였어. 증거도 좀 있어. 윌머와 카이로의 총, 모든 소동의 진원지였던 검은 새 조각상, 그리고 날 매수하는 데 쓰려던 1000달러짜리 지폐 한 장."

스페이드는 던디를 보고 눈썹을 찡그리더니 몸을 숙여 던디의 얼굴을 들여다보고는 마침내 웃음을 터뜨렸다.

"자네 친구 도대체 문제가 뭔가, 톰? 실연이라도 한 사람 같잖아."

스페이드가 다시 소리 내어 웃었다.

"보나마나 거트먼 얘기를 듣고 드디어 날 잡았다고 생각했겠지!"

"집어치우게 샘. 우린 그런 생각……."

톰이 툴툴거렸다.

"아니기는 얼어 죽을. 침을 질질 흘리면서 올라왔을 텐데. 자네야 내가 거트먼을 조종하고 있었다는 걸 눈치 챘겠지만."

스페이드가 유쾌하게 말했다.

"집어치우라니까."

톰은 다시 툴툴대면서 불편한 눈으로 상사를 흘끗거렸다.

"여하간 우리한테 얘기한 건 카이로였네. 거트먼은 죽었어.

우리가 도착했을 땐 이미 애송이가 쏴 죽였더군."

스페이드가 고개를 끄덕였다.

"거트먼도 예상했을 거야."

스페이드가 월요일 오전 9시 조금 지나 사무실에 들어서자 에피 페린이 신문을 내려놓고 의자에서 벌떡 일어났다.

"좋은 아침이야, 천사."

"그거, 신문에 실린 얘기 정말이에요?"

"그렇습니다, 아가씨."

스페이드는 책상에 모자를 내려놓고 의자에 앉았다. 얼굴색은 창백했지만 선이 뚜렷하고 유쾌해 보였고, 두 눈은 다소 핏발이 서 있었지만 맑았다.

에피의 갈색 눈이 기이하게 커졌고 입이 괴상하게 틀어졌다. 그녀는 스페이드의 옆에 서서 그를 내려다보았다.

스페이드는 고개를 들고 씩 웃으며 조롱하듯 말했다.

"자기의 '여자의 직감'이란 것도 뭐 별거 없네."

에피는 얼굴 표정만큼이나 묘한 목소리로 말했다.

"그 여자한테 그런 짓을 한 건 당신이죠. 그렇죠, 샘?"

스페이드가 고개를 끄덕였다.

"자기의 샘은 탐정이니까."

스페이드는 날카롭게 에피를 보았다. 그녀의 허리에 팔을 감고 손으로 엉덩이를 만졌다. 그가 부드럽게 말했다.

"그 여잔 마일스를 죽였어, 천사. 바로 요렇게 간단히."

스페이드가 다른 쪽 손가락을 튕겨 딱 소리를 내며 말했다.

에피는 마치 그 말에 다친 사람처럼 아픈 시늉을 하며 스페이드의 팔에서 벗어났다. 그녀가 띄엄띄엄 말했다.

"싫어요. 내 몸에 손대지 마요. 알아요. 당신이 옳다는 거. 당신이 맞아요. 하지만 지금은 손대지 마요. 지금은요."

스페이드의 얼굴이 셔츠 칼라처럼 창백해졌다.

바깥문 문고리가 달그락거렸다. 에피 페린이 재빨리 몸을 돌려 바깥 사무실로 나가며 문을 닫았다. 그녀가 다시 들어와서 문을 닫았다.

에피가 작은 목소리로 쌀쌀맞게 말했다.

"아이바예요."

스페이드는 책상을 내려다보며 거의 알아보지 못할 정도로 살짝 고개를 끄덕였다.

"그런가."

스페이드가 몸을 부르르 한번 떨고 나서 말했다.

"뭐, 들여보내."

〈끝〉

옮긴이 | 김우열

전자공학을 전공하고 휴대전화를 설계하다가, 가슴에서 느껴지는 묘한 통증에 이끌려 명상의 길로 들어섰다. 이를 계기로 안정된 직장을 그만두고 자신이 가고자 하는 길에 좀 더 부합하는 번역에 입문했다. 함께 잘사는 것만이 유일한 길이라는 생각으로, 2003년부터 번역지망생과 꾸준히 교류했고 현재 지망생스터디 카페 '주간번역가' 카페지기로 활동하고 있다. 지은 책으로『나도 번역 한번 해볼까?』, 옮긴 책으로『계층이동의 사다리』,『구글드』,『시크릿』,『몰입의 재발견』,『죽음의 신비』,『평전 마키아벨리』등이 있다.

대실 해밋 전집 3

몰타의 매

1판 1쇄 펴냄 2012년 1월 16일
1판 5쇄 펴냄 2025년 12월 15일

지은이 | 대실 해밋
옮긴이 | 김우열
발행인 | 박근섭
편집인 | 김준혁
책임편집 | 김준혁 · 장은진
펴낸곳 | 황금가지

출판등록 | 2009. 10. 8 (제2009-000273호)
주소 | 06027 서울 강남구 도산대로 1길 62 강남출판문화센터 5층
전화 | 영업부 515-2000 **편집부** 3446-8774 **팩시밀리** 515-2007
홈페이지 | www.goldenbough.co.kr

도서 파본 등의 이유로 반송이 필요할 경우에는 구매처에서 교환하시고
출판사 교환이 필요할 경우에는 아래 주소로 반송 사유를 적어 도서와 함께 보내주세요.
06027 서울 강남구 도산대로 1길 62 강남출판문화센터 6층 민음인 마케팅부